Lisa Kleypas

Après avoir fait des études de sciences politiques, Lisa Kleypas publie à 21 ans son premier roman. Elle a reçu les plus hautes récompenses, et le prix *Romantic Times* du meilleur auteur de romance historique lui a été décerné en 2010. Ses livres sont traduits en quatorze langues. Elle est également auteure de romance contemporaine.

Parce que tu m'appartiens

Du même auteur
aux Éditions J'ai lu

Par pure provocation
N° 3945
L'ange de minuit
N° 4062
Prince de l'éternité
N° 4426
La loterie de l'amour
N° 4915
Un jour tu me reviendras
N° 5263
Parce que tu m'appartiens
N° 5337
L'imposteur
N° 5524
Courtisane d'un soir
N° 5808
Frissons interdits
N° 6085
Sous l'emprise du désir
N° 6330
L'amant de lady Sophia
N° 6702
Libre à tout prix
N° 6990
Les blessures du passé
N° 7614
Nuit de noël à Friday Harbor
N° 10542
Nulle autre que vous
N° 10917

LA RONDE DES SAISONS

1 – Secrets d'une nuit d'été
N° 9055
2 – Parfum d'automne
N° 9171
3 – Un diable en hiver
N° 9186
4 – Scandale au printemps
N° 9277
5 – Retrouvailles
N° 9409

LA SAGA DES TRAVIS

1 – Mon nom est Liberty
N° 9248
2 – Bad boy
N° 9307
3 – La peur d'aimer
N° 9362
4 – La couleur de tes yeux
N° 11273

LES HATHAWAY

1 – Les ailes de la nuit
N° 9424
2 – L'étreinte de l'aube
N° 9531
3 – La tentation d'un soir
N° 9598
4 – Matin de noce
N° 9623
5 – L'amour l'après-midi
N° 9736

FRIDAY HARBOR

1 – La route de l'arc-en-ciel
N° 10261
2 – Le secret de Dream Lake
N° 10416
3 – Le phare des sortilèges
N° 10421

LA FAMILLE VALLERAND

1 – L'épouse volée
N° 10885
2 – Le capitaine Griffin
N° 10884

LES RAVENEL

1 – Cœur de canaille
N° 11479
2 – Une orchidée pour un parvenu
N° 11608
3 – L'insoumise apprivoisée
N° 11906
4 – L'inconnu
N° 12336

Lisa

KLEYPAS

Parce que tu m'appartiens

Traduit de l'anglais (États-Unis)
par Catherine Plasait

J'AI LU

POUR elle

Si vous souhaitez être informée en avant-première
de nos parutions et tout savoir sur vos auteures préférées,
retrouvez-nous ici :

www.jailupourelle.com

Abonnez-vous à notre newsletter
et rejoignez-nous sur Facebook !

Titres originaux
BECAUSE YOU'RE MINE

Published by arrangement with Avon Books,
a division of the Hearst Corporation, N.Y.

Prologue

Londres, automne 1833

— Je ne peux pas l'épouser. C'est tout simplement impossible.

Madeline avait la nausée en regardant Lord Clifton arpenter le jardin en compagnie de son père. Elle se rendit compte qu'elle s'était exprimée à haute voix car sa mère rétorqua d'un ton sec :

— Tu finiras par l'apprécier.

Comme toujours, le visage austère de sa mère exprimait la réprobation. De toute évidence, cette femme qui avait toujours vécu dans une abnégation proche du masochisme, n'en attendait pas moins de la part de ses trois filles... Son regard était glacial et elle avait le teint pâle comme celui de toutes les femmes de la famille – excepté Madeline qui avait tendance à rougir facilement.

— Un jour, quand tu seras plus mûre, reprit Agnès, tu nous remercieras de t'avoir préparé un si bel avenir.

Madeline sentit le feu lui monter aux joues. Pendant des années, elle avait essayé de satisfaire ses parents en se montrant docile, calme et obéissante. Mais à présent, elle ne parvenait plus à se dominer.

— Vous remercier ! s'écria-t-elle. De me faire épouser un homme plus âgé que mon père...

— D'un an ou deux seulement, la coupa Agnès.

— ... qui ne partage aucun de mes goûts et me considère tout juste comme bonne pour la reproduction !

— Madeline ! s'offusqua sa mère. Quel vocabulaire !

— C'est pourtant vrai, poursuivit Madeline en s'efforçant de garder son calme. Lord Clifton a deux filles de son premier mariage. Tout le monde sait qu'il désire des garçons, et c'est sur moi qu'il compte. Je ne veux pas passer le reste de mes jours cloîtrée à la campagne, jusqu'à ce qu'il meure et que je sois trop vieille pour jouir de ma liberté.

— Ça suffit ! l'interrompit sa mère. Tu oublies quelques principes élémentaires, Madeline. C'est à l'épouse de partager les intérêts de son mari, et non l'inverse. Lord Clifton est un homme sérieux, qui jouit d'une grande influence politique, et je tiens à ce que tu t'adresses à lui avec tout le respect qu'il mérite. Quant à son âge... tu en viendras à apprécier la sagesse de Lord Clifton et à chercher conseil auprès de lui. C'est la meilleure façon pour une épouse d'atteindre le bonheur.

Madeline se tordait les mains tandis qu'elle contemplait par la fenêtre la silhouette trapue de Lord Clifton..

— Peut-être aurais-je accepté plus facilement ces fiançailles si vous m'aviez laissée sortir un peu, au moins le temps d'une saison... Je ne suis jamais allée à un bal, ni à un dîner ni à une soirée. Vous m'avez obligée à rester au pensionnat alors que toutes mes amies en étaient parties. Même mes sœurs ont été présentées à la cour...

— Elle n'ont pas eu ta chance, rétorqua sèchement Agnès. Ces manifestations toujours éprouvantes te seront épargnées, puisque tu es déjà fiancée à l'homme le plus respectable d'Angleterre.

— C'est votre opinion, marmonna Madeline qui se crispa en voyant entrer son père et Lord Clifton au salon. Pas la mienne.

Comme toutes les jeunes filles de dix-huit ans, elle avait rêvé d'épouser un beau jeune homme follement amoureux d'elle. Or Lord Clifton était aussi éloigné que possible de cette image. La cinquantaine largement dépassée, il était chauve et lourd, sa grosse bouche et ses bajoues le faisaient ressembler à un vrai crapaud.

Si, au moins, il avait eu le sens de l'humour, s'il avait été attentionné... Mais non, il était pédant, sans aucune fantaisie, ne s'intéressant qu'à la chasse et aux champs de courses, à ses terres et aux réunions de la Chambre des lords. Pire encore, il dédaignait la musique, la littérature, l'art en général, tout ce qu'aimait Madeline...

Dès qu'il la vit, il s'approcha d'elle avec un sourire libidineux, et elle détesta son regard de propriétaire. Malgré son inexpérience, elle savait qu'il souhaitait l'épouser uniquement parce qu'elle était jeune, bien née et en bonne santé. Elle allait passer sa vie à mettre des enfants au monde, jusqu'à ce qu'il soit satisfait du nombre de fils qu'elle lui aurait donnés. Il ne s'intéresserait ni à son cœur ni à son âme.

— Chère mademoiselle Matthews ! dit-il. Vous êtes plus belle à chacune de nos rencontres.

Il a une voix de crapaud... songea Madeline. Il prit sa main dans la sienne pour la porter à ses lèvres, et elle frémit de dégoût en sentant sa grosse bouche au creux de son poignet. Lord Clifton prit sa réaction pour du trouble, et son sourire s'épanouit.

Lorsqu'il lui proposa d'aller se promener avec lui, les objections de la jeune fille furent aussitôt balayées par les encouragements enthousiastes de ses parents. Ils étaient déterminés à attirer un homme aussi important dans leur famille, et quoi qu'il demandât, il l'obtiendrait.

À contrecœur, Madeline accepta son bras et le suivit dans le jardin.

— Alors, vous appréciez ces petites vacances ? demanda-t-il.

Madeline gardait les yeux baissés.

— Oui, monsieur, merci.

— Vous avez certainement envie de quitter le pensionnat, comme vos camarades, fit-il. C'est à ma requête que vos parents vous y ont laissée deux ans de plus que les autres jeunes filles.

— À votre requête ? répéta Madeline, stupéfaite qu'il eût une telle influence sur les siens. Mais pourquoi... ?

— Je savais que ce serait bon pour vous, ma chère enfant, expliqua-t-il avec un sourire fat. Vous aviez encore besoin d'éducation, de discipline. Il faut donner au fruit le temps de mûrir. Vous êtes beaucoup moins impétueuse à présent, n'est-ce pas ? Vous avez appris la patience.

Sûrement pas ! eut envie de crier Madeline qui serrait les dents. Les deux années supplémentaires passées à l'Institution de jeunes filles de Mme Allbright avaient failli la rendre folle. Sa nature déjà fantasque était devenue incontrôlable. Si deux ans plus tôt, elle était trop timide et malléable pour oser protester contre la perspective d'un mariage avec Lord Clifton, à présent, les mots « patience » et « obéissance » ne faisaient plus du tout partie de son vocabulaire.

— Je vous ai apporté quelque chose, reprit-il. Un cadeau que vous attendez avec impatience, j'en suis certain.

Il l'attira vers un banc de pierre où il s'assit et pressa son corps flasque contre le sien.

— Dans ma poche, murmura-t-il en tapotant le côté droit de sa veste de laine brune. Si vous alliez le chercher vous-même, petit chaton ?

Clifton ne lui avait jamais parlé de cette façon. Il est vrai qu'ils se trouvaient seuls pour la première fois.

— J'apprécie votre bonté, mais vous n'avez pas à me faire de cadeaux, monsieur, répondit Madeline, les mains crispées l'une contre l'autre.

— Mais si, j'y tiens ! Venez chercher votre présent, Madeline.

Mal à l'aise, elle glissa la main dans sa poche et en retira un petit anneau d'or tressé orné d'un saphir bleu sombre. Le symbole de ses futures chaînes...

— Cette bague est dans ma famille depuis des générations, commenta Lord Clifton. Ma mère l'a portée jusqu'au jour de sa mort. Elle vous plaît ?

— Elle est jolie, mentit Madeline qui l'avait aussitôt détestée.

Lord Clifton la lui passa au doigt. Elle était beaucoup trop grande, et Madeline dut fermer le poing afin de l'empêcher de tomber.

— Maintenant, il faut me remercier, mon petit chat.

Il mit un bras autour de ses épaules et l'attira contre son énorme poitrine. Il avait une haleine fétide et, de toute évidence, il n'aimait pas les bains.

Madeline se détourna.

— Pourquoi me traitez-vous tout le temps de petit animal ? demanda-t-elle d'une voix où perçait le défi. Je suis une femme, un être humain.

Lord Clifton éclata de rire, révélant de grandes dents jaunes, et elle tressaillit en sentant son haleine. Il la serra davantage contre lui en poursuivant :

— Je me doutais que tôt ou tard vous essaieriez de jouer avec moi... Mais à mon âge, je connais toutes les astuces. Voici la réponse à votre rébellion, mon joli chaton...

Une bouche lippue s'écrasa sur la sienne. Son premier baiser... Madeline resta immobile, rassemblant tout son courage pour subir cette agression sans hurler ou fondre en larmes.

— Vous vous apercevrez bien vite que je suis extrêmement viril, déclara Lord Clifton, fort content de lui. Je ne débite pas de poèmes, je ne dis pas de compliments, je prends ce que je veux quand j'en ai envie, et je suis certain que ça vous plaira beaucoup.

Une petite main boudinée vint caresser la joue exsangue de Madeline.

— Ravissante ! Je n'ai jamais vu des yeux de cette couleur d'ambre.

Il saisit une mèche de ses cheveux châtain doré.

— Comme j'ai hâte de vous posséder !

Madeline frémit. Elle mourait d'envie de lui crier qu'elle ne serait jamais sienne, mais le sens du devoir qu'on lui avait inculqué depuis la naissance le lui interdit.

Lord Clifton sentit son malaise, car il reprit du ton qu'il aurait adopté pour s'adresser à un tout petit enfant :

— Vous avez froid. Venez, rentrons avant que vous n'attrapiez un rhume.

Soulagée, elle bondit sur ses pieds et ils retournèrent au salon.

Dès qu'ils virent la bague, Lord et Lady Matthews, qui mettaient pourtant un point d'honneur à ne jamais montrer leurs sentiments, se répandirent en remerciements.

— Comme c'est généreux de votre part, Lord Clifton ! s'écria Agnès. Quel ravissant bijou !

— C'est vrai, répondit-il sans la moindre fausse modestie.

Madeline garda un sourire crispé tandis que son père emmena Lord Clifton dans la bibliothèque pour célébrer l'événement devant un verre de brandy.

Dès qu'ils furent hors de portée de voix, elle ôta la bague qu'elle jeta au sol.

— Madeline ! s'indigna Agnès. Je ne supporterai pas tes caprices, ramasse cette bague immédiatement. Je t'ordonne de la porter et d'en être fière !

— Elle ne me va pas, rétorqua fermement Madeline.

Au souvenir des lèvres de Clifton sur les siennes, elle se frotta énergiquement la bouche avec sa manche.

— Je ne l'épouserai pas, mère. Plutôt mourir !

— Pas de mélodrame, Madeline, la réprimanda Agnès en ramassant la bague comme s'il s'agissait d'un joyau inestimable. J'espère que le mariage avec un homme solide et terre à terre comme Lord Clifton te guérira de tes ridicules sautes d'humeur.

— Terre à terre, marmonna Madeline avec amertume...

Elle trouvait incroyable que sa mère pût résumer tous les défauts de Lord Clifton dans une expression si banale.

— C'est vraiment la qualité qu'une jeune fille attend de son futur époux ! ironisa-t-elle.

Pour une fois, Madeline fut heureuse de rentrer à la pension où le seul homme qu'elle risquait de croiser était le professeur de danse qui ne venait d'ailleurs qu'une fois par semaine.

Son carton à chapeaux à la main, elle emprunta le couloir qui menait à la chambre qu'elle partageait avec sa meilleure amie, Eleanor Sinclair. Elle y trouva installées une demi-douzaine de jeunes filles.

En tant qu'aînées du couvent, Madeline et Eleanor, qui avait dix-sept ans, recevaient souvent la visite de pensionnaires plus jeunes qui venaient leur demander conseil. Ce jour-là, elles vidaient une boîte de biscuits en s'extasiant sur une affiche.

Eleanor accueillit Madeline avec un grand sourire.

— Alors, ce Lord Clifton ? demanda-t-elle.

— Pire que tout, répliqua Madeline en se dirigeant vers son lit sur lequel elle se laissa tomber.

Elle aurait aimé pouvoir se confier tout de suite à son amie. Eleanor lui adressa un coup d'œil compatissant, tandis que les autres continuaient à s'esclaffer.

— Regardez ! s'écria l'une des filles, le souffle court. Vous imaginez quel effet ça ferait de le rencontrer pour de vrai ?

— Je tomberais dans les pommes ! répondit une autre dans un éclat de rire général.

— C'est le plus séduisant...

— On dirait un bandit !

— Oui, il y a quelque chose, dans son regard...

Madeline secoua la tête, prise de curiosité.

— Au nom du ciel, que regardez-vous ?

— Montre à Madeline...

— Mais je n'ai pas fini...

— Tiens, Madeline, dit Eleanor en lui apportant l'affiche. C'est ma sœur aînée qui me l'a donnée. Elle est absolument introuvable à Londres ! Tout le monde en veut un exemplaire.

Madeline put enfin regarder le portrait qui s'y trouvait, et elle fut fascinée à son tour. Le visage de l'affiche aurait pu appartenir à un prince ou à un hors-la-loi. À quelqu'un de puissant, de dangereux. Il n'était pas d'une beauté classique ; son regard perçant et sa large bouche au sourire ironique avaient quelque chose de carnassier. Les cheveux, d'une couleur indéterminée, semblaient épais et légèrement ébouriffés.

Les autres filles s'attendaient à la voir rougir et pouffer, comme elles, mais Madeline resta de marbre.

— Qui est-ce ? demanda-t-elle calmement.

— Logan Scott.

— L'acteur ?

— Oui, le directeur du théâtre Capitol.

Étrangement émue, Madeline ne quittait pas l'affiche des yeux. Elle avait entendu parler de Logan Scott, mais elle ne l'avait jamais vu. C'était à trente ans un comédien de renommée internationale, au talent comparable à celui de David Garrick ou Edmund Kean. On disait même qu'il n'était pas encore au faîte de son talent. Entre autres atouts, il possédait une voix qui pouvait être caressante comme du velours, ou qui pouvait embraser l'atmosphère par son incroyable intensité.

On racontait aussi que les femmes le poursuivaient de leurs assiduités, séduites aussi bien par ses rôles de héros romantiques, que par ses interprétations de scélérats, dans lesquelles il excellait. Séducteur, traître, manipulateur, les femmes l'adoraient ainsi.

Un homme jeune, beau, cultivé… tout l'opposé de Lord Clifton ! Mais Logan Scott vivait dans un monde auquel Madeline n'appartiendrait jamais. Elle ne rirait jamais, ne danserait ni ne succomberait jamais aux mots tendres et aux caresses d'un homme tel que lui…

Soudain, une idée folle lui vint… une idée qui la fit vibrer de la tête aux pieds.

— Madeline, que se passe-t-il ? demanda Eleanor, inquiète, en lui prenant l'affiche des mains. Tu es si pâle, tout à coup, si bizarre…

— C'est la fatigue, c'est tout, répondit la jeune fille en s'efforçant de sourire.

Elle avait envie d'être seule, de réfléchir.

— Ce week-end a été épuisant. J'aimerais me reposer un moment.

— Bien sûr ! Venez, les filles, allons dans une autre chambre.

Eleanor s'arrêta à la porte.

— As-tu besoin de quelque chose ?

— Non, merci.

— Je suis sûre que cette rencontre avec Lord Clifton a été une rude épreuve. Je voudrais pouvoir t'aider…

— C'est fait, Eleanor, merci !

Madeline se roula en boule sur son lit en froissant sous elle sa jupe de pensionnaire, et laissa courir son imagination.

Logan Scott… Un homme dont le goût des femmes était presque aussi légendaire que son immense talent.

Plus elle y pensait, plus elle était persuadée d'avoir trouvé la solution. Elle allait se servir de Scott pour que Lord Clifton soit obligé de rompre leurs fiançailles. Elle aurait une aventure avec Logan Scott !

La perte de sa virginité réglerait tous les problèmes. Et tant pis si elle devait se retrouver au ban de la société pour le reste de ses jours. Tout plutôt que de devenir l'épouse de Clifton.

L'esprit en ébullition, elle affina son projet. Elle se ferait passer pour son père dans une lettre où elle demanderait à quitter la pension un semestre avant la date prévue ; ses parents la croiraient sagement à l'école, tandis que Mme Allbright serait persuadée qu'elle était rentrée chez elle. Ainsi, Madeline disposerait de quelques semaines de liberté qu'elle mettrait à profit pour rencontrer Logan Scott… Elle lui ferait comprendre qu'elle était prête à se donner à lui, et ensuite tout irait très vite. Il était bien connu que tous les hommes appréciaient les jeunes filles ! Un individu comme Scott n'aurait aucun scrupule à profiter de l'occasion.

Une fois déshonorée, elle retournerait chez elle et accepterait la punition, quelle qu'elle soit. Sans doute la chasserait-on de la maison pour l'envoyer en province chez une lointaine parente. Lord Clifton la prendrait en horreur et elle serait enfin débarrassée de lui. Certes, son avenir ne serait pas rose, mais elle ne voyait pas d'autre moyen de s'en sortir.

Et puis, il ne serait peut-être pas si terrible de rester vieille fille… Elle aurait le temps de lire, de se cultiver, on l'autoriserait peut-être à voyager. Elle s'investirait dans des œuvres de charité et s'occuperait de plus malheureux qu'elle. Oui, elle tirerait le meilleur parti de la situation, décida-t-elle. Et au moins, elle aurait elle-même choisi son destin !

PREMIÈRE PARTIE

1

Une valise à la main, Madeline s'arrêta devant l'entrée des artistes du théâtre Capitol. Elle était à la fois effrayée et excitée de se trouver seule à Londres, parmi les voitures, les cris des camelots, les odeurs de crottin et de pain chaud mêlées à celle des poubelles.

Un peu plus tôt, Madeline avait vendu la bague de Lord Clifton, et la poche de sa robe était pleine d'un joli petit tas de pièces. Par crainte des voleurs, elle gardait sa cape grise bien serrée autour d'elle, mais personne ne semblait lui vouloir de mal. Et à présent, elle se trouvait au Capitol. C'était le début de la grande aventure.

Le théâtre se composait apparemment de plusieurs corps de bâtiments et, en entrant dans le principal, Madeline se trouva plongée au cœur d'un dédale de couloirs et de salles de répétitions. Elle entendait çà et là des gens réciter leurs textes, chanter, accorder des instruments, discuter, et elle mourait d'envie de jeter des coups d'œil indiscrets par l'entrebâillement des portes.

Elle atteignit enfin une vaste pièce encombrée de vieux meubles, au centre de laquelle trônait une table à tréteaux garnie de sandwiches peu appétissants.

Des acteurs de tous les âges s'y tenaient et discutaient entre eux en buvant du thé. Apparemment habitués aux allées et venues, ils remarquèrent à peine Madeline, hormis un accessoiriste qui la regarda d'un air interrogateur.

— Vous désirez quelque chose ?

Elle sourit afin de masquer sa nervosité.

— Je cherche M. Scott.

— Il est en répétition. La scène, c'est par là.

— Merci.

— Mais il déteste être interrompu, ajouta le garçon tandis que Madeline s'éloignait dans la direction indiquée.

— Oh, je ne le dérangerai pas, répliqua-t-elle joyeusement.

Elle se fraya un passage parmi des éléments de décor et se retrouva en coulisse, à droite de la scène. Elle posa sa valise et s'approcha du rideau de velours vert.

La salle immense, destinée à accueillir mille cinq cents personnes, était décorée de colonnes dorées incrustées de pierres vertes. Les sièges étaient en velours, et des lustres de cristal éclairaient vivement les fresques du plafond.

Le plancher de la scène, usé par des centaines de représentations, était incliné, de sorte que l'on vît bien tous les acteurs, même ceux qui se tenaient au fond.

La répétition battait son plein, et deux hommes arpentaient le sol en reprenant une scène de bagarre. L'un d'eux, blond et grand, à l'allure féline, se tapotait la cuisse avec son fleuret.

— Je ne comprends pas ce que vous voulez au juste, disait-il.

L'autre répondit alors avec la voix la plus extraordinaire que Madeline eût jamais entendue – grave, profonde, distinguée...

— Ce que je veux, Stephen, c'est que vous mettiez de la conviction dans votre jeu. Si je ne me trompe, vous avez l'intention de tuer l'homme qui a essayé de vous voler votre fiancée. Or vous tenez cette épée comme une aiguille à tricoter !

Madeline le contemplait, fascinée. Logan Scott était plus grand qu'elle ne l'avait imaginé, plus séduisant, plus... tout. Il portait une simple chemise blanche ouverte au col et un pantalon noir qui épousait le galbe de ses longues jambes musclées. L'affiche ne rendait pas justice à sa chevelure auburn, à l'expression moqueuse de sa bouche ni à son teint hâlé.

On soupçonnait toutefois chez lui une certaine cruauté, comme si la façade risquait de se fissurer à tout instant et de révéler un homme capable du pire. Madeline cligna des yeux, mal à l'aise.

L'acteur blond protestait.

— Si je ne me retiens pas pendant le dernier assaut, monsieur Scott, je crains que vous n'ayez le temps de parer...

— Vous ne franchirez pas ma garde, affirma Scott, sûr de lui. Donnez tout ce que vous pouvez, Stephen, ou bien je ferai appel à quelqu'un d'autre.

Stephen pinça les lèvres. De toute évidence, la menace avait atteint son but.

— D'accord.

Il pointa son fleuret et se fendit, dans l'espoir de prendre Scott au dépourvu.

Celui-ci, avec un petit rire, para l'attaque, et le combat s'engagea à la vitesse de l'éclair.

— Plus agressif, Stephen ! réclama Scott, un peu essoufflé. On ne vous a jamais volé une femme ? Vous n'avez jamais eu envie de tuer ?

Comme le souhaitait Scott, la colère monta chez le jeune homme.

— Si, bon sang !

— Alors, montrez-le !

Stephen se déchaîna, le visage crispé sous un léger voile de transpiration et Scott l'encouragea de quelques mots tout en continuant ses propres feintes et attaques. Madeline n'aurait jamais cru qu'un homme de sa stature pût se déplacer avec tant de grâce. Elle en avait la respiration coupée. Il était puissant, impressionnant. Subjuguée, elle se rapprocha pour mieux voir.

Malheureusement, elle trébucha sur sa valise et alla s'écrouler contre une petite table où s'empilaient des accessoires. Un chandelier, quelques objets en porcelaine et un fleuret tombèrent dans un bruyant tintamarre. Logan Scott tourna vivement la tête en direction du bruit, et Stephen, qui s'élançait sur lui, fut incapable de retenir son geste.

Avec un grognement étouffé, Scott tomba assis par terre, serrant son épaule droite avec sa main gauche. Il y eut un bref silence, à peine troublé par les halètements des acteurs.

— Que diable… grommela Stephen en scrutant les coulisses où Madeline se relevait lentement.

Scott avait un drôle d'air.

— Stephen, dit-il d'une voix un peu altérée, il semblerait que votre fleuret n'est plus moucheté.

À peine avait-il prononcé ces mots qu'un flot de sang gicla entre ses doigts.

— Mon Dieu ! s'écria Stephen, très pâle. Je ne savais pas, je ne voulais pas…

— C'est bon ! C'est un simple accident. Vous avez interprété la bagarre exactement comme je le souhaitais… C'est ainsi que je veux vous la voir jouer.

Stephen paraissait partagé entre l'horreur et la surprise.

— Comment pouvez-vous penser à l'interprétation pendant que vous perdez votre sang, monsieur Scott ? Parfois je me demande si vous êtes bien humain…

Ne bougez pas, je vais trouver de l'aide, envoyer chercher un médecin…

— Pas besoin d'un médecin ! protesta vivement Scott.

Stephen avait déjà disparu. En maugréant, Scott tenta de se relever, mais il retomba sur les planches avec un grognement de douleur.

Madeline se débarrassa de sa cape et saisit son foulard.

— Tenez ! dit-elle en venant s'agenouiller près de lui pour presser le foulard sur la blessure. Ça va arrêter l'hémorragie.

Ils étaient tout proches, et Madeline plongea son regard dans les yeux intenses de Scott, frangés de longs cils noirs. Les iris, couleur saphir, semblaient abriter toutes les teintes de bleu, du plus clair au plus profond. Elle avait du mal à respirer.

— Je suis désolée pour… tout ça.

Elle lança un coup d'œil penaud par-dessus son épaule.

— Je ne suis pas si maladroite, d'habitude, mais j'assistais à la répétition depuis les coulisses, et je me suis pris le pied dans…

— Qui êtes-vous ? coupa Scott, glacial.

— Madeline Ridley, répondit-elle, utilisant le nom de jeune fille de sa grand-mère.

— Et que faites-vous ici, à part perturber la répétition ?

— Je suis là parce que…

Madeline croisa son regard, et tout à coup il lui parut évident qu'elle devait déclarer nettement ses intentions. C'était le seul moyen de se faire remarquer, de se singulariser parmi toutes les femmes qui devaient se jeter à sa tête.

— Je voudrais être votre prochaine maîtresse !

Pris de court, Scott la fixa comme si elle parlait chinois.

— Je n'ai pas d'aventures avec des filles comme vous, répondit-il au bout d'un moment.

— À cause de mon âge ?

Il y avait une lueur ironique dans les yeux de Scott. Entre autres...

— Je suis plus vieille que je n'en ai l'air.

Il secouait la tête, incrédule.

— Vous avez une façon tout à fait originale d'aborder les hommes, mademoiselle Ridley. Je suis très flatté de l'intérêt que vous me portez, néanmoins je ne vous toucherais pas, même si ma vie en dépendait. Maintenant, vous voudrez bien m'excuser...

— Peut-être avez-vous besoin de temps pour réfléchir à ma proposition, insista-t-elle. En attendant, je vous serais fort reconnaissante si vous pouviez me donner du travail. Je sais faire beaucoup de choses...

— J'en suis persuadé, mais je n'ai besoin de personne.

— Je suis bonne en littérature et en histoire, je parle couramment français, je peins et je dessine assez bien. D'autre part, je suis prête à balayer, nettoyer, récurer...

— J'ai la tête qui tourne, mademoiselle Ridley. J'ignore si c'est à cause du sang que j'ai perdu ou de la stupéfaction, en tout cas, vous m'avez bien distrait !

Scott avait retrouvé ses couleurs et il se leva.

— Je veillerai à ce que l'on vous dédommage pour votre foulard.

— Mais je...

Quelques membres de la troupe, alertés, envahissaient la scène. Scott eut l'air contrarié.

— Ce n'est rien ! déclara-t-il. Non, je n'ai pas besoin que l'on me porte, mes jambes sont en parfait état !

Il se dirigea vers le foyer, suivi par différentes personnes, toutes bien déterminées à s'occuper de lui.

Madeline n'en revenait pas. Quel homme ! Il était royal, bien que la plupart des monarques ne disposent certes pas de sa beauté ni de son allure... Il fallait qu'elle eût une aventure avec Scott, elle en était de plus en plus persuadée. Ce serait une expérience exceptionnelle.

Évidemment, il n'avait pas manifesté un enthousiasme délirant à cette perspective, mais elle n'en resterait pas là ! Elle gagnerait à force de patience, elle consacrerait chaque minute de son existence à se rendre indispensable à ses yeux, elle deviendrait tout ce qu'il attendait d'une femme.

Elle regarda la table renversée et la porcelaine brisée. Il y avait certainement du travail, au théâtre. Elle redressa la table et ramassait quelques morceaux de vaisselle quand une voix mélodieuse s'éleva derrière elle.

— Attention, mon petit. Vous risquez de vous couper. J'enverrai quelqu'un balayer.

Madeline se tourna vers une jeune femme blonde, de quelques années plus âgée qu'elle, remarquablement belle, avec des traits aristocratiques, des yeux bleu-vert et un chaleureux sourire. Elle était visiblement enceinte de plusieurs mois.

— Bonjour, dit Madeline. Vous êtes comédienne ?

— Je l'étais, répondit la jeune femme, mais pour l'instant je me limite au rôle de codirectrice, jusqu'à la naissance du bébé.

— Oh...

Madeline comprit qu'elle se trouvait sûrement en face de la duchesse de Leeds, la célèbre actrice qui donnait la réplique à M. Scott, aussi bien dans les comédies les plus légères que dans les tragédies de Shakespeare. Le duc de Leeds était immensément riche mais il semblait avoir la bonté de ne pas contrarier la vocation de son épouse ni sa carrière florissante.

— C'est un honneur de vous rencontrer, Votre Grâce, reprit Madeline. Excusez-moi pour...

— Ne vous inquiétez pas. Des incidents de ce genre arrivent tous les jours, au théâtre. Il me semble vous avoir entendue dire à M. Scott que vous cherchiez du travail ? reprit-elle sans quitter Madeline des yeux.

La jeune fille rougit en se demandant ce que la duchesse avait pu entendre d'autre.

— En effet, Votre Grâce.

— Venez dans mon bureau… Comment vous appelez-vous ?

— Madeline Ridley.

— Eh bien, Madeline, vous n'êtes pas le genre de jeune personne qui cherche habituellement du travail dans notre profession. Élégante, bien élevée… Vous seriez-vous enfuie de chez vos parents ?

— Oh, non !

Ce n'était pas tout à fait un mensonge, puisqu'elle s'était enfuie de l'école. Pourtant elle se sentit mal à l'aise.

— Les circonstances m'obligent à chercher du travail… et j'espérais que cela pourrait être ici.

— Pourquoi ? demanda la duchesse.

— J'ai toujours été passionnée par le théâtre et j'ai beaucoup entendu parler du Capitol, bien que je n'aie jamais assisté à la moindre représentation.

— Jamais ?

La duchesse n'en revenait pas.

— Juste à des fêtes de fin d'année, à l'école.

— Auriez-vous l'ambition de devenir actrice ?

Madeline secoua la tête.

— Je suis certaine de n'avoir aucun talent de comédienne, et je suis beaucoup trop timide pour me produire devant une salle pleine. Rien qu'à cette idée, j'ai les genoux qui tremblent.

— Dommage ! commenta la duchesse en pénétrant dans un petit bureau meublé d'une table d'acajou couverte de dossiers. Une jeune fille avec un visage comme le vôtre serait un atout pour notre théâtre.

Madeline rougit, confuse. Elle s'était toujours trouvée acceptable, rien de plus. Il y avait des quantités de filles à la silhouette plus séduisante que la sienne, au visage plus expressif. Lady Matthews, sa mère, avait décidé que sa sœur aînée, Justine, était la beauté de la famille, tandis qu'Althea était la plus intelligente. À Madeline, la cadette, il n'était rien resté.

Elle aurait dû être un garçon, elle le savait. Les accouchements de sa mère étaient difficiles et le médecin avait été formel, ce bébé serait le dernier. Agnès avait été cruellement déçue de mettre une troisième fille au monde, et Madeline s'en était toujours sentie coupable. Si au moins elle avait possédé quelque don exceptionnel qui eût rendu ses parents fiers d'elle ! Mais elle n'avait rien d'extraordinaire.

La duchesse l'invita à s'asseoir près d'elle.

— Dites-moi ce que vous savez faire, et je verrai si je peux vous employer.

Elles bavardèrent quelques minutes devant une tasse de thé qu'on leur apporta du foyer des artistes. La duchesse parlait vite, souriait souvent, et son enthousiasme était contagieux. Sa célébrité, aurait pu la rendre intimidante, mais elle était chaleureuse et naturelle. Madeline n'avait encore jamais rencontré de femme de sa qualité. Elle ne connaissait que des professeurs… et ses amies qui, comme elle, ignoraient tout de la vie.

— Vous constatez, Madeline, dit enfin la duchesse, que je vais être limitée dans mes activités au cours des prochains mois, aussi il me serait utile d'avoir une assistante… Il y a tant à faire au théâtre ! D'autre part, puisque vous savez coudre, vous pourriez aider de temps à autre Mme Lyttleton, qui crée et entretient nos costumes. Et, bien que M. Scott refuse énergiquement de le reconnaître, nous avons besoin de quelqu'un pour réorganiser la bibliothèque.

— Je pourrais me charger de tout cela, et de bien davantage !

La duchesse eut un rire indulgent devant l'enthousiasme de Madeline.

— Parfait ! Considérez désormais que vous faites partie de la compagnie.

La jeune fille réprima un cri de joie quand elle imagina la réaction de M. Scott lorsqu'il apprendrait qu'elle travaillait au théâtre.

— M. Scott n'y verra-t-il pas d'inconvénient ? fit-elle.

— J'en parlerai avec lui. J'ai parfaitement le droit d'engager qui je veux, et si vous avez un problème avec M. Scott ou n'importe qui d'autre, venez me voir.

— Oui, madame. C'est-à-dire… Votre Grâce.

Il y avait une étincelle joyeuse dans les yeux bleu-vert de la duchesse.

— Que mon titre ne vous impressionne pas, mon petit. Malgré ma position sociale, ici je ne suis qu'associée, et c'est M. Scott qui règne en maître.

Madeline n'avait jamais rien vu de moins orthodoxe : une aristocrate qui travaillait dans un théâtre ! Cela semblait incompatible, et elle se demanda comment faisait la duchesse.

Celle-ci eut un rire léger.

— Nombreux sont mes pairs qui considèrent que je fais outrage à mon rang en continuant à m'occuper du théâtre. Quant au duc, que j'aime infiniment, il serait sans doute heureux de me voir quitter la scène, mais il comprend que ce serait terrible pour moi.

— Puis-je vous demander… Depuis combien de temps faites-vous partie de la compagnie ?

— Cinq ou six ans, répondit la duchesse, songeuse. Quelle joie quand Logan Scott m'a engagée ! Tous les comédiens de Londres rêvaient de travailler avec lui. Il venait de créer un nouveau style de jeu, plus sobre, beaucoup imité depuis, mais qui était tout à fait nouveau, à l'époque.

— M. Scott a une présence extraordinaire, renchérit Madeline.

— Et il le sait !

La duchesse remplit les tasses.

— Il faut que je vous mette en garde, reprit-elle. La plupart des femmes de la troupe se croient à un moment ou à un autre amoureuses de Logan Scott. Essayez de résister à cette tentation.

Madeline sentit le sang lui monter au visage.

— C'est normal, je suppose. Il est tellement beau…

— Ce n'est pas seulement une question de beauté. Sa réserve éveille l'intérêt des femmes. Chacune croit être celle dont il tombera enfin amoureux, alors que le théâtre est sa seule véritable passion. Certes, elles se succèdent auprès de lui, mais ce ne sont jamais des affaires de cœur.

Voilà qui arrangeait grandement Madeline. Si elle arrivait à avoir une aventure avec Logan Scott, elle s'en sortirait sans engagement sentimental.

— Mais assez parlé de lui ! s'écria la duchesse. Dites-moi, ma petite… avez-vous trouvé un logement ? Sinon, je peux vous recommander à une amie.

— Avec plaisir, Votre Grâce !

— Il s'agit d'une vieille dame, une ancienne comédienne de renom. Elle vit seule dans une belle maison de Somerset Street, où elle accepte parfois des pensionnaires. Elle adore s'entourer de jeunes gens, et elle est passionnante quand elle se met à raconter ses souvenirs. Je suis certaine qu'elle vous accueillera volontiers, pour un prix raisonnable.

— C'est merveilleux ! Je vous remercie, dit Madeline dans un sourire.

La duchesse semblait pourtant un peu troublée.

— Je n'aime pas me mêler de ce qui ne me regarde pas, mon enfant, mais il est clair que vous n'appartenez pas à ce milieu d'artistes…

Madeline baissa les yeux pour échapper au regard pénétrant de la jeune femme.

— Vous cachez mal vos sentiments, reprit la duchesse. Si vous avez des ennuis... j'espère que vous viendrez m'en parler, je pourrai peut-être vous aider.

— Pourquoi vous soucier d'une inconnue ?

— Vous semblez si seule, murmura la duchesse. J'ai ressenti cette impression moi aussi, autrefois. Mais les situations ne sont pas toujours aussi désespérées qu'elles le paraissent.

Madeline hocha la tête, bien qu'elle n'eût aucune intention de se confier à quiconque. Après avoir remercié de nouveau la duchesse, elle prit congé et héla un fiacre pour se rendre à Somerset Street.

Mme Florence Nell était une vieille dame aux cheveux blancs, avec un teint pâle et un visage fin. Elle était douce, et on devinait une charmante pointe de vanité derrière sa gentillesse.

— C'est cette chère Julia qui vous envoie, n'est-ce pas ? dit-elle quand elle accueillit Madeline. Je suis certaine que nous allons nous entendre à merveille. Vous êtes comédienne, je suppose. Non ? Pourtant, avec votre physique... Si j'avais été moitié aussi jolie à votre âge... Mais je me débrouillais déjà pas mal avec ce que j'avais !

Elle entreprit de faire visiter à Madeline toutes les pièces de la maison, bourrées de souvenirs de sa carrière passée.

— J'ai été la coqueluche de Londres, déclara-t-elle en passant devant un mur orné de portraits d'elle réalisés une trentaine d'années plus tôt, dans différents costumes dont certains étaient franchement suggestifs.

Elle s'amusa de voir Madeline rougir.

— Vous ne savez guère dissimuler vos sentiments, on dirait. Quelle qualité rafraîchissante !

Madeline examinait toutes les gravures avec grand intérêt.

— Quelle chance d'avoir mené une telle existence ! s'exclama-t-elle.

— J'ai eu des hauts et des bas, répondit Mme Nell, mais j'ai adoré chaque instant de ma vie. Croyez-moi, il ne faut jamais rien regretter. Venez, je vais vous montrer la chambre que je vous destine, puis nous bavarderons, vous me parlerez de vous.

Madeline ignorait qu'elle était si transparente, mais il semblait que Mme Nell lisait en elle aussi aisément que la duchesse.

— Ah, reprit-elle, en fixant Madeline, vous ne voulez pas parler de vous ? Bon, alors nous trouverons d'autres sujets de conversation.

— Je vous remercie, madame, répondit Madeline avec gratitude.

Après avoir déballé ses modestes affaires, Madeline enfila une robe gris clair et bordeaux. Elle allait au théâtre ce soir pour voir Logan Scott sur scène et juger par elle-même de l'étendue de son talent. Elle finissait de s'habiller quand elle fronça les sourcils en se regardant dans le miroir.

Sa robe, pourtant de bonne qualité, était démodée, trop sage avec son col montant. Comment séduire un homme – et surtout Logan Scott – sans vêtements appropriés ? Si seulement elle avait possédé une jolie toilette de soie avec des dentelles, des souliers brodés, des fleurs pour ses cheveux !

Elle brossa soigneusement sa longue chevelure châtain doré, l'attacha en chignon, regrettant de ne pas disposer d'un fer à friser.

— Pas même une goutte de parfum, marmonna-t-elle !

Néanmoins, quelques minutes plus tard, son heureuse nature avait repris le dessus. Ces détails attendraient. Pour l'instant, elle allait assister au premier spectacle de sa vie.

La duchesse de Leeds indiqua à Madeline un endroit, dans les coulisses, d'où elle pourrait voir toute la pièce.

— Vous serez bien, ici, mais prenez garde à ne pas vous mettre en travers du chemin des comédiens quand ils sortent de scène pour changer de costume. Ils risqueraient bien de vous marcher dessus !

Madeline se fit toute petite. Elle voyait tout d'où elle était mais sous un angle un peu curieux.

La pièce, *L'amant évincé*, était précédée d'un intermède musical et d'une comédie en un acte qui fit rire le public aux éclats. Une fois les rideaux fermés, ce fut l'affairement général sur le plateau. Miraculeusement, le décor fut monté en quelques minutes. Deux jeunes machinistes actionnèrent cordes et poulies, et le rideau s'ouvrit de nouveau sur le luxueux intérieur d'un manoir anglais.

Les applaudissements crépitèrent quand deux personnages, mari et femme, commencèrent à dresser la liste des prétendants possibles pour leur fille. Madeline, émerveillée, suivait avec intérêt le déroulement de l'intrigue. Elle s'identifiait à l'héroïne, une jeune ingénue que l'on empêchait d'épouser son amour d'enfance pour la fiancer à un sinistre individu.

Étrangement, Logan Scott n'avait pas le rôle de l'amoureux, mais celui du méchant. Lorsqu'il fit son entrée sur scène, un frémissement parcourut l'assistance. Comme tout le monde, Madeline fut éblouie par son assurance et son charme redoutable. Chaque instant était une révélation pour elle. Les doigts crispés sur un repli de velours du rideau, le cœur battant, elle osait à peine respirer. Logan Scott donnait de la profondeur au personnage qui voulait la jeune fille à tout prix, et Madeline se surprenait à souhaiter qu'il parvînt à gagner l'amour de la belle.

M. Scott demeura en scène pendant presque tout le premier acte, discutant, marchandant, dressant des barrages entre les deux amoureux.

— Comment cela se termine-t-il ? ne put s'empêcher de demander Madeline à un accessoiriste qui se tenait près d'elle. L'épouse-t-il, ou la laisse-t-il retourner vers l'autre jeune homme ?

— Pas question que je vous le dise ! répondit-il en riant. Vous n'auriez plus de surprise.

Déjà c'était l'entracte, et Madeline s'effaça pour laisser entrer un groupe de danseurs qui allaient distraire le public avant la reprise.

Elle attendait dans l'ombre, heureuse d'être là, dans les odeurs de poussière et de transpiration, quand une haute silhouette passa tout près d'elle. Leurs épaules se heurtèrent ; l'homme s'arrêta et se tourna lentement pour la regarder. Logan Scott !

Son visage luisait sous un léger voile de sueur et, bien que ses yeux fussent dans l'ombre, Madeline y distingua un éclair de colère.

— Vous... Bon Dieu, que faites-vous dans mon théâtre ?

Elle n'avait pas l'habitude qu'on lui parle sur ce ton, aussi fut-elle longue à trouver une réponse.

— Monsieur Scott, je vois que Sa Grâce n'a pas encore eu le temps de vous parler de moi.

— Je vous ai dit qu'il n'y avait pas de travail pour vous ici.

— Certes, monsieur, mais la duchesse n'est pas de cet avis. Elle m'a engagée comme assistante.

— Eh bien, vous êtes renvoyée ! aboya-t-il en se penchant vers elle.

Elle sentit son odeur d'homme, et ce n'était pas du tout désagréable. Au contraire.

— Non, monsieur, rétorqua-t-elle, surprise elle-même de sa hardiesse.

Il y eut un bref silence.

— Non ? répéta-t-il comme si c'était la première fois qu'on osait lui tenir tête.

— La duchesse a dit qu'elle pouvait embaucher qui bon lui semblait et que, si vous émettiez des objections, je vienne lui en parler.

Il émit un ricanement.

— Vraiment ? J'aimerais bien savoir à qui appartient ce foutu théâtre ! Suivez-moi.

Il saisit Madeline par le bras et l'entraîna vers sa loge sans cesser de jurer entre ses dents.

— Monsieur, risqua-t-elle, je vous serais reconnaissante de ne pas prononcer de tels mots en ma présence.

— Vous venez ici sans y être invitée, vous provoquez un incident dans les coulisses, vous me suppliez de vous donner du travail… et en plus vous me sermonnez sur mes mauvaises manières ?

Il claqua la porte derrière eux et ils se retrouvèrent face à face, lui courroucé, elle pleine d'une calme obstination. Elle ne se laisserait pas chasser du théâtre.

— Ce langage est indigne de vous, insista-t-elle.

Dans la petite pièce bien éclairée, le visage de Logan Scott prenait toute sa dimension. Son teint hâlé rendait le maquillage superflu, son regard était perçant et sa mâchoire semblait en bronze.

— Vous vous êtes trompée, mademoiselle Ridley. Il n'y a pas de place pour vous ici.

— Si vous êtes encore contrarié par ma maladresse, monsieur Scott, j'en suis désolée. Je ferai très attention dorénavant. Vous ne voulez pas m'accorder une seconde chance ?

Logan était absolument furieux de la réaction qu'elle éveillait en lui. Il avait pensé à elle toute la journée, mais son discours, qui aurait fait fondre un iceberg, renforçait encore sa décision.

— Cela n'a rien à voir avec ce qui s'est passé ce matin, gronda-t-il. On n'a tout simplement pas besoin de vous ici.

— Pourtant la duchesse a dit que je pourrais me rendre utile. Les costumes, la bibliothèque...

— Julia a bon cœur, coupa-t-il, et vous êtes arrivée à l'émouvoir. Moi, en revanche, on ne me manipule pas aussi facilement.

— Je n'ai manipulé personne ! s'indigna-t-elle.

Un domestique arrivait avec des vêtements propres, et Logan entreprit de se déshabiller.

Madeline, qui n'avait jamais vu un homme se dévêtir, se dirigea vers la porte.

— Je... je crois que je ferais mieux de partir.

— Vous quittez le théâtre ? demanda-t-il en se débarrassant de sa chemise mouillée, révélant un torse puissant et bronzé.

Madeline baissa vivement les yeux, mais le souvenir de cette poitrine d'homme serait à jamais gravé dans sa mémoire.

— Je resterai si la duchesse le permet.

— Bien, mais alors sachez que vous me le paierez ! Je ferai de votre vie un enfer. C'est bien compris ?

— Oui, monsieur Scott, murmura-t-elle.

Elle s'enfuit de la loge tandis qu'il commençait à défaire son pantalon.

Logan s'immobilisa, souhaitant annihiler le violent désir qui s'était emparé de lui. George, le valet, se détourna avec tact pour ramasser la chemise sale.

— Avez-vous besoin d'autre chose, Monsieur ? demanda-t-il.

Logan secoua la tête et le domestique se retira sans bruit.

Face au miroir, Logan tenta de se concentrer sur le texte de l'acte suivant, mais cette jeune fille – Madeline – ne quittait pas son esprit...

Qui était-elle et, au nom du ciel, pourquoi tenait-elle tant à travailler au Capitol ? Elle n'appartenait visiblement pas au milieu du théâtre. À quoi Julia pensait-elle, quand elle l'avait engagée ? Il aurait bien aimé qu'elle le lui dise, mais la représentation n'était pas terminée et, pour lui, seule comptait la satisfaction du public.

Madeline revint à sa place dans les coulisses, les joues brûlantes. Avait-elle eu tort d'insister pour rester malgré l'opposition de M. Scott ? Ce n'était certainement pas la meilleure façon de s'y prendre pour le séduire !

Pourquoi la détestait-il ? D'habitude, elle se faisait des amis sans peine. Mais sans doute n'était-elle pas son type de femme et elle aurait du mal à le faire changer d'opinion.

Perturbée, elle attendit le lever du rideau et la suite de l'intrigue. Puis elle oublia tout face au talent de M. Scott.

Après bien des ruses et des complots, le méchant s'apercevait enfin que, même s'il épousait la jeune fille, il n'obtiendrait jamais son amour. Alors, en bienfaiteur anonyme, il aidait les deux amants à s'enfuir ensemble, sans jamais leur laisser deviner qu'il était l'artisan de leur bonheur… Logan Scott interprétait le personnage sans le moindre apitoiement sur lui-même, sans abandonner son masque de cynisme, tout en laissant comprendre qu'il avait le cœur brisé ; et la fin de la pièce était douce-amère.

Il y eut des acclamations, des tonnerres d'applaudissements, de nombreux rappels. Logan, le plus fêté de tous les comédiens, accepta les hommages avec un demi-sourire et un salut. Puis on annonça le programme du lendemain et le rideau tomba définitivement.

Madeline prit soin de disparaître avant que M. Scott la vît de nouveau. D'ailleurs, une foule d'admirateurs se pressait autour de lui. Avec un soupir, elle alla récupérer son manteau dans le bureau de la duchesse.

— Avez-vous aimé la pièce ? lui demanda Julia.

— Ça a été la plus belle expérience de ma vie !

— Mon Dieu ! s'écria la duchesse en riant de tant d'enthousiasme.

— Cela ne m'étonne pas que l'on traite M. Scott de légende vivante. Il… Il…

Madeline s'interrompit, incapable de traduire ce qu'elle éprouvait.

— Je sais, dit simplement la duchesse.

L'exaltation de Madeline tomba d'un coup.

— Hélas, M. Scott m'a rencontrée en coulisses, ce soir, et il a été très clair : il ne veut pas de moi au théâtre.

Julia, surprise, haussa les sourcils.

— Ça ne lui ressemble guère. Je ne comprends pas pourquoi…

Elle fixait Madeline, déconcertée.

— Ne vous inquiétez pas, mon petit, reprit-elle. Je lui parlerai demain matin, avant la répétition, et tout s'arrangera.

— Je l'espère, Votre Grâce. J'ai tellement envie de travailler au Capitol.

— C'est chose faite, affirma la duchesse. Sauf si M. Scott a une bonne raison de refuser, ce dont je doute fort.

2

Dans l'atelier de menuiserie, Logan, examinait deux nouveaux panneaux de décor, constitués de toiles tendues sur des cadres de bois, que l'on confierait ensuite aux peintres.

— Nous n'en avons jamais réalisé de si grands, fit-il remarquer aux deux charpentiers qui les lui montraient. Comment tiendront-ils ?

— Nous avons pensé les lester en bas afin qu'ils ne risquent pas de s'écrouler durant la répétition.

Les doubles panneaux avaient été conçus de façon que le premier puisse basculer sous son propre poids, révélant le second, afin d'accélérer les changements de décor. Un délicat travail de précision.

Logan recula en jouant avec une mèche de ses cheveux.

— Voyons comment ça tombe, dit-il.

— D'accord, répondit Robbie. Mais je vous avertis, je ne les ai pas encore testés.

— Eh bien, c'est le moment ou jamais !

Un jeune accessoiriste se précipita pour aider les charpentiers.

— Allez-y ! ordonna Robbie.

Les assistants commencèrent à incliner le premier panneau.

Du coin de l'œil, Logan vit quelqu'un entrer dans l'atelier, une mince jeune fille armée d'un balai, d'une pelle et de chiffons de ménage. La petite nouvelle, se dit-il, irrité. Sans se soucier de ce qui se passait, elle se dirigeait tout droit vers l'endroit où le panneau devait tomber.

— Attention, bon Dieu ! cria Logan.

Elle le fixa avec de grands yeux interrogateurs de jeune faon tandis que le décor pencha vers elle.

Machinalement, Logan se précipita pour la protéger de son propre corps, et le panneau s'effondra sur lui, heurtant son épaule blessée. La douleur lui fit lâcher un chapelet de jurons. Il parvint néanmoins à rester debout et il se rendit vaguement compte que Robbie et les autres venaient redresser le décor, tandis que la jeune fille reculait.

— Monsieur Scott... je suis désolée. Vous vous sentez bien ?

Logan, très pâle, luttait contre une violente nausée. Il n'allait tout de même pas se laisser aller devant son personnel ! Il tenait absolument à maintenir son image d'autorité, et il ne montrait jamais la moindre faiblesse face à ses employés.

— Oh, votre épaule ! s'écria Madeline en voyant quelques gouttes de sang tacher la chemise blanche, là où la plaie s'était rouverte. Comment pourrais-je vous aider ?

— En disparaissant, répondit-il avant de prendre une profonde inspiration. Au nom du ciel, que fabriquez-vous ici ?

— Je voulais balayer et nettoyer les outils. Que voudriez-vous que je fasse, monsieur ?

— Que vous sortiez d'ici ! aboya Logan. Avant que je vous étrangle.

— Bien, monsieur.

À sa place, n'importe quelle fille aurait fondu en larmes, mais elle garda son sang-froid, et Logan en fut vaguement admiratif. Il terrifiait toute la troupe, et même Julia l'évitait lorsqu'il était de mauvaise humeur.

Madeline se tourna vers Robbie, confuse.

— Navrée, monsieur Cleary. Je reviendrai plus tard.

— Ça va, petite, répondit le brave homme.

Il attendit que Madeline fût sortie pour s'adresser à Logan d'un ton réprobateur.

— Il n'y avait aucune raison de gronder cette enfant, monsieur Scott. Elle voulait seulement se rendre utile.

— Peut-être, mais c'est une catastrophe ambulante !

— Monsieur, intervint à son tour le jeune accessoiriste, Maddy a commencé son travail aujourd'hui. Vous devez l'impressionner.

— C'est la meilleure ! rétorqua Logan.

Son épaule le faisait cruellement souffrir, ainsi que sa tête.

— Je veux qu'elle disparaisse, marmonna-t-il en s'éloignant à grandes enjambées.

Il se dirigea vers le bureau de Julia afin de lui faire part de ses doléances. C'était elle qui avait tenu à embaucher cette fille, à elle donc de la congédier.

Il trouva la duchesse à sa table, penchée sur l'emploi du temps de la semaine. Elle leva les yeux et resta bouche bée.

— Que s'est-il passé, Logan ? On dirait que vous êtes passé sous un fiacre !

— Pire que ça. Je viens de croiser votre petite protégée.

— Madeline ? Et qu'est-il arrivé ?

Il lui raconta l'épisode des panneaux de décor mais, loin de s'apitoyer, Julia sembla trouver l'anecdote fort distrayante.

— Pauvre Logan ! s'écria-t-elle en riant. Ça ne m'étonne pas que vous soyez furieux. Mais ce n'est pas la faute de Maddy.

— Ah bon ?

— C'est son premier jour de travail ici. Il lui faut le temps de s'habituer.

— Son premier jour et le dernier. Je veux qu'elle s'en aille, Julia. Je ne plaisante pas.

— Je n'arrive pas à comprendre pourquoi Madeline Ridley vous indispose à ce point, dit Julia, pensive.

— Elle est inexpérimentée et ne connaît rien au théâtre.

— Nous l'avons tous été, à un moment ou à un autre, répliqua gentiment Julia. Tous sauf vous, évidemment. Vous êtes certainement né avec la science infuse de la scène...

— Elle n'est pas à sa place ici, coupa Logan. Vous ne pouvez prétendre le contraire.

— Peut-être, concéda la duchesse, mais elle est douce, intelligente, et je suis certaine qu'elle a des ennuis. J'ai envie de l'aider.

— Le meilleur moyen serait de la renvoyer d'où elle vient.

— Et si elle avait fui une situation dangereuse ? Ça ne vous inquiète pas, ça n'éveille même pas votre curiosité ?

— Non.

Julia soupira, agacée.

— Si elle ne travaille pas chez nous, qui sait dans quel guêpier elle ira se mettre ? Je paierai son salaire de ma poche, si vous préférez.

— Nous ne sommes pas un établissement de charité, bon sang !

— J'ai besoin d'une assistante, et déjà depuis un bon moment. Madeline est exactement celle qu'il me faut. Alors qu'est-ce qui vous dérange, chez elle ?

— Elle est...

Logan s'interrompit. En fait, il ne comprenait pas très bien. Peut-être était-ce son attitude ridiculement directe, sa vulnérabilité ostensible ? Tout le contraire de ce qu'il était... Et elle lui rappelait désagréablement tout ce qu'il refusait d'être, tout ce qu'il avait voulu détruire en lui. Cependant, il n'avait aucune intention de l'avouer à Julia, qui avait toujours été irritée de le voir contrôler sa vie et ses émotions si facilement.

— Logan, s'impatienta-t-elle, il y a tout de même bien, une explication !

— Sa maladresse me semble suffisante !

— Tout le monde peut avoir un geste malheureux. Ça ne vous ressemble pas d'être aussi intraitable !

— J'exige qu'elle s'en aille, et le sujet est clos !

— Alors congédiez-la vous-même, moi je n'y arriverai pas.

— Entendu. Où est-elle ?

— Je l'ai envoyée aider Mme Lyttleton avec les costumes ! lança sèchement Julia avant de retourner à ses dossiers.

Logan quitta la pièce bien déterminé à rencontrer la jeune fille immédiatement.

L'atelier de couture était situé dans un bâtiment un peu éloigné des autres parce qu'il comportait un risque d'incendie plus important que le reste du théâtre et qu'un feu pouvait plus aisément y être circonscrit.

Mme Lyttleton, la tête couronnée de boucles brunes, respirait la bonne humeur. De ses mains robustes sortaient les toilettes les plus ravissantes dont on pût rêver, et une demi-douzaine de cousettes l'aidaient à entretenir l'immense collection de costumes qui couvrait les portants. Au Capitol, on ne reculait devant rien pour que les représentations soient somptueuses ; comédiens et spectateurs en étaient tous pleinement conscients.

— Monsieur Scott ! s'exclama la couturière, joviale. Quel bon vent vous amène ? La chemise que vous portiez hier soir a-t-elle encore les manches trop courtes ? Dans ce cas, je vais redonner un peu de longueur.

Logan ne s'embarrassa pas de préambules.

— Vous avez une petite nouvelle… Mlle Ridley. J'aimerais la voir.

— Ah ! Je l'ai envoyée à la buanderie porter quelques vêtements fragiles. La soie est trop délicate pour supporter l'atmosphère de la ville, alors nous la faisons laver à la campagne et sécher à l'air pur…

— Merci, coupa Logan qui s'intéressait fort peu à ce genre de détail. À bientôt, madame Lyttleton.

— Après avoir porté le linge, elle devait passer à votre bureau afin de vous montrer les dessins des costumes pour *Othello*.

— Merci, répondit Logan, entre ses dents.

L'idée que Madeline Ridley vienne dans son bureau l'ennuyait – ou l'inquiétait. Avec les catastrophes qu'elle déclenchait sans cesse, il aurait de la chance si la pièce ne se retrouvait pas sens dessus dessous après son passage.

Cependant, quand il arriva, il eut la surprise de trouver son bureau bien mieux rangé qu'il ne l'avait été depuis des années. Livres et manuscrits étaient empilés, les étagères époussetées, la table cirée. Il fit le tour de la pièce, stupéfait.

— Comment serai-je capable de retrouver quelque chose, à présent ? marmonna-t-il.

Son regard fut attiré par une touche de couleur. Une rose en bouton…

Déconcerté, il effleura les pétales veloutés.

— C'est un rameau d'olivier, dit Madeline, derrière lui.

Il fit volte-face. Elle se trouvait dans l'embrasure de la porte, un sourire avenant aux lèvres.

— Et la promesse de ne plus vous blesser en quoi que ce soit.

Logan la fixait en silence et il oublia le discours impitoyable qu'il avait préparé. Il s'était cru immunisé contre tout sentiment de culpabilité mais, à présent, face au petit visage tendre et plein d'espoir, il était plutôt mal à l'aise. En outre, s'il la renvoyait, il passerait pour un ogre aux yeux de toute la troupe. Était-elle aussi innocente qu'elle le paraissait, ou s'agissait-il d'une habile manipulatrice ? Les grands yeux d'ambre ne livraient aucun secret.

Soudain, Logan s'apercevait que Madeline Ridley était jolie – non, belle – avec ses traits délicats, son teint de porcelaine, sa bouche à la fois naïve et sensuelle. Elle avait une silhouette menue, dépourvue de la volupté qu'il aimait habituellement chez les femmes, mais fort séduisante.

Il s'assit dans son fauteuil et la regarda bien en face.

— Où avez-vous trouvé ça ? demanda-t-il en désignant la rose.

— Au marché aux fleurs de Covent Garden, où je suis allée de bonne heure ce matin. C'est un endroit magnifique, avec les montreurs de marionnettes, les oiseleurs, et toute cette foison de fruits et de légumes...

— Il est dangereux de vous y rendre seule, mademoiselle Ridley. Les voleurs et les gitans ne feront qu'une bouchée de quelqu'un comme vous.

— Tout s'est bien passé, monsieur Scott, répondit-elle. Mais c'est gentil de vous inquiéter pour moi, ajouta-t-elle dans un grand sourire.

— Je ne m'inquiète pas, déclara-t-il sèchement, j'ai juste constaté que vous attiriez les ennuis.

— C'est faux, répliqua-t-elle sans rancœur. Jusqu'à présent, je vous assure que je n'ai perturbé personne. J'ai mené une vie d'un calme exemplaire.

— Alors expliquez-moi pourquoi une jeune fille qui a reçu votre éducation cherche du travail au Capitol !

— Pour être près de vous.

Logan secoua la tête devant cette déclaration effrontée. C'était insensé de la part d'une personne visiblement innocente, inexpérimentée... Dans quel but cherchait-elle à le séduire ?

— Votre famille sait-elle où vous vous trouvez ?

— Oui, répondit-elle un peu trop vite.

Il eut une moue sceptique.

— Qui est votre père ? Que fait-il dans la vie ?

— C'est un… fermier.

— Un fermier opulent, me semble-t-il, fit Logan avec un coup d'œil appréciateur sur sa robe bien coupée. Pour quelle raison n'êtes-vous pas dans votre famille, mademoiselle Ridley ?

Elle hésitait, il la sentait gênée.

— Je me suis brouillée avec eux.

— À cause de quoi ?

— Je préfère ne pas en parler…

— Cela concerne un homme ?

Il vit à l'étincelle de surprise dans son regard qu'il avait touché juste.

— Laissons cela de côté, mademoiselle Ridley, reprit-il sèchement. Je ne tiens pas à connaître votre vie privée. Toutefois, permettez-moi de vous dire que si vous nourrissez l'espoir qu'un jour vous et moi…

— Je comprends, coupa-t-elle. Vous ne voulez pas d'une aventure avec moi.

Elle se dirigea vers la porte, s'y arrêta.

— Parfois, les gens changent d'avis, ajouta-t-elle.

— Pas moi, lança-t-il.

Bon sang, elle ne savait donc pas ce que « non » voulait dire ?

Madeline fut fort occupée toute la journée à réparer les costumes, ranger les loges des comédiens, trier des affiches fraîchement imprimées, recopier les emplois du temps pour les membres de la compagnie.

Le théâtre était une grande famille, avec toutes les querelles intestines inévitables dans une communauté. Madeline était surtout étonnée par la personnalité des comédiens, qu'elle trouvait bien plus intéressants que les gens ordinaires. Quel que fût le sujet de conversation entre eux, le nom de M. Scott revenait sans cesse. De toute évidence, tous l'admiraient, l'adulaient même, et on le prenait systématiquement en référence.

Tandis qu'elle balayait le foyer des artistes, Madeline écoutait une discussion entre comédiens sur les motivations de l'amour.

— L'important, disait Arlyss Barry, une jeune actrice frisée et potelée, spécialisée dans les rôles comiques, ce n'est pas ce que vous étalez, mais ce que vous cachez. Regardez jouer M. Scott, par exemple. Quel que soit le personnage qu'il interprète, il garde toujours pour lui une part de secret. C'est le mystère qui séduit, chez l'autre.

— Parlons-nous de la scène, ou de la vie réelle ? intervint Stephen Maitland, le jeune homme qui avait accidentellement blessé Logan.

— Y a-t-il une différence ? objecta Charles Haversley en feignant de ne rien comprendre.

Tout le monde éclata de rire.

— Dans ce cas précis, non, répliqua Arlyss. Les gens veulent toujours ce qu'ils ne peuvent avoir. Les spectateurs tombent amoureux d'un acteur parce qu'ils savent qu'il ne leur appartiendra jamais. Dans la vie, c'est pareil. N'importe quel individu tombe amoureux de celui qu'il ne peut avoir.

Madeline s'approcha, balai et pelle à la main.

— Je ne suis pas tout à fait d'accord, dit-elle, pensive. Je ne suis pas très expérimentée mais, si quelqu'un est très gentil avec vous, si vous vous sentez bien auprès de lui… vous ne l'aimeriez pas ?

— Je n'en sais rien, dit Charles avec un sourire canaille. Vous devriez essayer de mettre votre théorie en pratique avec moi, Maddy, et nous verrions bien.

— À mon avis, Maddy la teste sur quelqu'un d'autre, coupa Arlyss qui éclata de rire en voyant la jeune fille s'empourprer. Pardonnez-moi, mon chou.

Nous adorons nous taquiner. Il faudra vous y habituer, je le crains.

Madeline sourit.

— Bien sûr, madame Barry.

— Et qui est l'heureux élu ? insista Charles, visiblement intéressé. Ne me dites pas qu'il s'agit de M. Scott !

Il prit l'air indigné tandis que Madeline rougissait davantage.

— Pourquoi lui et pas moi ? poursuivit-il. D'accord, il est riche, beau et célèbre… Mais à part ça, qu'a-t-il de plus ?

Madeline, confuse, se mit à balayer énergiquement jusqu'à la porte par laquelle elle disparut.

— Pauvre petite, murmura Stephen, il ne la remarquera jamais. Et puis elle est bien trop gentille pour lui.

Troublée, Madeline s'appuya contre le mur d'une salle de répétitions déserte. Après avoir écouté la conversation des acteurs plus avisés qu'elle, elle commençait à comprendre l'erreur qu'elle avait commise. Elle avait choisi une mauvaise approche de M. Scott en lui annonçant franchement ses intentions, en se déclarant disponible et sans préserver le moindre mystère. Dans ces conditions, il était normal qu'elle ne l'intéressât pas, mais il était trop tard pour revenir en arrière.

Dans un grand soupir, Madeline regretta de ne pas avoir près d'elle une femme d'expérience capable de lui donner des conseils. La duchesse… Mais celle-ci désapprouverait son projet. Soudain, son visage s'éclaira. Elle avait peut-être trouvé la solution.

Le ciel était lourd de nuages quand le fiacre déposa Madeline à Somerset Street. Mme Nell était installée avec une collation devant la cheminée du salon.

— Je vous attendais plus tôt, ma chère, dit-elle. Vous avez eu beaucoup de travail, au théâtre ? Vous devez mourir de faim. Je vais demander qu'on prépare un autre plateau.

Madeline s'assit près d'elle, reconnaissante, et, à la demande de la vieille dame, entreprit de lui raconter le déroulement de sa journée.

— Madame, dit-elle ensuite, j'aimerais solliciter votre avis sur un problème qui me tracasse, mais je crains de vous choquer.

— Impossible, mon enfant. J'ai vécu trop longtemps pour pouvoir encore être choquée.

Elle se pencha en avant, les yeux brillants.

— Eh bien, vous excitez ma curiosité. Ne me faites pas languir davantage.

— J'ai pensé qu'avec votre expérience... enfin, votre connaissance des choses de la vie... Je voulais vous demander comment...

Madeline s'arrêta un instant, puis elle lâcha :

— J'essaie de séduire un homme.

La comédienne cligna des yeux.

— Voilà, je vous ai choquée ! s'écria Madeline.

— Surprise, plutôt, mon petit. Je ne m'attendais pas à une déclaration de ce genre venant de vous. Savez-vous bien ce que vous faites ? Je n'aimerais pas que vous commettiez un acte dont vous auriez honte ensuite.

— De toute ma vie, madame, répondit Madeline avec une petite grimace, je n'ai rien fait dont je puisse vraiment avoir honte.

Mme Nell eut un sourire amusé.

— Et vous voulez commencer maintenant ?

— Oui ! Sinon, cela prouvera que je manque de caractère et de volonté.

— Je ne suis pas d'accord, ma chère. Vous en avez beaucoup plus que le commun des mortels. Toutefois, si vous avez l'intention de persister dans ce projet, je suis toute prête à vous aider. Je connais bien les hommes – en tout cas, j'en ai beaucoup connu et ils n'ont guère changé en dix ou vingt ans. Dites-moi, c'est un individu précis que vous voulez séduire ?

— C'est M. Scott.

— Ah…

Mme Nell demeura un moment silencieuse, le regard lointain. Comme si elle se rappelait un cher souvenir.

— Je ne vous en blâme pas, dit-elle enfin. Moi aussi, je serais tentée si j'étais jeune et belle comme vous.

— Vraiment ? s'étonna Madeline.

— Oh, oui ! Il me semble que M. Scott est l'un des rares hommes qu'on ait envie de séduire. Personnellement, je ne perdrais pas mon temps avec ces créatures égoïstes et efféminées qui passent pour de grands amants de nos jours. Je n'ai jamais eu l'occasion de rencontrer M. Scott, malheureusement, mais je l'ai vu sur scène. La première fois, c'était il y a cinq ans dans le rôle de Iago… Une interprétation parfaite. L'incarnation du mal. En tant qu'acteur il mérite la plus entière admiration mais, comme homme, il me paraît plutôt dangereux.

— Dangereux ?

— Pour un cœur de femme, oui. On épouse les hommes sérieux, on prend du plaisir avec les hommes dangereux. Attention de ne pas leur en demander plus qu'ils ne peuvent vous donner.

Madeline se pencha vers la vieille dame.

— Vous ne parlerez à personne de mon projet ?

— Bien sûr que non ! Cela restera entre nous. D'autre part, je ne suis pas certaine que vous réussirez. À ce que je sais – et qui me vient principalement de Julia –, vous n'êtes pas le genre de Logan Scott. Certains hommes préfèrent les femmes habiles en amour, or vous... quelque chose me dit que votre répertoire est limité.

— Je n'ai pas de répertoire du tout, répondit Madeline, tristement.

— Ce qui complique encore les choses. Cependant, vous possédez jeunesse et beauté, qualités qu'il ne faut pas sous-estimer.

— Mais j'ai commis une erreur. J'aurais dû me montrer mystérieuse, distante... Or j'ai avoué franchement mes intentions.

— Il sait que vous avez envie de lui ? demanda Mme Nell, amusée.

— Oui, et il m'a clairement déclaré qu'il ne voulait pas de moi.

— Eh bien, votre approche n'était peut-être pas si sotte. On peut supposer qu'un homme comme Logan Scott est habitué aux femmes qui font des avances subtiles et sophistiquées. Vous avez dû le déconcerter, ce qui n'est déjà pas mal.

— Je ne l'ai pas déconcerté, rétorqua Madeline, penaude. Je me suis débrouillée pour qu'il soit blessé à l'épaule !

— Vous... quoi ?

Madeline lui raconta comment s'était produit l'accident et la vieille dame la considéra avec un mélange d'incrédulité et d'humour.

— Ma foi, petite, vous me confrontez à un défi qui me plaît bien. Laissez-moi réfléchir... Dommage que vous ne soyez pas comédienne, reprit-elle un instant plus tard. La scène est le meilleur endroit pour approcher un personnage comme Scott. C'est là qu'il se sent le mieux, et je suppose que s'il baisse parfois sa garde, c'est pendant qu'il joue. Dans ces moments de vulnérabilité, vous parviendriez peut-être à l'atteindre.

— Alors je pourrais proposer de jouer le rôle de souffleur lorsque les comédiens révisent leur texte, suggéra Madeline.

— Excellente idée !

— Mais, madame… que lui dirai-je si j'arrive à saisir un de ces « moments de vulnérabilité » ?

— Laissez votre instinct vous guider. Mais n'oubliez jamais que vous ne devez pas vous comporter en amoureuse éperdue. Faites-lui comprendre que vous êtes libre, consentante, que vous lui offrez du plaisir et pas de responsabilité. Aucun homme au monde ne résisterait à ça.

Madeline acquiesça, docile.

— Encore une chose, ajouta Mme Nell. Il faut vous habiller en conséquence. Vous semblez bien faite, mais on ne s'en rend pas compte, dans vos vêtements de jeune fille comme il faut.

Madeline eut un soupir résigné.

— Là, je crains que ce ne soit désespéré, madame. Je n'ai pas les moyens de m'offrir une nouvelle robe.

— Je vais y songer, assura la vieille dame, et je trouverai une solution.

Madeline admirait l'enthousiasme et l'énergie de sa nouvelle amie.

— Je suis heureuse de vous avoir demandé votre avis, madame.

— Moi aussi, Maddy ! Il y a longtemps que je ne me suis autant amusée. Avec mon aide, vous allez attirer Logan Scott dans votre lit comme on mène le mouton à l'abattoir.

— Je l'espère… Bien que je ne voie rien de commun entre lui et un mouton.

— À vous de le découvrir, mon enfant. Les hommes sont bien différents dans l'intimité ou dans la vie de tous les jours. Les comédiens sont les amants les plus imprévisibles, car on ne sait jamais quand ils jouent un rôle ou non.

Mme Nell se tourna vers le feu, pensive, tandis que la femme de chambre apportait le plateau de Madeline.

Après le départ de la domestique, Madeline reprit :

— Y a-t-il un moyen de savoir ce qui va se passer ?

La vieille dame la regarda d'un air interrogateur.

— Je veux dire : de savoir comment un homme se comportera en tant qu'amant ? expliqua Madeline.

— On en apprend beaucoup à la façon dont il embrassé… En fait, c'est une très bonne idée. Pourquoi ne pas étonner Logan Scott en lui volant un baiser ? C'est une ruse directe, hardie, cela l'intriguera.

— Mais comment… ? Quand ?

— Laissez libre cours à votre imagination, Maddy. Vous trouverez bien.

Lui voler un baiser… Cette idée tarauda Madeline au long de la journée. Elle ne trouverait jamais le bon moment ! Si seulement elle possédait la beauté de son aînée, Justine, ou l'intelligence d'Althea ! Mais elle était terriblement banale et M. Scott était… inaccessible.

Elle avait constaté l'effet qu'il produisait sur les gens – les aristocrates se pressaient à la porte de sa loge après la représentation, les comédiens sollicitaient son opinion. Tout le monde voulait quelque chose de lui. Même moi, songea Madeline avec un certain malaise.

Dans l'espoir d'en apprendre davantage sur lui, elle alla s'adresser à Arlyss Barry, qui prenait une tasse de thé seule dans le foyer. Arlyss était une véritable source d'informations, elle connaissait des anecdotes sur tout le monde et adorait les ragots.

— Vous voudriez en savoir plus au sujet de M. Scott ? demanda-t-elle en avalant un biscuit au chocolat.

Malgré les réprimandes de Mme Lyttleton qui la trouvait trop ronde, Arlyss était incapable de résister aux friandises.

— Nous sommes tous dans ce cas, Maddy, continua-t-elle. M. Scott est l'homme le plus fascinant de la terre, et aussi le plus énigmatique. Il tient à préserver son intimité et, à ma connaissance, la seule personne de la troupe qui soit déjà allée chez lui, c'est la duchesse.

Madeline fronça les sourcils.

— La duchesse et lui ont-ils été…

Arlyss secoua ses boucles.

— Non, ils se ressemblaient trop, je suppose. Tous les deux ne pensent qu'au théâtre. Et puis Julia a rencontré le duc et… mais c'est une autre histoire. Pour répondre à votre question, Julia et M. Scott n'ont jamais eu de relation sentimentale. Elle m'a confié que tomber amoureux était la pire chose qui puisse arriver à M. Scott.

— Mais pourquoi ?

Arlyss haussa les épaules.

— C'est un mystère. Il est bourré de secrets, cet homme-là.

Elle se pencha vers Madeline, baissa le ton.

— Je vais vous en confier un que peu de gens connaissent : M. Scott est le fils d'un fermier. Il n'est jamais allé à l'école. C'est incroyable, non ?

— En effet, je… Il paraît si cultivé, si distingué…

— C'est vrai. Mais il a eu une enfance qui ferait passer la vôtre et la mienne pour une existence de princesse. En fait, Julia m'a un jour laissée entendre qu'il avait été maltraité par son père qui le battait, qui le privait de nourriture. C'est pourquoi sa famille ne vient jamais au théâtre ; il les paie pour qu'ils le laissent tranquille.

Madeline digéra l'information tandis qu'Arlyss plongeait de nouveau dans la boîte de gâteaux. Elle essayait d'imaginer Logan Scott en enfant martyr, et elle n'arrivait pas à superposer cette image à celle du directeur du Capitol, puissant, sûr de lui. Il avait pris une telle dimension aux yeux du public – et aux siens – qu'elle avait du mal à croire qu'il eût un passé aussi dramatique.

C'était donc l'explication de son talent, songea-t-elle avec compassion. Un homme ne pouvait abandonner son ancienne vie pour une nouvelle sans posséder une extraordinaire imagination – et une forte détermination.

— Excusez-moi, madame Barry, murmura-t-elle. J'ai encore du travail.

Arlyss, sur un clin d'œil amical, s'empara d'un texte qu'elle se mit à lire à voix basse.

Madeline, le cœur battant, se dirigea vers le bureau de M. Scott. Par l'entrebâillement de la porte, elle le vit assis, de dos, à sa table d'acajou. Il avait ôté son gilet ainsi que sa cravate, et sa chemise blanche était froissée.

Il était étrange de le voir immobile, lui qui s'agitait sans cesse. Plein d'énergie, il arpentait le théâtre comme un capitaine sur le pont de son navire, dirigeant les comédiens durant les répétitions, alternant critiques et compliments jusqu'à ce que leur jeu lui convienne tout à fait. Parfois, il aidait les décorateurs à transporter de lourds panneaux et il leur expliquait comment il concevait le décor, prêt à prendre le pinceau lui-même s'il le fallait pour obtenir le résultat souhaité.

Tous les membres de la troupe savaient qu'à un moment ou à un autre il vérifierait leur travail, et ils s'efforçaient de le satisfaire. Au moindre encouragement, ils rayonnaient littéralement.

Madeline, elle aussi, rêvait de retenir son attention, d'être autre chose qu'une employée encombrante. Quand elle s'arrêta sur le seuil du bureau, et bien qu'elle n'eût fait aucun bruit, il se retourna, l'air interrogateur.

— J'ai pensé que je pourrais vous aider dans votre correspondance, monsieur, dit-elle. Il y en a tellement… Si vous voulez dicter des lettres, je les écrirai. J'ai une très bonne écriture, ajouta-t-elle comme il demeurait de marbre.

Il contempla longuement la pile de courrier entassée sur son bureau avant de dégager une chaise près de lui.

— Pourquoi pas ? grommela-t-il.

Madeline prit une feuille, un crayon et s'installa sur un coin du bureau. Logan commença à lire en tirant sur une mèche de ses cheveux. Madeline n'avait jamais vu de si beaux cheveux.

Pour une fois seule avec lui, elle continua sa discrète inspection. Ses longues jambes athlétiques étaient moulées par un pantalon gris. Les rôles physiques et l'énergie qu'il dépensait à chaque représentation le maintenaient dans une forme splendide.

— Prenez cette lettre pour M. Jacques Daumier, rue des Beaux-Arts, à Paris.

Scott commença à dicter en français, et Madeline se rendit compte qu'il le faisait afin de vérifier si elle savait vraiment cette langue. Elle releva le défi sans hésiter.

Au fil de la lettre, elle comprit qu'il aidait un directeur de la Comédie-Française à louer un théâtre à Londres afin de montrer ses comédiens au public anglais.

— Excusez-moi, monsieur, l'interrompit-elle au milieu d'une phrase, mais je crois que ce verbe devrait être conjugué à l'imparfait du subjonctif.

— Peu importe.

— Vous savez, monsieur, à quel point les Français sont pointilleux sur la grammaire…

— Je sais surtout que j'en connais plus que vous en français, rétorqua-t-il. Et je conjuguerai ce satané verbe comme j'en ai envie.

Madeline baissa le nez sur sa feuillé.

— Très bien. Mais vous vous trompez, marmonna-t-elle.

Soudain, Logan fut envahi par une immense envie de rire qu'il ravala fermement. Personne n'osait lui parler ainsi. Les aristocrates avec qui il était associé le traitaient d'un air protecteur, sauf quand ils avaient un service à lui demander, ses employés lui disaient ce qu'il avait envie d'entendre. La seule personne avec qui il parlât sur un plan d'égalité était Julia, mais elle possédait un titre prestigieux, une éducation qui lui donnait confiance en elle. Cette Madeline n'avait rien. Sa situation dépendait entièrement de lui, et elle osait quand même le contredire.

— Alors changez-le, dit-il.

Il continua à dicter sans s'occuper de sa réaction, et tellement vite qu'elle en avait mal au poignet, mais elle ne lui demanda pas une seule fois de ralentir.

La lettre suivante s'adressait au directeur d'une compagnie d'assurances auquel Logan proposait un fonds de retraite pour les anciens comédiens, ainsi qu'une aide à leurs veuves et à leurs enfants. Le fonds serait approvisionné grâce à des retenues sur les salaires des acteurs et quelques représentations de bienfaisance.

— C'est très gentil de votre part, commenta Madeline à la fin de la missive. La plupart des directeurs de théâtre ne s'occupent sans doute pas du bien-être de leurs anciens collaborateurs.

— Il ne s'agit pas de gentillesse, répliqua-t-il. C'est un moyen comme un autre d'attirer les meilleurs acteurs au Capitol et de les y garder. Plus mes productions sont bonnes, plus je gagne d'argent.

— Le profit est donc votre unique préoccupation ?

— Absolument.

— Je n'en crois rien, monsieur. Vous êtes bon, mais vous ne voulez pas que cela se sache.

Il lui lança un coup d'œil ironique.

— Et qu'est-ce qui vous fait penser cela, mademoiselle Ridley ?

Madeline croisa son regard sans flancher.

— Vous ne m'avez pas renvoyée même quand c'était tout à fait justifié. Et maintenant, vous prenez des mesures pour que vos employés ne manquent de rien lorsqu'ils deviennent trop vieux pour travailler. Ce sont des actes de bonté.

— Mademoiselle Ridley…

Il secoua la tête comme si l'étendue de sa naïveté le dépassait.

— Je n'agis jamais par bonté. Mon Dieu, vous avez de la chance d'être restée innocente jusqu'à présent. Vous ignorez tout de ce que j'ai fait par le passé, de ce dont je suis capable. Dans votre intérêt, ne vous fiez à personne – et surtout pas à moi.

— Qu'aurais-je donc à redouter de vous ?

Ses grandes mains se crispèrent, tandis que la flamme de son regard bleu transperçait Madeline dont le cœur se mit à battre à un rythme inquiétant.

— Espérons que vous ne le découvrirez jamais, dit-il doucement.

Logan ne cessait de faire voler en éclats ses rêves puérils. C'était un homme de chair et de sang, avec ses fêlures… Si Madeline parvenait à l'attirer dans son lit, l'expérience risquait de la transformer pour la vie, et pas seulement sur le plan physique. Elle frémit, troublée, et détourna les yeux.

Il eut un petit rire calme, presque méprisant.

— Ça sera tout pour aujourd'hui.

— Dois-je revenir demain ?

Il y eut un long silence durant lequel Logan fixa d'un regard noir son bureau surchargé. Julia savait combien il avait besoin d'une secrétaire ! Depuis des mois il avait l'intention d'en engager une, mais il n'avait jamais eu le temps de recevoir les candidates.

Avec l'aide de Madeline, il pourrait expédier les affaires courantes en temps voulu. Peut-être serait-ce une bonne chose de la prendre une ou deux heures chaque jour. Sauf... Il s'aperçut que l'avoir si près de lui le... dérangeait. Il s'agita sur son siège. Il était inconvenant d'avoir de telles réactions face à une fille trop jeune et trop pure. Il n'était pas du genre à violer une vierge, si tentante fût-elle.

Or elle l'était. Sa fraîcheur, sa douceur étaient uniques. Il mourait d'envie de caresser son cou, les petites mèches soyeuses échappées de son chignon. Agacé, il fit un geste en direction de la porte.

— Oui, revenez demain, grommela-t-il.

Elle lui adressa son plus radieux sourire.

— Bonne journée, monsieur Scott.

Le bruit de ses pas s'éloigna dans le couloir, et le désir de Logan reflua peu à peu. Il était resté longtemps sans femme, se dit-il. Des mois. Il avait été trop occupé pour chercher une maîtresse, et personne n'avait éveillé son intérêt... jusqu'à présent.

Il esquissa un sourire. L'idée de faire l'amour à une vierge, ou en tout cas une jeune femme inexpérimentée, ne l'avait jamais tenté, pourtant il ne pouvait s'empêcher de penser à Madeline Ridley... Comment serait-elle dans ses bras, nue sur son lit ?

Après tout, peut-être allait-il la courtiser. Dans ce milieu, il ne faudrait pas longtemps pour que quelqu'un profitât d'elle. Pourquoi pas lui ? Au moins, il lui donnerait du plaisir, et il saurait la récompenser...

— Bon Dieu ! jura-t-il à haute voix, inquiet du tour que prenaient ses pensées.

Il se remit résolument au travail, lut des contrats, réorganisa des emplois du temps, nota des idées sur les mises en scène ou les décors.

Déjà les employés quittaient le théâtre ; acteurs et musiciens terminaient leurs répétitions ; menuisiers et peintres préparaient leurs ateliers pour la journée du lendemain.

Logan adorait entendre ces bruits familiers. Sans lui, le Capitol n'existerait pas. Il l'avait créé de ses propres mains, avec son ambition. Il s'était toujours interdit de penser qu'il pourrait échouer, être obligé de retourner à son ancienne vie, quand il était le fils de Paul et Mary Jennings.

Soudain une voix familière le fit sursauter.

— Encore au boulot, Jimmy ? Mais tu as fait fortune... pourquoi ne pas en profiter ?

3

Logan se retourna pour accueillir Andrew, Lord Drake, un grand jeune homme bien bâti aux yeux bleus malicieux, aux cheveux noirs qu'il portait longs et un peu décoiffés. Il était séduisant, malgré quelques marques dues à une vie dissolue : des joues un peu molles, le teint couperosé de celui qui boit trop, les yeux cernés par le manque de sommeil…

Logan et Andrew avaient été très proches durant leur enfance. Andrew était l'unique héritier du comte de Rochester, tandis que Logan était le fils d'un de ses fermiers. Ils avaient passé leur enfance à parcourir le domaine, à pêcher, nager, chasser le petit gibier. Pour Logan, Andrew avait joué le rôle de frère cadet et, bien qu'Andrew fût destiné à se trouver un jour à la tête d'une grosse fortune, il l'avait toujours plaint. Le comte n'était pas un père meilleur que Paul Jennings. Dur et sévère, il imposait sa discipline plus qu'il ne se souciait du bien-être de son fils.

Logan sourit.

— Je ne croyais pas te revoir si vite, Andrew, après que je t'ai prié de laisser mes comédiennes tranquilles !

Le jeune homme lui répondit d'un clin d'œil.

— Il n'y a pas grande différence entre un théâtre et une maison close, tu sais. Les actrices sont simplement un peu plus chères que les prostituées.

Il regarda autour de lui d'un air navré.

— Je me demande comment tu n'es pas devenu fou, à passer tant de temps dans cette petite pièce poussiéreuse.

— J'aime mon travail, rétorqua Logan en posant les pieds sur son bureau et en croisant les mains sur sa ceinture.

— « Aimer » et « travailler » ne sont pas des verbes qui vont ensemble, Jimmy.

Andrew sourit en voyant une étincelle s'allumer dans le regard de Logan.

— Tu détestes être appelé comme ça, hein ? Je ne le fais pas pour te rabaisser, je t'assure. J'admire ta réussite. Le modeste Jimmy Jennings est devenu le célèbre Logan Scott. Quand nous étions petits, j'imaginais que tu épouserais une femme de chambre, ou une vendeuse, et que tu serais fermier, comme ton père. Ou bien que tu viendrais à Londres chercher une place de commis. Et te voilà devenu l'un des plus riches autodidactes d'Angleterre ; les plus belles femmes te tombent dans les bras, tu soupes chez le duc de Wellington... Parfois je me dis que je suis le seul à me rappeler encore qui tu es réellement.

— Rassure-toi, ce n'est pas le cas...

Même si Logan avait voulu oublier ses humbles origines, il y avait toujours eu une âme charitable pour les lui rappeler. Aucun parvenu, si talentueux fût-il, n'arrivait à faire son trou dans certains cercles huppés de Londres. Logan avait le droit de distraire les nobles mais il ne pouvait se comporter comme leur égal, épouser leurs filles, mêler son sang au leur.

— Qu'est-ce qui me vaut le plaisir de ta visite, Andrew ? demanda Logan. Tu es venu me parler du passé, ou bien tu as besoin de quelque chose ?

Un peu contrarié, Andrew haussa les épaules.

— D'accord, si tu le prends comme ça... Je suis dans le pétrin.

— Tu as encore joué ?

— Évidemment ! Que voudrais-tu que je fasse d'autre ! explosa Andrew, au comble de la frustration. Depuis deux semaines, je passe presque toutes mes nuits au cercle et on m'a dépouillé jusqu'au dernier shilling. Chaque fois que je pensais me refaire, la chance me tournait le dos. Bien sûr, ça s'est su dans tout Londres, on refuse de me faire crédit et deux brutes du club me suivent partout, où que j'aille. Je n'arrive pas à m'en débarrasser, et ils menacent de me briser les os si je ne rends pas l'argent que je dois. Que Dieu me protège mais ils en sont bien capables !

— Es-tu allé voir ton père ?

— Le vieux grigou ne me donnera pas un sou de plus que la somme dérisoire qu'il m'accorde comme pension. Et pourtant, il pourrait rembourser cent fois mes dettes !

— C'est sans doute ce qui l'effraie, justement, ironisa Logan. De combien s'agit-il, cette fois ? Quatre mille, cinq mille ?

Andrew ôtait de sa manche une poussière imaginaire.

— Dix, marmonna-t-il.

Logan resta coi devant l'importance de la somme. Avec dix mille livres, on pouvait entretenir des dizaines de familles pendant une année, ou encore monter plusieurs spectacles... Logan savait pourquoi le comte de Rochester refusait d'honorer les dettes de son fils. Si Andrew ne changeait pas de mode de vie, il dilapiderait la fortune familiale avant même d'avoir hérité !

— Il me faut absolument cet argent, insista Andrew, une note de désespoir dans la voix. Tout le monde sait que tu es fabuleusement riche. Tu peux sûrement te permettre de me prêter dix mille livres, et je t'assure que je te les rendrai un jour, avec les intérêts.

— Tu en es certain ? demanda Logan en fouillant parmi les papiers qui jonchaient son bureau.

Il trouva enfin une lettre de change qu'il remplit.

— C'est la dernière fois, Andrew, dit-il au jeune homme. J'ai horreur de renflouer un panier percé.

— Je savais que tu ne me laisserais pas tomber ! Tu es d'ailleurs sans doute content d'imaginer la réaction de mon père s'il l'apprenait…

Un sourire un peu contraint se dessina sur les lèvres de Logan.

— C'est assez vrai !

Il tendit le papier à Andrew mais ne le lâcha pas.

— Je t'offre ça, ainsi qu'un bon conseil.

— Je n'écoute jamais les bons conseils…

— Pour dix mille livres, tu as sacrément intérêt à écouter le mien. Paye tes dettes, Andrew, et trouve-toi une occupation moins dangereuse. Tu n'as pas l'étoffe d'un bon joueur, tu es trop émotif.

— Dans ce cas, tu es sûrement le meilleur joueur de la planète, grommela Andrew. Tu ne manifestes jamais la moindre émotion, sauf sur scène évidemment.

Logan éclata de rire.

— Dis-moi, comment va le comte ?

— Comme d'habitude. Exigeant, impossible à satisfaire. En ce moment, il ferait n'importe quoi pour acquérir une série de dessins de Rubens ou de Rembrandt…

— La collection Harris, coupa Logan, les yeux brillants. Dix originaux de Rembrandt…

Andrew leva les mains en signe de feinte inquiétude.

— Ne me dis pas que tu les convoites toi aussi ! Tu ferais mieux de t'en tenir à l'écart, car il risque d'y avoir du grabuge !

Logan haussa les épaules.

— Je n'oserais pas marcher sur les plates-bandes du comte…

— Il est étrange que vous partagiez la même passion pour l'art, commenta Andrew.

— Beaucoup de gens apprécient l'art, Andrew. Même dans les classes défavorisées.

— Mais combien de fils de fermiers sont capables d'être des collectionneurs ? Mon père prétend que tu as acheté le Van Dyck uniquement pour l'ennuyer.

— Pourquoi aurais-je fait ça ? demanda doucement Logan.

— Il pense que tu essaies de l'impressionner, parce que tu es le fils d'un de ses employés. Tu veux lui prouver à quel point tu as réussi, et tout seul.

Andrew touchait une corde sensible et Logan fut soudain envahi d'un malaise qu'il ne prit pas la peine de dissimuler. Il se demandait lui aussi pourquoi il tentait avec tant d'acharnement de rivaliser avec Rochester. Sans doute à cause de la manière méprisante dont ce dernier le considérait – comme il considérait tout le monde, d'ailleurs ! Ce dédain l'avait poussé à montrer au comte qu'il ne lui était pas inférieur, sauf par la naissance, évidemment.

— Les seules personnes que j'ai envie d'impressionner sont celles qui payent leur place au théâtre, et je me moque comme d'une guigne de l'opinion de ton père. Tu peux le lui dire de ma part.

— Sapristi, quelle mauvaise humeur ! Trouvons un autre sujet de conversation. Tu entretiens toujours cette ravissante brune dans ta demeure de Londres ?

Logan secoua la tête.

— Je lui ai demandé de partir.

— Comment as-tu pu te lasser d'une aussi exquise créature ? Et que fait-elle, à présent ? Je me contenterais volontiers de tes restes.

— Ne compte pas sur moi pour te donner son adresse, je ne lui veux aucun mal !

Andrew se mit à rire.

— D'accord ! Il y a assez de jolies filles sur terre... Merci, Jimmy, ajouta-t-il en tapotant sa poche. Je savais que tu ne me laisserais pas tomber.

— Tâche de ne plus t'attirer d'ennuis, répondit Logan.

Andrew paraissait l'innocence même.

— J'essaierai.

Logan le regarda partir. Son ami d'enfance, malgré ses défauts, n'était pas un mauvais bougre. Il n'avait jamais fait de mal de façon délibérée, et son comportement n'avait pour but que le désir d'attirer l'attention de son père.

Logan se rembrunit en pensant à Rochester. Il avait été enchanté d'arracher le Van Dyck sous le nez du comte, l'année précédente. Le vieil homme se piquait d'être un expert en matière d'art, et il était grandement contrarié que le fils d'un de ses fermiers fût un mécène respecté de la Société des Artistes.

Depuis plusieurs années, Logan s'intéressait à la peinture, visitait des expositions, en Angleterre comme sur le continent, et il avait développé un goût très sûr. La collection de sa résidence campagnarde était célèbre ; il s'était lié d'amitié avec de nombreux artistes connus à Londres, et il aidait les nouveaux à percer s'il croyait en leur talent.

— Si tu t'imagines que le fait de posséder le Van Dyck fait de toi un homme supérieur… lui avait dit Rochester après qu'il eut gagné les enchères.

— Non, monsieur le comte, avait répondu Logan, amusé, juste un homme heureux…

— Tu as plutôt bien réussi, pour quelqu'un qui se donne en spectacle afin d'amuser le bourgeois, avait repris le comte, cinglant.

— Cela s'appelle « jouer la comédie », avait répliqué Logan sans cesser de sourire.

Rien n'aurait pu gâcher son plaisir, ce jour-là.

— Acteurs, comédiens, saltimbanques, c'est la même chose, pour moi.

— Pourquoi êtes-vous tellement agacé par mon métier ? avait insisté Logan. Vous auriez préféré que je reste sur vos terres et que je devienne paysan comme mon père ?

— Travailler la terre est une occupation infiniment plus respectable que d'amuser la galerie en montant sur une scène.

— Mais beaucoup moins rémunératrice ! avait lancé Logan avant d'aller chercher son tableau.

C'était une immense satisfaction pour lui de savoir qu'il gâchait enfin la vie du comte de Rochester. Il lui avait fallu du temps et des investissements périlleux pour en arriver là. La course à la fortune était vulgaire, mais il n'avait pas eu le choix. Pour vivre comme il en avait envie, il fallait de l'argent, beaucoup d'argent, et il s'était blindé contre le regard méprisant des aristocrates qui avaient hérité leur fortune au lieu de la gagner. Que le comte de Rochester le traite donc de parvenu ! C'était quand même lui, Logan, qui possédait le Van Dyck à présent, et bien d'autres tableaux de valeur.

Logan se frotta la nuque et sortit de son bureau pour se diriger vers l'atelier de peinture. Il s'arrêta dans le couloir, intrigué par des bruits de conversation. L'une des voix appartenait à Andrew, et l'autre... l'intonation féminine, lui fit courir un frisson dans le dos.

Il aurait dû se douter que son ami remarquerait Madeline Ridley si elle se trouvait dans les parages !

Peu importe, se dit-il. Pourtant il était furieux. Il pénétra dans la bibliothèque sans prendre la peine de frapper.

Andrew, appuyé à une étagère, bavardait tandis que Madeline empilait des livres sur une table. Elle semblait toute petite à côté du jeune homme, des mèches châtain doré glissaient sur ses joues, et, elle illuminait la pièce comme un rayon de soleil.

— J'ai décidé de commencer l'inventaire des ouvrages, monsieur Scott, dit-elle dans un sourire.

Logan, sans répondre, se tourna vers Andrew.

— Je te croyais parti.

— Ma foi, quand je suis tombé sur cette délicieuse créature... Au fait, elle n'est pas comédienne.

C'était une façon implicite de rappeler à Logan qu'il lui avait interdit de s'approcher des actrices, pas des autres employées du théâtre.

Logan l'aurait volontiers étranglé !

— Écoute-moi bien : ne t'approche pas de quiconque travaille pour moi. Est-ce clair ?

— Limpide ! répondit Andrew gaiement. Je me sauve...

En passant devant Logan, il murmura :

— ... pas du tout ton style, pourtant.

Logan ne quittait pas Madeline des yeux et, quand le bruit des pas d'Andrew se fut éteint, il lui dit doucement :

— Rentrez chez vous, mademoiselle Ridley.

Madeline ne comprenait pas en quoi elle l'avait de nouveau contrarié.

— Je n'ai pas cherché à attirer l'attention de Lord Drake, monsieur Scott, dit-elle, sur la défensive. Il s'est simplement montré courtois, et il a proposé de m'aider.

Une flamme s'alluma dans le regard de Logan.

— Vous aider à vous déshabiller pour vous mettre dans son lit, oui ! Si vous êtes trop sotte pour le comprendre, laissez-moi vous mettre les points sur les *i*. Lord Drake consomme des jolies filles comme vous à longueur de journée. De lui vous n'obtiendrez qu'un léger marivaudage et vraisemblablement un lardon. Si c'est ce que vous souhaitez, grand bien vous fasse, mais ailleurs que dans mon théâtre.

Madeline rougit violemment.

— Pourquoi refusez-vous de croire qu'il était simplement poli ?

— Parce qu'une jeune personne comme vous n'inspire pas la politesse à un homme.

Madeline se dirigea vers la porte, la tête haute, et passa tout près de lui.

— Si vous sous-entendez que je me suis mal conduite…

Elle poussa un petit cri quand il la saisit par le bras et l'obligea brutalement à lui faire face.

— Je veux dire que lorsqu'un homme vous regarde, il ne peut s'empêcher de penser à…

Il se tut et la contempla longuement. Quand elle avala sa salive, il cilla.

Est-ce qu'il la désirait ? Le cœur battant, elle se rendait compte qu'il la regardait comme s'il voulait la dévorer. Elle avait une envie folle de toucher ses joues que la barbe naissante envahissait, son nez fin, ses sourcils, ses lèvres. Elle avait envie de presser sa bouche contre la sienne, de se perdre dans ses bras…

Scott la lâcha si soudainement qu'elle faillit tomber.

— Pardonnez-moi, dit-il d'un ton neutre. Je n'avais pas à me comporter ainsi.

Les jambes de Madeline se dérobaient sous elle et elle dut s'appuyer un instant à la table.

— Je…

La gorge sèche, elle reprit avec peine :

— Je ne parlerai plus à Lord Drake, monsieur.

— Comme vous voudrez. Je n'ai pas à me mêler de vos fréquentations.

Déconcertée, Madeline se demanda comment il pouvait passer ainsi de la colère à la plus totale indifférence. Elle avait dû rater l'occasion qu'une femme d'expérience aurait saisie au vol. Comme séductrice, elle n'était vraiment pas douée !

Elle s'attendait qu'il quitte la bibliothèque, mais il restait là, crispé, comme s'il se livrait à une bataille intérieure.

— Monsieur Scott ? dit-elle doucement. Si cela ne vous ennuie pas trop… voudriez-vous terminer votre phrase ?

Il se tourna vers elle sans un mot.

— Vous avez dit que quand un homme me regarde il ne peut s'empêcher de penser à...

Logan secoua la tête avec un petit rire étouffé.

— Qu'ai-je fait au Bon Dieu pour mériter ça ? marmonna-t-il en sortant de la pièce.

Au cours des deux semaines suivantes, Logan devint l'objet du plus étrange des harcèlements. Madeline était partout, serviable, prévenante. Elle le rendait presque fou à force d'attentions. Quand il arrivait le matin dans son bureau, elle y était déjà passée, lui avait laissé des brioches, ou une théière pleine. Elle se précipitait pour lui chercher ce dont il avait besoin avant même qu'il l'eût demandé. Elle enregistrait toutes ses habitudes.

Cette dévotion agaçait un peu Logan, l'embarrassait aussi, et pourtant... Jamais personne n'avait été aussi prompt à satisfaire ses moindres désirs. Elle s'occupait de ses costumes, lui cherchait dans la bibliothèque les ouvrages qu'il souhaitait consulter, mettait de l'ordre dans son bureau comme dans sa garde-robe...

Il avait sans cesse envie de lui dire de le laisser tranquille, mais il n'y parvenait pas. Il était pratique de l'avoir constamment sous la main... et curieusement agréable de contempler son petit visage expressif quand elle écrivait sous sa dictée ou classait des affiches. Les rares fois où elle était trop occupée pour venir directement à son bureau, il se surprenait à guetter son arrivée.

— Vous êtes en retard, lui dit-il un matin où elle venait l'aider à sa correspondance.

— Je suis navrée, monsieur, mais Mme Lyttleton avait besoin de moi pour des costumes.

— Vous y consacrez beaucoup trop de temps. Si Mme Lyttleton est débordée, dites-lui d'engager une autre cousette. J'ai du courrier urgent.

— Oui, monsieur, répondit-elle, docilement, un léger sourire aux lèvres.

Logan crut bon de se justifier.

— Ma correspondance est diablement plus importante que les fripes de Mme Lyttleton.

Madeline, sans cesser de sourire, vint prendre sa place habituelle près de lui.

Logan la gardait le plus longtemps possible dans son bureau, sous prétexte que c'était l'endroit le plus sûr pour une jeune fille casse-cou comme elle… Son intrépidité le faisait frémir quand il la trouvait en train de planter des clous dans l'atelier des charpentiers, ou qu'elle était perchée sur les cintres.

Le jour où il découvrit un groupe de machinistes en train de regarder Madeline qui essayait de passer une corde sur une poulie accrochée trois mètres sous le plafond du théâtre, c'en fut trop !

— Beau travail, petite ! cria l'un des hommes. Elle est agile comme un singe, cette fille.

Logan en eut la respiration coupée. Un faux mouvement, et Madeline s'écrasait sur les planches. Il serra les dents pour s'empêcher de hurler, ce qui aurait pu lui causer un accident fatal. Il jura en silence et il grimpa rapidement les marches d'un escalier en colimaçon situé derrière la scène, jusqu'à une étroite passerelle qui courait sous les cintres.

— J'ai fini ! dit Madeline en se penchant. Dieu, que c'est haut !

Elle sursauta en voyant Logan juste au-dessous d'elle.

— Monsieur Scott ! Que faites-vous là ?

— Et vous, à part permettre à tout le monde de regarder sous vos jupes ? Ça ne m'étonne pas que vous soyez tellement appréciée, ici.

Pour la première fois, elle le fixa avec une lueur de colère dans les yeux.

— C'est injuste ! Je fais ce pour quoi on m'a engagée ; j'aide là où on a besoin de moi…

— Pas au péril de votre vie, aboya-t-il. Maintenant, donnez-moi la main.

— Je peux descendre toute seule.

— Obéissez ! fit-il.

Elle céda à contrecœur et il l'attira sur la passerelle avant de la jeter sur son épaule comme un vulgaire sac de farine.

— Lâchez-moi ! cria-t-elle. Je n'ai pas besoin de votre aide !

Ignorant ses protestations, il descendit jusqu'à la scène où il la posa rudement sur ses pieds.

Le regard noir, il s'adressa à ses employés avec une douceur inquiétante.

— J'aimerais que l'on m'explique pourquoi Mlle Ridley était en train d'exécuter un travail pour lequel je paie des machinistes.

— C'est elle qui s'est proposée, répondit un homme, un peu penaud. Elle a dit que comme elle est petite et vive, elle irait deux fois plus vite…

— Désormais, coupa Logan, si quelqu'un accepte d'elle ce genre de service, il sera renvoyé sur-le-champ.

Furieux, il se tourna vers Madeline qui se frottait le poignet là où il l'avait serrée trop fort.

— Je ne m'excuserai pas pour ça, dit-il. Croyez-moi, j'avais envie de faire bien pire.

La colère de Logan dura toute la journée, y compris pendant la répétition d'une nouvelle pièce, *Le fantôme*.

Madeline, tandis qu'elle soufflait leur texte aux comédiens, évitait de regarder M. Scott qui, malgré tout ce qu'elle faisait pour lui, la réprimandait sans cesse. Tous les autres employés s'en étaient aperçus et ils s'arrangeaient pour lui témoigner leur sympathie, lui murmurer des mots d'encouragement quand elle passait près d'eux. Ils ne manquaient jamais de la remercier chaleureusement pour son aide.

— Maddy connaît mon texte mieux que moi, lança Arlyss à la cantonade. C'est le meilleur souffleur que nous ayons eu.

— En effet ! renchérit ostensiblement Stephen. Mais comment trouve-t-elle le temps d'étudier la pièce, avec tout ce qu'elle fait par ailleurs ?

Julia sourit et tapota l'épaule de Madeline qui était assise près d'elle.

— Maddy a de l'énergie pour dix ! fit-elle.

La voix de Logan s'éleva de la scène.

— Excusez-moi, mais je croyais que nous étions en répétition.

Il s'installa dans un fauteuil, une bouteille de whisky à la main.

— Nous commençons ? lança-t-il sèchement.

— Dès que j'aurai retrouvé mon texte, répliqua Arlyss.

Logan jeta un regard noir à Madeline.

— Donnez-lui sa fichue réplique, mademoiselle Ridley.

Logan se rendait bien compte que tous les membres de la troupe le prenaient pour une brute, mais ils pouvaient aller au diable ! Il traitait ses employés comme il en avait envie.

Toutefois, ce jour-là, il mit un terme à la répétition une heure plus tôt que d'habitude.

Julia vint le trouver dans son bureau, l'air consterné.

— J'ai entendu parler de ce qui s'est passé ce matin entre Maddy et vous. N'êtes-vous pas un peu trop dur avec elle ?

— Vous avez raison, dit-il. La prochaine fois qu'elle mettra sa vie en danger, je me garderai bien d'intervenir.

— Il ne s'agit pas de ça ! répliqua Julia. Pour l'amour du ciel, Logan, je sais que vous veillez à la sécurité de vos employés, mais j'ignore pourquoi vous rabrouez constamment cette petite. Elle vous obéit au doigt et à l'œil… En fait, elle est plus votre assistante que la mienne, et le théâtre en tire grand bénéfice. Vous devriez être ravi, or vous vous fâchez dès que vous l'apercevez.

Logan lui lança un coup d'œil courroucé.

— Ça suffit, Julia.

La duchesse se radoucit aussitôt.

— Désolée. Mais vous n'êtes plus vous-même, ces derniers temps, et cela m'inquiète.

— Vous n'auriez pas de raison d'être inquiète si vous n'aviez pas engagé cette fille !

Julia commençait à comprendre.

— Presque tous les hommes de la troupe se croient amoureux de Maddy… Serait-il possible que vous ayez peur de succomber, vous aussi ?

Logan dissimula sa colère sous un sourire moqueur.

— De toutes les idées bizarres…

— J'ai raison, coupa Julia. Vous luttez contre une attirance, n'est-ce pas ? Pourquoi ne pas l'avouer ?

— Je n'ai pas de temps à perdre avec vos absurdes théories, marmonna Logan. J'ai du travail.

Julia ne bougea pas.

— Je sais que vous vous croyez capable de maîtriser votre cœur à volonté. Mais les émotions sont parfois les plus fortes, et on n'y peut rien…

— Allez au diable ! lança Logan qui quitta aussitôt la pièce.

Quand tout le monde eut quitté la scène, Madeline balaya le plancher en soulevant des nuages de poussière et marmonna avec fureur :

— Arrogant… ingrat… tyrannique…

Comme elle se dirigeait vers l'aile droite de la scène, elle aperçut un sac d'accessoires dont elle sortit une épée. La lame légère faisait un joli bruit dans l'air tandis qu'elle tentait d'imiter les gestes qu'elle avait vu faire le matin.

— Tenez, prenez ça... et ça... disait-elle en transperçant un M. Scott imaginaire.

— On dirait que vous chassez les mouches ! fit une voix moqueuse non loin d'elle.

Logan sortait des coulisses, et elle eut envie de rentrer sous terre. Pourquoi fallait-il qu'il la voie dans cette posture ridicule ? Elle s'attendait à une réflexion acerbe et humiliante, mais il sembla seulement amusé.

— Qui aviez-vous l'intention de trucider ? demanda-t-il avec un sourire sans équivoque.

Elle ne répondit pas et fut surprise de sentir une main chaude se poser doucement sur son poignet.

— Voilà comment on doit tenir une épée. Détendez-vous.

Il lui montra la bonne position, mais quant à se détendre... Il était bien trop près d'elle.

— Regardez comment je me tiens, les genoux un peu fléchis...

Madeline se risqua à lever les yeux vers lui. Ses cheveux étaient ébouriffés, comme s'il y avait passé les mains distraitement, et elle eut envie de caresser ses mèches brillantes.

— Vous donnez toujours des ordres, n'est-ce pas ?

— Vous n'êtes pas la première à me faire ce reproche, dit-il en ajustant l'angle de l'arme. Maintenant, plongez du pied droit, l'épée brandie... oui, c'est bien ! Digne de la scène !

Il était si près d'elle que Madeline discernait l'ombre de sa barbe naissante, ses longs cils. Détendu, souriant, il semblait plus jeune et presque accessible.

— J'ai compris pourquoi vous avez été si dur, tout à l'heure, monsieur, dit-elle.

— Vraiment ?

— Oui. Vous étiez inquiet pour ma sécurité, je vous pardonne...

Sans lui laisser le temps de répondre, elle posa les lèvres sur son menton.

Il se raidit. Madeline recula, en attente de sa réaction, mais il demeurait imperturbable.

Elle lâcha gauchement l'épée et se redressa pour le regarder.

— Était-ce... digne de la scène ? risqua-t-elle.

Scott prit son temps pour répondre.

— Pas tout à fait, dit-il enfin.

— Pourquoi ?

— Vous tourniez le dos au public. Dans une pièce, vous seriez... comme ça.

Il hésita un instant avant de la prendre par les bras, de laisser remonter ses mains vers sa gorge, sa joue.

— Vous exprimeriez vos émotions par votre attitude, la position de votre cou.

Il lui baissa légèrement la tête.

— Si vous n'étiez pas tout à fait sûre de vouloir donner ce baiser, vous vous tiendriez ainsi. Vous pourriez aussi poser vos mains sur mes épaules, comme si vous hésitiez à me repousser.

Elle obéit en tremblant. Il était si grand !

— Si vous désiriez le baiser, vous lèveriez le menton, vous vous approcheriez davantage.

Il se tut tandis que les petites mains atteignaient sa nuque. Il sentait le lin, le savon, et c'était merveilleux.

— Maddy... fit-il avec peine, vous ne savez pas ce que vous faites.

Madeline s'accrocha à sa chemise.

— Si, je le sais.

Elle se dressa sur la pointe des pieds, se tendit vers lui et, soudain, Logan céda. Il pencha la tête, posa la bouche sur la sienne.

Ses lèvres étaient fermes, chaudes, exigeantes. Il l'écrasait contre lui, puis le baiser se fit plus doux, plus tendre, il la caressa jusqu'à ce qu'elle s'ouvre pour lui tandis qu'il la maintenait à la nuque.

Madeline était complètement perdue. Ses rêves romantiques s'étaient évanouis, remplacés par la solide réalité de ce corps viril contre le sien.

Elle glissa les mains dans ses cheveux et, instinctivement lui rendit baiser pour baiser. Quand ses lèvres parcoururent son cou, elle sentit ses jambes se dérober sous elle, et elle dut s'appuyer à lui pour garder son équilibre.

Il effleura le bout d'un de ses seins qui bourgeonna aussitôt sous son corsage.

Elle se rejeta en arrière, la main sur la poitrine comme pour comprimer les battements fous de son cœur, les yeux agrandis dans son petit visage empourpré.

Logan s'essuya le front d'un revers de manche. Il avait envie de la toucher de nouveau, de l'allonger sur le plancher, de la prendre là. C'était fou, absurde, d'être obsédé par cette jeune fille innocente alors qu'il avait eu dans son lit les femmes les plus désirables d'Europe.

— Arrêtons cette idiotie ! marmonna-t-il.

— Idiotie, répéta-t-elle, douloureuse.

Il s'éloigna et se mit à marcher de long en large.

— J'ai trente ans. Je n'ai jamais été intéressé par les jeunes filles de votre âge.

— Vous... Je ne vous plais pas ?

— Bon Dieu !

Comment pouvait-elle dire ça, alors que le désir palpitait en lui ? Il s'obligea à la regarder.

— Vous me plaisez, grommela-t-il. Par le diable, j'aimerais vous faire des choses que... Mais c'est une mauvaise idée, Maddy, reprit-il en s'ébouriffant les cheveux. Vous ne pourriez jouer le jeu à mon goût, et je finirais par vous changer. Par vous pervertir.

— Je comprends...

— Non. Et c'est pourquoi je me donne un mal fou pour vous éviter. Je ne veux pas avoir des remords sur la conscience.

— Je me moque de votre conscience. Embrassez-moi encore.

Madeline ne parvenait pas à croire qu'elle ait pu se montrer si hardie, et Scott la fixait, incrédule. Il finit par se détourner avec un petit rire.

— Non. Et c'est pour votre bien.

— Monsieur Scott...

— Je ne vous demanderai plus de m'aider au bureau, et je préfère ne plus vous voir assister aux répétitions, même si mon associée y tient.

Il se tut un instant avant de conclure sèchement :

— Arrangez-vous pour demeurer hors de ma vue.

Madeline était bouleversée par sa dureté, et sa passion s'éteignit lentement, la laissant glacée, vide. D'où venait ce revirement ? Il la rejetait. Il avait dit qu'il la désirait, et pourtant... il ne voulait plus la voir.

— Monsieur Scott...

— Filez ! dit-il avec un geste pour la congédier. Je suis venu jeter un coup d'œil aux décors, je n'ai pas besoin de vous.

Sans Mme Nell, Madeline serait tombée dans une profonde mélancolie. Mais la vieille dame sembla considérer que l'épisode était un pas en avant.

— Voilà un véritable progrès, déclara-t-elle quand la jeune fille lui eut raconté sa journée. Vous l'avez presque ferré, petite.

— Je me suis sans doute mal expliquée, dit Madeline. Non seulement M. Scott n'a pas mordu à l'hameçon, mais il file aussi loin de moi que possible.

— Vous ne l'avez pas écouté, Maddy ? Il vous a dit de vous tenir à l'écart parce que votre présence est une tentation trop forte pour lui. Si ce n'est pas encourageant !

— Il semblait tellement inébranlable...

— Ce n'est pas le moment de flancher. Il faiblit ! assura la vieille dame qui prit un livre dont elle tira une feuille de papier glissée entre les pages. Ceci est pour vous, Maddy. Si c'est possible, quittez le théâtre de bonne heure demain et rendez-vous à cette adresse.

— « Mme Bernard », lut Madeline à haute voix avec un regard interrogateur.

— C'est une de mes amies qui tient une boutique de mode sur Regent Street. Ce n'est sans doute pas la meilleure couturière de Londres, mais elle est tout à fait honnête. Je lui ai parlé de vous, et elle m'a affirmé qu'elle a quelques coupons et quelques modèles de robes qui pourraient vous convenir. Elle ne vous demandera rien. Une de ses apprenties s'occupera de vous.

— Oh, madame ! Je ne sais comment vous remercier !

— Votre présence suffit. Ces derniers temps, je ne m'intéressais plus à grand-chose, et je suis ravie de vous aider dans votre entreprise !

Elle s'interrompit un instant avant de demander, pensive :

— Avez-vous songé à ce qui se passera ensuite, ma petite ?

— Ensuite ?

— Quand vous aurez réussi à séduire M. Scott. Vous connaîtrez sûrement des instants divins avec lui, mais il faut vous préparer pour le jour où il souhaitera rompre votre relation.

— Je retournerai dans ma famille. Mes parents ne seront pas ravis, mais… j'y suis prête.

— Et le jeu en vaut la chandelle ?

— Euh… oui, répondit Madeline, mal à l'aise. J'étais destinée à une existence extrêmement banale, et rien ne me distingue de centaines d'autres jeunes filles ; mais je n'ai pas l'intention de vivre sans avoir connu au moins une nuit de magie.

— N'attendez pas de magie, lui conseilla Mme Nell. C'est difficile à réaliser pour un homme, Maddy, même un homme comme M. Scott. Je vais peut-être vous choquer... Deux corps dans un lit, c'est souvent charmant, mais la magie n'arrive qu'une fois dans une vie. Voilà.

Un matin où Madeline se rendait à la loge de M. Scott chargée de costumes fraîchement nettoyés, à l'heure où la loge était toujours vide, elle fut étonnée d'entendre des bruits de voix à l'intérieur. La porte étant entrouverte, elle la poussa d'un coup d'épaule et vit M. Scott, appuyé à la coiffeuse, en grande conversation avec une jeune femme blonde mince et élégante... ravissante. Elle portait une robe de jour d'un bleu profond, c'était une femme du monde, belle, et sûre d'elle.

Malgré sa jalousie, Madeline parvint à garder une expréssion neutre quand les deux jeunes gens se tournèrent vers elle.

— Je ne pensais pas vous trouver ici de si bonne heure, monsieur Scott, murmura-t-elle.

— Je suis venu là pour être tranquille, rétorqua-t-il, contrarié.

— Bien, monsieur.

Madeline posa le tas de vêtements sur une chaise.

— Je reviendrai plus tard pour ranger.

— Laissez donc cette petite faire son travail, intervint la jeune femme blonde d'un ton léger. Je dois me sauver de toute façon, et je m'en voudrais de perturber le bon fonctionnement du théâtre.

Logan sourit et lui prit le bras. Un geste anodin, mais qui sous-entendait une intimité qui mit Madeline mal à l'aise.

— Toute perturbation de votre part serait la bienvenue, madame.

Elle posa la main sur sa manche.

— Alors je ne m'en priverai pas !

— Je l'espère bien.

Leurs regards se fixèrent quelques secondes.

Madeline s'affaira à pendre les costumes dans l'armoire. Elle se sentait trahie, bien qu'elle n'eût aucune raison de réagir ainsi. M. Scott pouvait bien courtiser qui il voulait après tout ! Mais pourquoi pas elle ?

Il murmura une question et la jeune femme sourit en secouant la tête.

— Par discrétion, il est préférable que je m'en aille.

Sans quitter Logan des yeux, elle enfila ses gants, un doigt après l'autre. Il lui posa une cape doublée de fourrure sur les épaules et la lui ferma au col. La visiteuse disparut, laissant derrière elle une traînée de parfum fleuri.

Dans le silence de la loge, Logan fixait songeusement la porte tandis que Madeline finissait d'accrocher les vêtements. Lorsqu'elle ferma la porte, un peu trop énergiquement, il se retourna.

— Son parfum est un peu entêtant, fit remarquer Madeline en agitant la main comme pour disperser une odeur nauséabonde.

— Je le trouve plutôt agréable, répliqua Logan.

Il la regarda évoluer dans la pièce, arranger des objets sur la coiffeuse, rectifier l'ordonnance des chaises, ramasser une pièce de monnaie sur le tapis.

Malgré sa volonté de se taire, Madeline ne put retenir la question qui lui brûlait les lèvres.

— Est-elle votre maîtresse ?

— Je refuse de parler de ma vie privée.

— Elle porte une alliance…

Curieusement, il sembla amusé par son ton réprobateur.

— Cela ne signifie rien, expliqua-t-il. Son époux et elle ont passé une sorte d'accord à ce sujet.

Madeline s'interrogea brièvement sur le sens exact de cette déclaration.

— Vous voulez dire que son mari n'y verrait pas d'inconvénient si sa femme... et vous... ?

— À condition que cela reste discret.

— Étrange !

— Pas vraiment. Beaucoup de femmes de la haute société sont autorisées à avoir des « amitiés » en dehors du mariage. Cela les empêche de se plaindre des infidélités de leurs maris.

— Et cela ne vous gêne pas de faire l'amour à l'épouse d'un autre ?

— Je préfère les femmes mariées, répondit Logan, badin. Elles se montrent rarement exigeantes ou possessives.

— Mais si cette femme-là n'était pas mariée, chercheriez-vous toujours à avoir une aventure avec elle ? insista Madeline.

— Cela ne vous regarde pas, mademoiselle Ridley.

Prise de court par cette brutale fin de non-recevoir, Madeline quitta la loge en marmonnant pour elle-même : Oh si, ça me regarde !

Elle était de plus en plus décidée à tout faire pour l'avoir. À condition qu'elle parvienne à le détourner de cette jeune femme blonde...

Les jours suivants, quatre employés du théâtre, deux comédiens et deux menuisiers frappés par la grippe, furent atteints d'une forte fièvre ; l'un d'entre eux délira même pendant deux jours.

— C'est très contagieux, expliqua Julia à Madeline. Je crains qu'il y ait rapidement d'autres malades.

— Dans votre état, Votre Grâce, répondit la jeune fille, vous devriez être prudente...

— Certes, soupira la duchesse, ennuyée, mais je ne peux pas me réfugier à la maison alors qu'il y a tant de travail ici.

— Votre santé compte cependant plus que tout.

— Ne dites pas cela devant M. Scott, rétorqua la duchesse. La maladie n'existe pas, pour lui. Seul lui importe le bon fonctionnement du théâtre.

— Mais on n'y peut rien ! s'indigna Madeline qui se demandait s'il était vraiment déraisonnable à ce point.

Julia leva les yeux au ciel.

— Logan supporte mal la fragilité humaine. Comment comprendrait-il nos faiblesses quand lui-même n'en a jamais ?

Elle s'accrocha au bord de sa table et se leva avec peine.

— Il faut que j'aille le mettre au courant de la situation. Il va être furieux !

Contrairement aux prévisions de la duchesse, M. Scott ne fit aucune réflexion mais l'atmosphère du théâtre fut morose toute la journée. Lorsque Madeline demanda à Julia la permission de partir de bonne heure, elle la lui accorda sans hésitation.

Madeline s'engagea dans Regent Street, un peu déconcertée par la foule et les attelages qui encombraient la rue. Des quantités d'échoppes offraient de tout : des meubles, de la porcelaine, des tissus...

Elle était sur le point de renoncer à trouver la boutique de Mme Bernard quand elle avisa une petite vitrine soulignée d'une enseigne verte.

Madeline poussa la porte, faisant tinter une cloche de cuivre.

Une jeune fille à peine plus âgée qu'elle s'approcha aussitôt.

— Puis-je vous aider, mademoiselle ?

— J'aimerais voir Mme Bernard. Je m'appelle Madeline Ridley.

Une grande femme élégante d'une cinquantaine d'années se leva de la table surchargée de croquis et d'échantillons de tissu.

— Madame Bernard ? murmura Madeline tandis que la jeune employée la débarrassait de son manteau et de ses gants.

— Ainsi, vous êtes la protégée de Florence Nell, dit Mme Bernard en la regardant attentivement. Elle m'a écrit pour me dire que vous tentiez de séduire un homme mais que vous ne possédiez pas la garde-robe appropriée… En effet, jamais vous ne trouverez un amant digne de ce nom avec ça sur le dos, ajouta-t-elle en désignant la tenue bien sage de Madeline. Ruth va vous aider à essayer quelques modèles. Je vous rejoins dans un instant.

Tandis que l'employée l'emmenait vers les salons d'essayage, Madeline lança par-dessus son épaule :

— Je tiens à vous dire combien j'apprécie…

— Oui, oui. Il fallait que Ruth retouche quelques robes pour se faire la main. En outre, Florence vous aime bien, et je lui dois beaucoup car elle m'a envoyé de nombreuses clientes… Ruth, veillez à sortir le velours brun et la soie jaune. Cela conviendra sûrement à Mlle Ridley.

Madeline n'était jamais allée chez une couturière, car sa mère en avait une qui venait à domicile afin de leur faire des robes pour la saison. Souvent, elles s'inspiraient des magazines féminins à la mode, mais ça ne changeait rien pour Madeline car, sa mère décidait toujours à sa place.

« Quand tu seras mariée à Lord Clifton, tu choisiras toi-même tes toilettes, disait-elle. Mais il est plutôt conservateur et il n'aura pas envie que son épouse s'exhibe éhontément.

— Je ne tiens pas à m'exhiber, mère, répondait Madeline, exaspérée. Je veux juste être habillée comme mes amies, avec des couleurs seyantes, un peu de dentelle…

— Il n'en est pas question. Ces toilettes sont destinées à séduire les hommes… or tu es déjà fiancée à Lord Clifton. »

Au souvenir de cette conversation, Madeline redoubla d'envie de plaire à M. Scott ; elle ferait tout son possible pour qu'il la voie sous un jour nouveau.

Elle se déshabilla et se retrouva en chemise de coton et culotte longue, ce qui provoqua chez la jeune employée une petite moue désapprobatrice. Elle disparut pour revenir un instant plus tard avec Mme Bernard. Celle-ci eut un mouvement de recul.

— Terriblement démodé, commenta-t-elle, les bras croisés. Vous ne pouvez porter ces sous-vêtements sous mes robes, la ligne en serait gâchée.

Madeline eut un petit regard confus.

— Je ne possède que ce genre de lingerie, madame.

— Et votre corset, ma chère ? insista Mme Bernard, un peu agacée. Vous n'en portez pas ? Mais pour l'amour du ciel, quel âge avez-vous ?

— Dix-huit ans, et je n'ai jamais...

— Tout le monde devrait en porter. C'est à la fois convenable et excellent pour la santé. Je suis étonnée que vous n'ayez pas encore le dos voûté !

Madeline se tordit le cou pour apercevoir son dos dans le miroir, s'attendant presque à y découvrir une bosse.

— Ruth, Soupira Mme Bernard, apportez-moi les sous-vêtements commandés par Lady Barkham. Nous les lui remplacerons pendant le week-end. Et des corsets.

— Je suis désolée, madame, murmura Madeline, mais je ne peux pas m'offrir...

— Ne vous inquiétez pas. Florence m'a dit que, s'il y avait quelque chose à dépenser, elle s'arrangerait avec vous. Vous pourriez lui rendre de menus services, par exemple ?

— Oui, bien sûr...

— Alors ne perdons pas davantage de temps.

Avec l'aide de la couturière et de sa collaboratrice, Madeline se retrouva bien vite vêtue d'une lingerie si fine qu'elle avait l'impression de ne rien porter. C'était presque transparent, et elle rougit en se regardant dans le miroir. Si sa mère la voyait, elle en aurait une crise d'apoplexie !

Ensuite, on lui passa un corset qui mettait sa poitrine en valeur et affinait encore sa taille. Était-ce là ce qui plaisait aux hommes, ce qui impressionnerait M. Scott ? Elle avait hâte de le vérifier.

Puis elle essaya une robe de soie jaune finement côtelée, d'une coupe très simple, qui lui convenait à merveille.

— Parfait ! dit Mme Bernard en posant quelques épingles afin de l'ajuster à la mince silhouette de Madeline. C'est une couleur délicate à porter, mais elle fait ressortir le doré de vos cheveux.

Le décolleté profond révélait sa gorge et la naissance de ses seins, le corsage était très ajusté, et la jupe était drapée sur les hanches pour se terminer aux chevilles en petits plis plats.

— Cela me change tellement... dit Madeline, le souffle court.

— C'est le moins qu'on puisse dire ! approuva Mme Bernard. Dommage que vous n'ayez pas les moyens de vous offrir un peu de passementerie supplémentaire, mais, après tout, c'est peut-être mieux ainsi. La simplicité ajoute parfois à l'élégance.

Elle fit essayer trois autres robes à la jeune fille. Une de velours marron à manches longues, une de cachemire bleu, et une ivoire si profondément décolletée que Madeline se dit qu'elle n'oserait jamais la porter en public. Elle était accompagnée d'une étole assortie brodée de bleu pâle.

Quant aux souliers, Mme Bernard lui en apporta une paire qui se laçait par des rubans à la cheville.

— Ils étaient trop justes pour la cliente qui les avait commandés, expliqua-t-elle, refusant que Madeline les lui paye.

Enfin elle promit à la jeune fille que les toilettes seraient prêtes dans quelques jours et Madeline, qui n'en croyait pas ses yeux, la remercia avec effusion.

— C'est Florence Nell qu'il faut remercier, lui dit Mme Bernard. C'est une grande dame, et vous avez eu raison de la choisir comme conseillère.

— Il s'agit surtout de chance. Et si je pouvais en avoir aussi en ce qui concerne…

— Si vous pensez à l'homme qui vous plaît, ça n'a plus rien à voir avec la chance. Quand il vous verra dans vos nouveaux vêtements, il rampera à vos pieds !

— J'ai du mal à le croire ! répondit gaiement Madeline en songeant au visage autoritaire de Logan Scott.

4

— C'est toujours chez les couturières que l'on entend le, plus de ragots, déclara Florence Nell après que Madeline lui eut raconté sa visite chez Mme Bernard. J'avoue qu'on y a souvent parlé de moi. Les femmes craignaient sans cesse que je ne leur vole leur mari ou leur amant !

— Et vous l'avez fait ?

— Juste une ou deux fois…

Madeline sourit en regardant autour d'elle. Un costume de mousseline avec des clips de pierres semi-précieuses avait été encadré et trônait au milieu d'un mur, entre deux coffres sculptés.

— Que rangez-vous là ? demanda-t-elle.

— Des souvenirs de mes jeunes années, répondit Mme Nell, installée dans un fauteuil de velours, en grignotant un sandwich au concombre. Vous pouvez les ouvrir, si vous voulez.

Madeline ne se le fit pas dire deux fois. Agenouillée sur le tapis d'Aubusson, elle tourna la clé du premier coffre d'où s'éleva aussitôt un parfum de lavande. Avec le plus grand soin, elle sortit un paquet de costumes enveloppés dans du papier de soie.

— C'était ma tenue d'Hippolyte, expliqua Mme Nell tandis que Madeline dépliait un costume de jeune Grec. J'ai toujours été bonne dans les rôles de garçon.

J'avais de très jolies jambes !... Et ça, c'est celle d'Ophélie.

Madeline tenait une robe arachnéenne, blanc et vert, rebrodée de minuscules boutons de rose.

— Vous deviez être magnifique ! s'écria-t-elle.

— Les ornements pour la coiffure sont dans l'une de ces boîtes, dit Mme Nell.

Madeline ouvrit un coffret de cuir empli d'accessoires : des bijoux, des gants de dentelle, de soie, de peau, de délicats souliers, ainsi que toute une collection d'éventails. Mme Nell commentait chaque objet, lui attribuait une anecdote.

Quand Madeline arriva à un petit coffret de laque verte, le sourire de la comédienne disparut pour faire place à une expression chagrine.

— Ne l'ouvrez pas, petite. C'est très personnel.

— Oh, je suis désolée !

— Donnez-le-moi, s'il vous plaît.

Madeline lui remit le coffret, et Mme Nell le serra dans ses vieilles mains fanées en semblant avoir oublié jusqu'à la présence de sa compagne.

— Madame... Voulez-vous que je remette tout en place et que je vous laisse ? demanda doucement Madeline.

Mme Nell sursauta.

— Il contient des miniatures, dit-elle en caressant la laque.

Elle déposa un baiser sur la surface polie, puis elle tourna vers la jeune fille un regard trop brillant.

— Aimeriez-vous en voir quelques-unes ?

Madeline vint s'asseoir aux pieds de Mme Nell.

Celle-ci sortit du coffret le portrait d'une petite fille de cinq ou six ans aux grands yeux bleus, au visage d'ange et aux longues boucles rousses.

— Qu'elle est belle ! s'écria Madeline. Qui est-ce ?

— Ma fille.

— Mais je ne savais pas que vous...

— Peu de gens sont au courant. C'était une enfant illégitime, voyez-vous.

Comme elle ne lisait aucune réprobation sur le visage de son interlocutrice, Mme Nell poursuivit :

— Je n'étais guère plus âgée que vous à la naissance d'Elizabeth. Son père était un homme merveilleux, beau et respectable même s'il n'était pas bien né. Il voulait m'épouser, mais à condition que j'abandonne le théâtre.

— Vous l'aimiez ?

— Dieu, oui ! Comme je n'ai jamais aimé personne depuis. Pourtant j'ai refusé son offre. Ma carrière était trop importante pour moi. Quand je me suis aperçue que j'étais enceinte, je le lui ai caché. Il s'est marié et, apparemment, il a vécu heureux. On m'a dit qu'il était mort il y a quelques années.

— Vous n'avez jamais regretté votre décision ?

— Je m'interdis les regrets.

Elles se turent un instant, absorbées dans la contemplation du portrait.

— Qu'est-elle devenue ? demanda enfin Madeline.

— Elle est décédée il y a longtemps, répondit Mme Nell dans un souffle.

— Oh…

— Je ne l'ai jamais beaucoup connue, avoua la vieille dame en serrant bien fort la miniature. Je l'ai gardée avec moi durant sa petite enfance, mais dès qu'elle a été en âge, je l'ai mise en pension.

— Pourquoi ?

— La vie que je menais était incompatible avec celle de mère… Mes amis masculins, et ainsi de suite. Je voulais qu'elle soit convenablement élevée, protégée. Je lui offrais les plus beaux vêtements, des livres, des jouets… tout ce qu'elle souhaitait. Parfois, je l'emmenais en voyage, pendant les vacances. Jamais nous ne parlions de mon métier, ni de mon mode de vie. Je rêvais de la voir un jour mariée, vivant dans un manoir à la campagne. Et au lieu de ça…

Mme Nell se tut.

Son expression d'ironie amère suggéra la suite à Madeline.

— Elizabeth a voulu suivre vos traces, devina-t-elle.

— Oui. Elle a quitté le pensionnat et m'a déclaré qu'elle allait devenir comédienne. Je l'ai suppliée d'y renoncer, mais rien ne pouvait la faire changer d'avis. Le besoin de jouer la comédie n'est souvent qu'un moyen de combler un vide, or Elizabeth manquait cruellement d'un père, d'une véritable famille. J'ai fait ce que j'ai pu pour elle, mais ce n'était pas suffisant.

— Que lui est-il arrivé ?

— Elle est montée sur les planches à l'âge de seize ans, et les critiques l'ont accueillie avec enthousiasme. Elle déployait une subtilité, une puissance bien supérieures aux miennes. Elizabeth aurait dû devenir une grande actrice, meilleure encore que notre chère Julia. Malgré mes réticences sur son choix de carrière, je nourrissais les plus grands espoirs pour elle.

Mme Nell reposa la miniature dans le coffret.

— Peu après son dix-septième anniversaire, elle a rencontré un homme. Un aristocrate, magnifique, intelligent, et froid comme la pierre. Elle est tombée follement amoureuse de lui, au point d'abandonner sa carrière pour devenir sa maîtresse. Quand elle s'est trouvée enceinte, elle était aux anges. Je n'ai jamais su ce que lui en pensait, mais il était clair qu'il n'avait aucune intention de l'épouser. Un jour…

Elle eut une grimace de douleur.

— Sa Seigneurie m'a envoyé un domestique pour m'informer que ma fille était morte en couches.

— Et le bébé ? demanda Madeline après un long silence ému.

— On m'a dit qu'il n'avait pas survécu non plus.
— Mais qui était…
— Je ne veux plus en parler, mon enfant. Cet homme m'a pris ma fille, il m'a causé le plus grand chagrin de ma vie. J'ai toujours refusé de prononcer son nom.
Madeline prit la main de la vieille dame dans les siennes.
— Je vous comprends. Et je suis très touchée que vous ayez partagé avec moi un peu de votre passé, madame. Y a-t-il encore des portraits d'Elizabeth ?
— Oui… Mais je ne supporte pas de les regarder, ni de les montrer.
— Bien sûr.
Madeline était intriguée. Elle devinait qu'il y avait au sujet d'Elizabeth d'autres secrets, que Mme Florence préférait ne pas révéler.

En arrivant au théâtre, le lendemain, Madeline apprit qu'Arlyss Barry était alitée, victime de la grippe qui décimait la troupe. Son mari, le chef décorateur, était resté près d'elle, et la duchesse était consternée.
— Il faut qu'Arlyss soit gravement atteinte, pour ne pas venir au théâtre, dit-elle à Madeline. Je voulais aller lui rendre visite, mais le duc me l'a interdit. En fait, il menace de me garder à la maison jusqu'à ce que l'épidémie soit complètement terminée.
— Cela semble raisonnable, dit Madeline. Vous devriez l'écouter, Votre Grâce.
La duchesse eut un soupir agacé.
— Il y a trop de travail ! Et je vais bientôt être obligée de m'arrêter, alors autant continuer tant que je le peux encore. En attendant, Arlyss et sa doublure sont toutes les deux malades… Pourriez-vous tenir le rôle durant les répétitions, jusqu'à ce que l'une d'elles soit en mesure de revenir ?

Madeline secoua la tête.

— Mais, Votre Grâce, je ne... Je suis incapable de jouer la comédie. Je n'ai aucun talent, et aucun désir non plus de...

— Vous ne serez pas obligée de jouer. Vous vous contenterez de dire le texte – vous le connaissez aussi bien qu'elles – et de vous déplacer sur scène comme vous les avez vues faire. Ne vous inquiétez pas, Maddy, tout le monde comprendra que vous assumez le rôle d'Arlyss dans le but d'aider la troupe. Vous voulez bien y penser ?

— Ça ne plaira pas à M. Scott, objecta Madeline.

— Je me charge de lui. Logan veut avant tout que son théâtre fonctionne.

Madeline ne vit pas M. Scott avant le lendemain matin. On lui avait appris que la répétition aurait lieu en costumes. Elle était intimidée d'avoir à interpréter le rôle d'Arlyss, et en plus la tenue de scène en mousseline drapée bleu et argent dévoilait son décolleté beaucoup plus qu'elle ne l'aurait souhaité.

— Vous êtes superbe ! s'écria Mme Lyttleton en reculant d'un pas pour l'admirer fièrement. Dommage que Mlle Barry n'ait pas votre silhouette...

— Mlle Barry est fort bien faite, intervint vivement Madeline.

— Ce serait vrai si elle cessait d'avaler des biscuits avec son thé ! grommela Mme Lyttleton.

Quand elle rejoignit les comédiens au foyer, Madeline tenta de se faire toute petite, mais son costume lui attira les plaisanteries amicales des membres de la troupe. Charles Haversley fut le premier à la remarquer, et il eut un sifflement admiratif.

— Mon Dieu, quelle transformation ! s'exclama-t-il en lui tenant les bras écartés du corps, le regard posé sur ses seins. Je n'avais aucune idée de ce que vous cachiez sous vos robes sages, mademoiselle Ridley. Certes, dans mes moments de solitude, je me demandais…

— Charles, coupa M. Burgess, spécialisé dans les rôles de pères nobles, aucun d'entre nous, et surtout pas Mlle Ridley, n'a envie d'entendre parler de vos fantasmes !

Madeline dégagea ses mains.

— Monsieur Haversley… commença-t-elle d'un ton suppliant.

Avant qu'elle pût continuer, Stephen Maitland les avait rejoints, et lui aussi contemplait sa poitrine.

— Je vous accompagne sur scène, mademoiselle Ridley. Il fait sombre, vous pourriez trébucher…

Ils furent interrompus par une voix grave.

— Ça suffit, messieurs.

Logan Scott venait d'entrer dans la pièce, quelques feuilles à la main. Il ne sembla pas remarquer Madeline.

— Allons-y ! déclara-t-il. Je vais vous lire les notes que j'ai prises sur la répétition d'hier, et puis tout le monde se mettra en place pour la première scène.

Les comédiens écoutèrent attentivement ses commentaires et il se tourna enfin vers Madeline.

— Nous savons que vous avez accepté de participer à cette répétition à cause de la maladie de Mlle Barry, et nous vous remercions de votre aide.

Madeline rougit et, incapable de répondre, elle se contenta d'un hochement de tête.

Les acteurs ne tardèrent pas à quitter le foyer. Madeline – ou plutôt le personnage qu'elle interprétait, le fantôme de l'épouse défunte – devait apparaître dans la première scène. Comme elle franchissait le seuil, elle s'arrêta en passant devant M. Scott.

— Vous, m'aviez priée de me tenir à l'écart, dit-elle doucement afin que personne d'autre ne puisse l'entendre, mais la duchesse a insisté…

— Je sais.

— Vous n'êtes pas fâché ?

Il affichait la plus totale indifférence.

— Votre présence ne me dérangera nullement.

— Tant mieux, dit-elle avec un petit sourire hésitant.

En se dirigeant vers la scène, elle se demandait tout de même pourquoi la main de Logan était crispée sur le chambranle de la porte. Il avait menti, en réalité, il était en colère après elle. Elle arriva en coulisse avec un gros soupir.

Pourquoi avait-il fallu qu'elle jette son dévolu sur un homme aussi difficile à séduire ? Elle aurait dû choisir Charles Haversley, par exemple. Mais Charles ne lui inspirait pas les mêmes émotions que M. Scott... la fébrilité, la peur et le plaisir mêlés quand elle était proche de lui. Elle voulait être à lui, et rien qu'à lui.

— Maddy ! l'appela la duchesse.

— Oui, Votre Grâce ?

Julia était assise au premier rang de l'orchestre, et son visage s'éclaira quand elle vit Madeline sortir des coulisses.

— Vous êtes ravissante, mon petit. Avant que nous commencions, je voulais vous assurer que personne ne s'attend à ce que vous soyez parfaite. Donnez simplement le meilleur de vous-même, et tâchez d'y prendre plaisir.

Dans la première scène, le fantôme d'une jeune femme venait rendre visite à ceux qu'elle aimait : son frère, joué par Charles Aversley, ses parents, Mme Anderson et M. Burgess... et évidemment son mari, interprété par Logan Scott.

— Ils ne sont pas censés vous entendre, expliqua Julia, mais ils ont conscience de la présence de quelqu'un, auprès d'eux.

— Je comprends, dit Madeline en rentrant dans la coulisse d'où devait sortir Arlyss.

La répétition se déroula sans heurt, et Madeline ne tarda pas à perdre sa timidité pour imiter Arlyss aussi bien que possible. Elle alla jusqu'à copier certains de ses gestes, de ses intonations.

— Très bien Maddy ! la félicita Julia à plusieurs reprises tandis qu'elle évoluait sur la scène en émettant des commentaires sur ce qu'étaient devenus les siens depuis qu'elle était morte.

Il y eut une seule interruption, quand Charles Haversley regarda Madeline et s'arrêta net au milieu d'une phrase pour éclater de rire. Sidérée, Madeline le fixa sans mot dire, alors que Julia lui demandait ce qui lui arrivait.

Haversley s'excusa, sans cesser de rire.

— Je n'y peux rien, Votre Grâce. Mlle Ridley me contemple comme si elle croyait à tout ce que je raconte, et elle est tellement... naïve. C'est absolument adorable !

Julia le réprimanda.

— Vous n'êtes pas censé la voir, Charles. C'est un fantôme.

— Je n'y peux rien, répéta-t-il. Si vous étiez un homme, vous comprendriez...

— Oh, je comprends, répliqua Julia, ironique. Vous nous rendriez grand service, Charles, en vous comportant comme un frère et non comme un mâle en chaleur.

— En chaleur ? demanda Madeline qui n'avait jamais entendu prononcer ce terme à l'institution de Mme Allbright.

Sa question déclencha un nouveau fou rire chez Charles. Elle se tourna vers la coulisse où Logan Scott attendait de faire son entrée, magnifique dans son élégant costume, détendu et en pleine possession de ses moyens.

Madeline se dit soudain que dans un siècle son nom figurerait dans les livres d'histoire. Mais aucune description ne saurait rendre hommage à sa voix, chaude et vibrante, ou à son exceptionnel talent.

Logan assistait à la répétition avec une sourde rancœur. Au diable Julia et son idée de demander à Madeline de remplacer Arlyss ! Au diable Arlyss qui tombait malade ! Au diable lui-même qui était tellement fasciné par Madeline qu'il en oubliait presque son texte. Qui aurait pu reprocher à Charles Haversley son manque de concentration ? Logan ne se serait comporté guère mieux, face à cette jeune fille à peine vêtue d'une mousseline transparente... Elle était si fraîche, avec sa peau claire, sa jeunesse ! Il avait envie de l'emporter dans ses bras, de l'arracher à la contemplation des autres, de la garder pour lui seul.

Elle s'était introduite dans sa vie, elle l'avait forcé à la remarquer et, à présent, il était trop tard pour battre en retraite. Depuis qu'il avait renoncé à l'attirer dans son lit, il ne pensait plus qu'à elle. Toutes les autres femmes lui semblaient insignifiantes, et aucune ne soutenait la comparaison. Il ne cessait de se demander comment elle serait dans l'intimité et il éprouvait le désir de jouer avec sa jeune énergie, de vivre un peu de l'enfance qu'il n'avait jamais eue... Et cela, aucune maîtresse n'avait jamais été capable de le lui offrir.

Comme la dernière réplique tombait, il prit la bouteille que lui tendait l'accessoiriste et il fit son entrée sur scène. Les autres comédiens sortaient, il restait seul sur les planches avec Madeline.

Veuf inconsolable, il devait avoir l'air ivre ; une situation difficile à interpréter. La plupart des acteurs en faisaient trop, ou pas assez. Concentré, Logan adopta le parler flou, les gestes maladroits et la démarche peu sûre d'un ivrogne.

Il se laissa tomber dans un fauteuil devant un décor qui représentait une bibliothèque, et il se lança dans un long monologue qui révélait l'ironie amère et le désespoir de son personnage.

Au milieu de sa tirade, il sentit Madeline s'approcher de lui, poser les mains sur le dossier de son siège. Comme l'exigeait l'intrigue, elle se pencha sur lui et parla chaque fois qu'il s'interrompait.

Logan ne bougeait pas. Il était douloureusement conscient de la présence de son corps juste derrière lui, de son parfum, de son souffle à son oreille. Une longue boucle de Madeline glissa sur son épaule, effleurant son cou, et le désir monta en lui, irrépressible.

Incapable d'en supporter davantage, il fit comme Charles un peu plus tôt, il s'interrompit… mais pas pour éclater de rire.

Le plus grand silence régnait dans le théâtre tandis que Logan essayait de se reprendre. Il devait faire croire à un trou de mémoire, bien que cela ne lui soit jamais arrivé. Pourvu que personne ne devine qu'il était complètement bouleversé par la naïve jeune fille ! Il prit de longues inspirations entre ses dents serrées.

— Si vous voulez que je vous souffle le texte… dit la petite voix calme de Madeline derrière lui.

— Je connais ce satané texte ! rétorqua-t-il, le dos raide.

S'il lui jetait un seul coup d'œil, Dieu seul savait de quoi il serait capable !

— Vous avez un problème, monsieur Scott ? lança Julia depuis la salle.

Il lui lança un regard meurtrier. Après tout, c'était la faute de la duchesse, s'il se trouvait dans cette situation absurde !

Julia, sincèrement décontenancée, le contemplait, les sourcils froncés. Soudain, elle comprit. Elle connaissait Logan depuis si longtemps !

— Si nous observions une pause ? proposa-t-elle.

— Non, marmonna Logan. Finissons-en.

Il s'essuya le front et reprit son monologue. Madeline enchaîna, une touche d'incertitude dans la voix.

Sans se soucier de technique, de subtilité ou d'effets d'acteur, Logan alla au bout de la scène, et Julia n'émit pas le moindre commentaire. Elle se contenta de proposer un arrêt de vingt minutes, et tout le monde se dispersa vers les loges ou le foyer. Logan ne bougea pas de son fauteuil jusqu'à ce qu'il fût sûr que Madeline avait quitté la scène.

Julia s'avança alors vers lui.

— Logan, commença-t-elle calmement, je ne voudrais pas me mêler de ce qui ne me regarde pas...

— Alors ne le faites pas.

Il vint au bord de la scène.

Julia, après s'être assurée qu'ils étaient hors de portée de voix, poursuivit, en choisissant soigneusement ses mots :

— Je me doutais qu'il y avait une certaine attirance entre vous et Maddy, mais elle n'est pas le genre de femme qui vous intéresse d'habitude, et jamais je n'aurais imaginé...

— Où voulez-vous en venir, Votre Grâce ?

Elle fut choquée par sa froideur.

— Il se trouve que j'ai de l'affection pour Maddy, et j'espère que vous n'avez pas l'intention de profiter d'elle. Nous savons vous et moi qu'elle ne se remettrait jamais d'une aventure avec vous, elle est bien trop fragile.

Logan était de marbre.

— Ce que je fais ne regarde que moi.

— Maddy est sous ma responsabilité, et je vous rappelle que l'une de vos règles sacro-saintes est de...

— C'est votre employée, pas la mienne. Je ne l'ai pas engagée, donc je suis libre d'agir avec elle comme je le souhaite.

— Logan…

Julia le vit quitter la scène à grands pas rageurs.

Madeline errait dans le foyer des artistes, s'arrachant avec peine un sourire lorsqu'un acteur la félicitait de ses efforts.

— Qu'est-il arrivé à M. Scott ? entendit-elle quelqu'un demander. Il est bizarre, ces temps-ci.

— Qui sait ? J'espère que ce n'est pas cette sale épidémie. Il ne manquerait plus qu'il tombât malade !

Madeline n'attendit pas la fin de la conversation. Elle se dirigea vers une petite salle de répétitions où elle savait être seule. Que s'était-il passé ? Elle avait eu l'impression que tout allait bien, elle avait même senti une sorte de complicité entre elle et M. Scott, puis il s'était pétrifié, sa prestation était devenue mécanique, comme s'il ne supportait pas sa présence. Elle eut brusquement envie de pleurer, de se cacher dans un trou de souris.

Elle entendit des pas derrière elle et on la saisit durement par le bras afin de la pousser dans la salle la plus proche. Madeline trébucha avant de se retourner vers son agresseur qui déjà fermait la porte sur eux.

— Monsieur Scott…

Il avait le visage dans l'ombre, sa respiration était saccadée, et elle tenta de reculer, mais il la saisit à deux mains, sembla sur le point de parler et… l'embrassa.

Sa bouche était incroyablement chaude, presque maladroite dans l'urgence qui s'emparait de lui. Madeline, tremblante, s'abandonnait, et cela l'enflammait encore davantage.

Il lui caressait le dos, et instinctivement elle se colla à lui et noua les bras autour du torse puissant. C'était ce qu'elle voulait, ce dont elle avait rêvé, et c'était encore plus merveilleux qu'elle ne l'avait imaginé. Elle en était délicieusement étourdie.

Enfin il quitta ses lèvres, le souffle court, et il pressa sa bouche contre son cou gracieux, le mordilla jusqu'à ce qu'il lui arrachât des gémissements de plaisir.

Il tira sur le décolleté de sa robe pour dégager un de ses seins. Elle eut la respiration coupée tandis qu'il le prenait dans sa main, en caressait le bout, le taquinait gentiment. Elle tremblait de tout son être.

— Douce, murmura-t-il. Ma douce, n'ayez pas peur.

Elle sentit ses lèvres sur le petit bourgeon rose qui se gonfla davantage encore.

Soudain M. Scott la lâcha, et elle le fixa, les yeux agrandis de surprise, avant de rajuster maladroitement sa robe. Comme elle n'y arrivait pas, elle sentit de nouveau ses mains sur elle pour l'aider.

Dès qu'elle fut décemment couverte, Logan s'éloigna d'elle, se passa les doigts dans les cheveux en poussant un soupir bruyant.

Enfin il parla, sans la regarder.

— Je ne voulais pas... faire ça. Mais je...

Il s'interrompit.

— ... Je ne peux pas m'en empêcher.

— Monsieur Scott, répondit-elle, je ne regrette pas que vous m'ayez embrassée.

Il se tourna vers elle, une flamme bleue dans les yeux, la rejoignit en trois enjambées et prit son visage entre ses mains.

— Maddy souffla-t-il.

Il baisa sa joue, repoussa les cheveux de son front.

— Si seulement je n'avais pas à ce point envie de vous !

Le cœur de Madeline fit un bond.

— Monsieur...

— Écoutez-moi, Maddy, je ne vous ferai pas l'amour, bien que je vous désire follement. Vous me détesteriez ensuite, et je me détesterais sans doute aussi.

— Jamais je ne pourrais vous détester.

Il eut un sourire ironique.

— Vraiment ? Même après que j'aurai volé votre innocence ? Une aventure avec moi vous changerait du tout au tout, et pas en bien.

— Je suis prête à prendre le risque.

— Vous ne comprenez pas, poursuivit-il, amer. Je me sers des femmes pour mon plaisir, rien de plus. Une fois que j'ai découvert tout ce qu'une partenaire peut m'offrir, je m'en lasse, j'en choisis une autre. Vous ne resteriez pas longtemps dans ma chambre.

— Vous n'avez jamais été amoureux ?

— Une fois. Et ça n'a pas marché.

— Pourquoi…

— Vous n'avez pas à connaître mon passé, et je n'ai pas à connaître le vôtre.

Madeline n'argumenta pas. Il avait sûrement raison. Plus elle en apprenait sur lui, plus il serait difficile de le quitter le moment venu. Comme bien d'autres femmes, elle était fascinée par le mélange de virilité et de mystère qui se dégageait de Logan Scott. Or il fallait qu'elle garde le cœur froid.

« Vous ne devez pas vous comporter en amoureuse éperdue… Faites-lui comprendre que vous êtes libre et consentante… que vous lui offrez du plaisir et pas de responsabilité », avait dit Mme Nell.

— Si je vous plais, monsieur Scott, dit-elle d'une petite voix raisonnable, je ne vois pas pourquoi nous nous priverions. Tout ce que je désire, c'est passer une nuit avec vous.

Il demeurait impassible, pourtant elle sut qu'elle le déconcertait.

— Pour quelle raison ? Une jeune fille comme vous... Quel intérêt auriez-vous à vous abaisser ainsi ?

Comme elle ne répondait pas, il lui releva le menton, l'obligeant à le regarder. Elle découvrit dans ses yeux une étincelle qui la mit mal à l'aise et elle baissa les paupières pour dissimuler ses pensées.

— Je crois que j'y prendrais plaisir, dit-elle enfin. N'est-ce pas une raison suffisante ?

— Regardez-moi, murmura-t-il.

Elle obéit, et il la contempla un instant avant de secouer la tête.

— Vous êtes une piètre actrice, Maddy. J'aimerais savoir ce qui se passe dans votre tête, mais j'ai d'autres chats à fouetter, en particulier l'épidémie de grippe qui décime la troupe. Dès que tout sera rentré dans l'ordre, je veux que vous quittiez le théâtre. Je vous trouverai du travail ailleurs, et plus intéressant.

— Mais je veux rester.

Il sembla peu affecté par cette déclaration.

— Croyez-moi, cela vaudra mieux pour nous deux.

Madeline avala sa salive, submergée par une vague de déception. Son offre avait été rejetée, elle en brûlait de honte et de colère.

Quelle folle ! Elle avait perdu tellement de temps à fantasmer sur lui, sur ce qui n'arriverait jamais... À présent elle se retrouvait au point départ avec la perspective que ses parents apprennent bientôt qu'elle s'était enfuie du pensionnat.

L'espace d'une seconde, elle fut tentée de tout lui avouer, de remettre son sort entre ses mains. Non... Il n'aurait aucune compassion. « Épousez Clifton, dirait-il, et estimez-vous heureuse. » D'ailleurs que pouvait-elle espérer d'autre, désormais ?

Les poings serrés, elle se dirigea résolument vers la porte. Elle s'arrêta sur le seuil.

— Très bien, dit-elle. Je quitterai le théâtre dès que vous le souhaiterez. Inutile de me chercher une autre situation, je peux parfaitement me débrouiller toute seule.

Elle disparut avant qu'il eût le temps de répondre.

Une nuit avec vous... Logan aurait donné sa fortune pour ça ! Il n'avait jamais connu plus exquise sensation que celle de la tenir dans ses bras, vulnérable, naïve et consentante. Mais il ne voulait laisser quiconque s'emparer du peu de cœur qui lui restait.

Elle partirait bientôt, se dit-il... Pourtant le soulagement ne venait pas.

Il se dirigea à grands pas vers son bureau, ignorant les regards étonnés des gens qu'il croisait, et il s'enferma dans la petite pièce où il s'empara d'une bouteille de whisky. Il but une gorgée au goulot, laissa les parfums subtils s'attarder dans sa bouche, réchauffer sa gorge. Mais cela ne faisait pas fondre le bloc de glace dans sa poitrine.

Les pieds sur son bureau, il continua à boire. À cet instant de sa vie, au faîte du succès, il s'était cru invulnérable. Curieux comme un petit bout de femme pouvait semer le chaos dans son existence !

Peut-être parce qu'il n'avait jamais rencontré de personne comme Maddy. Elle était à l'opposé de ces femmes de la haute société qui ne cessaient de l'assommer de leur supériorité tout en lui glissant des billets doux pour arranger des rendez-vous clandestins.

Et puis il y avait celles qu'il détestait entre toutes : les jeunes filles de bonne famille dont la seule ambition était de se marier et de procréer. Il n'était pas assez bon pour elles, sa fortune ne suffisait pas à compenser son manque de titre...

S'il avait eu le désir de courtiser une de ces jeunes personnes, sa famille lui aurait vite fait savoir qu'elle avait des perspectives beaucoup plus intéressantes. La vue de ces vierges chaperonnées rappelait sans cesse à Logan qu'il ne serait jamais totalement accepté dans ce milieu. En dehors du théâtre, il n'était à sa place nulle part.

Madeline Ridley, semblait décalée elle aussi. Trop chaleureuse et trop naturelle pour être une de ces demoiselles de la bonne société, elle était trop idéaliste pour être une courtisane. Elle était faite pour devenir une épouse, pourtant Logan ne pouvait imaginer un homme digne d'elle. Il lui faudrait quelqu'un qui prenne garde de ne pas l'étouffer, qui sache l'aimer de toute son âme. Ce dont lui Logan, était incapable...

Dès l'enfance il avait appris à mépriser les mots « foyer » et « famille ». Il n'avait survécu qu'en devenant aussi rude que l'homme qui l'avait engendré.

Des années de mauvais traitements l'avaient endurci. Paul Jennings commettait toujours ses actes de brutalité dans un brouillard éthylique, et ensuite, il obligeait Logan à se comporter comme si tout était pour le mieux dans la maison familiale. Inconsciemment, le père de Logan avait été un superbe professeur de comédie.

Une fois, après une séance particulièrement brutale, Logan était resté trois jours avec un bras cassé sans se plaindre. Andrew l'avait finalement emmené chez lui pour le soigner.

— Comment est-ce arrivé, mon garçon ? avait demandé le comte.

Logan avait refusé de répondre, sachant que si son père se savait dénoncé, il le tuerait.

Des années plus tard, Logan s'était demandé pourquoi sa mère ne lui avait offert aucune tendresse, aucun baiser pour atténuer la peine... Il en avait conclu que la malheureuse était trop épuisée pour lui accorder la moindre attention. Et il avait cessé d'attendre de l'amour de la part d'une femme. Il n'en avait pas besoin. Les femmes, jamais il ne leur faisait confiance, jamais il n'avait besoin d'elles.

Maintenant, il lui suffisait d'ignorer Madeline jusqu'au retour d'Arlyss. Julia protesterait contre le renvoi de la jeune fille, mais il s'en arrangerait. En outre, la duchesse serait bientôt occupée par son bébé, et elle oublierait Madeline Ridley. Ce serait comme si elle n'avait jamais existé…

Logan ressentit enfin les effets de l'alcool, une semi-torpeur bienfaisante qui s'empara de lui. Satisfait, il rangea la bouteille de whisky dans son placard.

5

Madeline préféra renoncer à sa conversation du soir avec Mme Nell et alla au lit de bonne heure. La blessure était trop fraîche, elle attendrait le lendemain pour en parler à sa vieille amie.

Les yeux grands ouverts dans le noir, elle envisagea de ne pas retourner au théâtre, car elle ne supportait pas l'idée de se trouver face à Logan Scott. Hélas, elle s'était engagée vis-à-vis de la duchesse à assurer les répétitions jusqu'au rétablissement de Mme Barry, et elle ne pouvait trahir sa promesse. Pourtant, se tenir sur une scène avec M. Scott... elle n'était pas certaine d'en avoir le courage.

Juste un ou deux jours encore... Elle allait s'efforcer de ne pas bégayer, de ne pas rougir, de se montrer distante et en pleine possession de ses moyens.

Madeline s'agita toute la nuit, incapable de s'endormir et, au matin, elle était épuisée, angoissée, terrorisée par la journée à venir. Certes, elle n'était pas la première femme à échouer dans une entreprise de séduction, mais les autres étaient-elles obligées de revoir l'homme en question dès le lendemain et de faire comme si rien ne s'était passé ?

Elle s'habilla, noua ses cheveux en chignon strict et sortit de la maison avant que Mme Nell fût levée.

Le théâtre était inhabituellement calme et les salles de répétitions silencieuses. Dès qu'elle apprit que la répétition du matin avait été annulée, Madeline se rendit chez la costumière qui lui trouva bientôt quelque chose à faire.

— La moitié de la troupe est malade, dit la brave femme. Douze personnes au moins sont absentes, mais cela n'empêche pas que je doive avancer dans mon travail.

Madeline, soulagée de ce répit, passa avec elle la plus grande partie de la matinée. Mais lorsque Mme Lyttleton la pria d'aller chercher des croquis dans le bureau de la duchesse, elle s'y rendit à contrecœur. Comme elle approchait, elle entendit une voix masculine se mêler aux intonations légères de Julia, et elle s'arrêta devant la porte, hésitant à déranger la jeune femme.

— Ça suffit ! déclarait l'homme. Je vous interdis de mettre les pieds dans ce maudit théâtre pour l'instant !

— Il y a tellement à faire ! Laissez-moi encore une journée, chéri, ou deux. Je ne peux pas tout laisser en plan…

— Votre santé compte plus que n'importe quoi d'autre.

— Mais je vais bien, je vous le promets.

— Rentrez à la maison, Julia.

— Dans ce cas, il faut que j'emporte un certain nombre de dossiers.

— J'enverrai un domestique chercher ce dont vous avez besoin.

— Ce n'est pas raisonnable…

Il y eut un long silence, suivi par un son étouffé que Madeline n'identifia pas, puis l'homme dit doucement :

— Vous voulez encore discuter, Julia ?

— Non.

Madeline n'avait jamais entendu la duchesse si docile, et elle risqua un coup d'œil à l'intérieur.

Elle vit Julia dans les bras d'un homme brun qui la serrait fougueusement. Le duc de Leeds ! Il releva la tête et regarda sa femme avec une tendresse vaguement exaspérée puis, sentant qu'ils n'étaient pas seuls, il tourna son regard gris vers Madeline.

La jeune fille s'avança, intimidée.

— Excusez-moi, je ne voulais pas être indiscrète...

— Ça va, Maddy, fit Julia, les joues empourprées en se dégageant des bras de son époux.

Elle présenta Madeline au duc.

— Ravi de vous connaître, mademoiselle Ridley, dit ce dernier avec chaleur. Je vous serais reconnaissant de bien vouloir aider la duchesse à rassembler les papiers et les livres qu'elle jugera bon d'emporter, car elle va partir sur-le-champ.

— Certainement, Votre Grâce.

Julia leva les yeux au ciel.

— Maddy, s'il vous plaît, allez dire à M. Scott que je veux lui parler immédiatement. Il a passé la matinée dans son bureau à essayer de réorganiser l'emploi du temps de la compagnie.

Madeline n'avait pas le choix, et elle se retira tandis que le duc et la duchesse reprenaient leur conversation.

Devant la porte de Logan, elle hésita. Le bureau était parfaitement silencieux et, espérant qu'il n'y avait personne, elle frappa doucement.

— Je travaille ! gronda Scott.

Madeline se tordit les mains, indécise, puis elle se lança.

— La duchesse voudrait vous parler, monsieur.

Il marqua un temps.

— Vous ! dit-il enfin d'un ton bourru.

— Elle souhaite vous informer qu'elle rentre chez elle. Le duc est venu la chercher.

Encore un silence.

— Il n'est pas sain qu'elle reste au théâtre dans son état. Je suis sûre que vous conviendrez qu'avec tous les gens qui ont attrapé la grippe…

— Bon débarras ! Maintenant, allez-vous-en.

Madeline obéit avec soulagement, mais elle s'arrêta au bout de quelques pas. Quelque chose dans la voix de Logan l'avait alertée. Il semblait terriblement las. Malgré, son embarras, elle se retrouva devant la porte.

— Est-ce que je peux vous aider, monsieur ? Voulez-vous une tasse de thé ?

— Fichez le camp, marmonna-t-il. J'ai du travail.

— Bien, monsieur.

Pourtant, elle était persuadée que quelque chose n'allait pas. Il n'avait pas l'habitude de s'enfermer… La main sur la poignée, elle prit une profonde inspiration. Si elle se trompait, Scott allait lui arracher les yeux !

Il ne sembla même pas la remarquer. Assis à sa table au milieu de feuilles de papier froissées, il s'essuyait le front de sa manche avant de tremper sa plume dans l'encrier. Il ne portait ni veste ni gilet et il frissonnait visiblement. Il fut pris d'une violente quinte de toux qui lui fit lâcher son porte-plume, éclaboussant le bureau d'encre noire.

— Monsieur, dit doucement Madeline.

Scott tourna enfin vers elle un visage blême, son regard vitreux sembla la fixer à travers un épais brouillard. Instinctivement, Madeline vint caresser son front qui était brûlant de fièvre.

Il se dégagea en jurant entre ses dents.

— Laissez-moi m'occuper de vous.

— Il faut que je finisse les emplois du temps, dit-il en reprenant sa plume.

— Vous avez la grippe, monsieur Scott. Vous devriez rentrer chez vous et vous reposer.

— Je ne suis pas malade ! Je n'ai jamais…

Il tressaillit quand elle posa de nouveau la main sur son front, puis il soupira, les yeux clos.

— Votre main est si fraîche... Dieu, j'ai la tête dans un étau.

Madeline était émue. N'y avait-il personne pour veiller sur lui ? Il frissonnait.

— Il faut rentrer, monsieur, insista-t-elle avec fermeté.

Il finit par cesser de protester et laissa tomber sa tête sur le bureau, sans lui lâcher la main.

— Ne bougez pas, dit-elle. Je reviens tout de suite.

Il se redressa au prix d'un gros effort.

Par chance, Jeff, l'aide menuisier, passait devant le bureau, et il vint dès que Madeline l'appela.

— Je crains que M. Scott ne soit contaminé, dit-elle en montrant la porte entrouverte derrière elle. Il faut qu'il s'en aille. Voudriez-vous faire amener sa voiture ?

— M. Scott... malade ?

Le garçon semblait stupéfait à cette idée inconcevable.

« Il faut aussi que la duchesse parte immédiatement, poursuivit Madeline. Elle ne doit surtout pas s'approcher de M. Scott, ce serait dangereux pour elle et le bébé. »

Le garçon s'éloigna avec un coup d'œil inquiet vers la porte du bureau.

— Et vous ? Vous ne devriez pas aussi vous tenir à l'écart ?

— Je crois que je ne risque plus rien. Dépêchez-vous, s'il vous plaît, Jeff. Je vais rester avec M. Scott le temps que son attelage soit prêt.

— Bien, mademoiselle Maddy, fit le jeune homme, admiratif. Vous êtes un ange, vous savez, un ange descendu tout droit du ciel !

Maddy esquissa un sourire.

— Merci, Jeff.

De retour dans le bureau de Scott, elle lui posa son manteau sur les épaules, mais il continuait à tousser et à frissonner. Comme il essayait de se lever, Madeline l'en empêcha.

— Restez tranquille, conseilla-t-elle. Votre valet de pied ne va pas tarder.

— Je peux me débrouiller tout seul, grommela-t-il en essayant de la repousser.

— Je serais incapable de vous retenir si vous tombiez, monsieur. Et si vous perdez connaissance avant d'arriver à votre voiture… Imaginez l'effet que ça aura sur la troupe !

Scott céda, et Madeline comprit qu'elle avait touché la corde sensible. Logan tenait à tout prix à maintenir une image d'autorité inébranlable devant ses employés. La tête dans les mains, il attendit avec une passivité qui effraya la jeune fille. Il n'était plus lui-même.

Un valet en livrée noir et argent arriva quelques minutes plus tard, mais cela parut une éternité à Madeline. Il écarquilla les yeux, stupéfait, en voyant l'état de son maître qu'il aida à se lever. Logan Scott était devenu une telle légende que tout le monde, ses domestiques les premiers, semblait avoir oublié qu'il était malgré tout humain.

Une petite foule attendait à la porte du bureau.

— Vous devriez vous éloigner, conseilla Madeline. Inutile que quelqu'un d'autre tombe malade.

Les membres de la troupe reculèrent prudemment de quelques pas.

— Que va-t-il se passer maintenant ? demanda l'accessoiriste. La duchesse partie et le patron malade, qui s'occupera du théâtre ?

— Je vais en parler à M. Scott, promit Madeline avant de rentrer dans le bureau.

Logan était très pâle.

— Monsieur, dit la jeune fille, puis-je annoncer à la troupe que M. Bennett dirigera le théâtre en votre absence ?

Bennett était l'assistant metteur en scène qui organisait les répétitions et réglait les problèmes divers quand la duchesse et Scott étaient occupés ailleurs. Logan la fixait de son regard vitreux, et Madeline se demanda s'il avait bien compris la question. Enfin, il acquiesça d'un signe de tête.

Elle sortit informer les employés, puis Scott suivit, soutenu par le valet.

Madeline les précéda vers la sortie des artistes. Elle entendait la respiration saccadée de Logan et ses pas mal assurés, elle se dit qu'il ne tiendrait pas le coup très longtemps.

Ils se retrouvèrent dans un vent glacial et un second valet de pied ouvrit la porte d'une calèche bronze et noir tirée par deux magnifiques alezans aux naseaux fumants. L'homme déplia un marchepied et lança un regard interrogateur vers Madeline.

Elle hésita un court instant, puis monta vivement à l'intérieur du luxueux véhicule. Si jamais Scott avait besoin d'elle...

En attendant, le valet avait bien du mal à le hisser sur la banquette à côté d'elle. Enfin Logan s'effondra dans un coin et Madeline lui remonta son manteau sur les épaules tandis qu'il était pris d'une nouvelle quinte de toux.

La calèche s'ébranla en douceur. C'était la plus luxueuse que Madeline eût jamais vue avec des cuirs bruns, des bois luisants et le sigle du théâtre peint en lettres dorées au plafond. Même son père, qui s'enorgueillissait à juste titre de la belle tenue de ses attelages, aurait été impressionné !

Logan, immense et vulnérable, avait l'air d'un fauve blessé. Un cahot de la route lui arracha un gémissement et, instinctivement, Madeline posa une main sur son front.

Il sembla revenir un moment à la réalité, et il entrouvrit les yeux, deux fentes bleues dans un visage terreux.

— Maddy… parvint-il à articuler.

— Oui, monsieur ?

— Vous n'auriez pas dû… venir avec moi.

— Excusez-moi, dit-elle, je ne m'attarderai pas. Je veux juste m'assurer que l'on prend soin de vous…

— N… non, il ne s'agit pas de ça.

Il faisait un effort pour ne pas trembler.

— Vous allez tomber malade…

Elle le regarda, stupéfaite. Qui, dans cet état, se serait préoccupé de la santé de quiconque ? Elle sourit, touchée.

— Je me sens très bien, monsieur.

Trop épuisé pour argumenter, Scott referma les yeux et appuya sa tête au dossier de la banquette. Madeline essayait de se rappeler ce que sa nourrice faisait quand elle et ses sœurs étaient malades. On les gardait au chaud, on leur faisait des cataplasmes à la moutarde et on leur donnait du thé et du bouillon. Pour la toux, Nanny leur concoctait un sirop à base de citron et d'huile d'amandes douces. C'est tout ce dont elle se souvenait.

Ils s'engagèrent dans Saint-James Square avant de franchir un vaste portail surmonté de griffons de bronze. Une longue allée cavalière bordée d'arbres menait à un manoir aux colonnes cannelées.

Dès que la calèche fut arrêtée, l'un des valets de pied sauta à terre et courut frapper à la porte à coups redoublés. Il y eut alors un grand remue-ménage.

Un garçon d'écurie vint aider le cocher à rentrer les chevaux, tandis que deux domestiques extirpaient M. Scott de la voiture et le portaient jusqu'à sa demeure ; Madeline avait la désagréable impression de s'aventurer en territoire interdit.

Ils pénétrèrent dans un superbe hall illuminé par un lustre de cristal qui ouvrait sur une pièce où une plantureuse gouvernante donnait ses instructions à une armée de femmes de chambre.

— Allez cherchez du linge propre et faites chauffer de l'eau, ordonnait-elle d'un ton sans réplique. Tilda, apporte-moi ma trousse à pharmacie et dis à Gwyn de trouver les sangsues, le médecin en aura peut-être besoin.

Un majordome grisonnant commanda des bouteilles de brandy aux valets et aida Scott à monter l'escalier en fer à cheval.

La gouvernante remarqua enfin la présence de Madeline. Elle se présenta.

— Je suis Mme Beecham. Pardonnez-nous, mademoiselle...

— Ridley.

— Mademoiselle Ridley, je crains que nous ne soyons un peu débordés. La situation est tout à fait inhabituelle.

— Je comprends.

La gouvernante se demandait visiblement qui était la jeune fille, mais elle s'abstint de poser la question.

— C'est très gentil à vous d'avoir accompagné M. Scott, fit-elle cependant.

— J'espère qu'il va vite se remettre, répondit Madeline.

— Voulez-vous attendre au salon l'arrivée du médecin ? proposa Mme Beecham.

— Volontiers, merci.

La gouvernante la conduisit dans une pièce spacieuse décorée d'or et de bordeaux avec de confortables fauteuils et des guéridons couverts de livres. Une immense tapisserie représentait un paysage et des figurines orientales ornaient une longue table basse placée entre deux portes-fenêtres.

Comme Madeline s'intéressait à une statuette japonaise représentant un vieillard barbu muni d'un bâton doré, la gouvernante eut un sourire un peu forcé.

— Le dieu de la chance, selon M. Scott ! Je suis incapable de prononcer son nom. Il y en a d'autres dans sa collection, tous des dieux païens...

— J'aime beaucoup celui-ci, dit Madeline en caressant le bois sculpté. J'espère qu'il est à la hauteur de sa réputation et qu'il portera chance à M. Scott.

Une fois seule, Madeline se dirigea vers une fenêtre d'où elle put admirer des arbres bien taillés et une fontaine de marbre au centre des jardins.

Un peu inquiète, elle alla s'asseoir et avisa un petit coffret de bois sur un guéridon. L'intérieur contenait l'effigie de Shakespeare gravée sur une médaille d'argent et portait l'inscription : « Offert à M. Logan Scott par la ville de Stratford. »

Elle fut interrompue dans sa contemplation par deux servantes qui lui apportaient du thé.

— Cette boîte a été fabriquée avec le bois du mûrier de Shakespeare, dit l'une d'elles avec fierté. Notre maître l'a reçue en remerciement pour ses œuvres de charité.

Madeline sourit. Scott savait s'attirer l'admiration et l'estime de ses serviteurs.

La domestique posa le plateau sur une table basse.

— Mme Beecham vous prie de sonner si vous avez besoin de quelque chose.

— Je vous remercie, je suis juste inquiète pour la santé de M. Scott.

— Le Dr Brooke ne va pas tarder. Il remettra vite le maître sur pied.

— Je l'espère vivement, dit Madeline en jouant avec sa tasse vide.

Les femmes de chambre quittèrent le salon et, à peine la porte franchie, Madeline les entendit chuchoter entre elles.

— Tu crois que c'est la nouvelle...

— Non...

— Elle est jolie, pourtant.

— Oui, mais elle est trop jeune, trop gentille, ce n'est pas son genre...

Madeline, les sourcils froncés, se mit à arpenter la pièce. Elle avait horreur que l'on fît allusion à son âge. S'apercevant que des mèches s'étaient échappées de son chignon, elle soupira. Elle devait avoir l'air d'une écolière qui revient de la cour de récréation !

De la porte opposée, elle découvrit un salon de musique, deux longues galeries et une autre pièce au plancher parqueté. Un véritable musée, avec des tableaux de maîtres, des statues de marbre, des poteries et porcelaines anciennes...

En admirant ces œuvres d'art, Madeline devina que Scott avait tout choisi lui-même avec goût. Il la fascinait, décidément ! Et elle avait de plus en plus envie de mieux le connaître !

Elle sortit dans le hall, un peu déprimée. Le médecin devait être auprès de Logan, à présent, et la maison était étrangement silencieuse, comme si tout le monde retenait son souffle dans l'attente du diagnostic.

— Avez-vous besoin de quelque chose, mademoiselle Ridley ? demanda le majordome en se levant de sa chaise au pied de l'escalier.

— Oui, répondit Madeline. Je voudrais savoir où se trouve la chambre de M. Scott.

L'homme demeura impassible, mais Madeline savait que comme les autres domestiques il s'interrogeait à son sujet. Simple collaboratrice, ou nouvelle maîtresse de M. Scott ?

— Le docteur est avec lui, mademoiselle, répondit-il prudemment. Mais si vous préférez attendre ailleurs qu'au salon…

— Je préférerais aller dans sa chambre, répliqua-t-elle du ton sec qu'utilisait sa mère pour s'adresser au personnel.

— Bien, mademoiselle Ridley.

À contrecœur, le brave homme sonna un valet de pied et lui ordonna d'accompagner la jeune fille aux appartements de M. Scott, dans l'aile est de la demeure.

Le corridor était éclairé par une longue rangée de fenêtres et orné de statues dont celle d'une femme nue au bain fit rougir Madeline. Après avoir franchi une arche d'acajou, elle pénétra dans une suite de pièces lambrissées au décor typiquement masculin, avec des cartes anciennes, une mappemonde et des tapis persans au sol.

Le valet la conduisit jusqu'à une porte close devant laquelle étaient postées Mme Beecham et une femme de chambre prête à courir chercher ce dont on aurait besoin.

La gouvernante haussa les sourcils.

— Vous n'étiez pas bien, au salon, mademoiselle Ridley ?

— J'étais inquiète…

Mme Beecham secoua la tête.

— Le médecin est encore avec M. Scott. Je vous tiendrai au courant dès que nous en saurons davantage. On va vous raccompagner au rez-de-chaussée.

— Je préférerais…

Madeline fut interrompue par la sortie du médecin.

Le Dr Brooke, un homme jeune aux lunettes rondes qui lui donnaient l'air d'une chouette, avait un visage avenant.

Madeline s'avança.

— Mademoiselle Ridley, fit-elle, j'aimerais avoir des nouvelles de la santé de M. Scott. Je suis sa... compagne.

Le médecin la salua poliment.

— Comment va-t-il ? demanda la gouvernante.

— J'ai vu beaucoup de cas semblables, ces derniers temps, mais j'ai le regret de vous dire que celui-ci est particulièrement grave. C'est étonnant de la part d'un homme robuste comme M. Scott. Mais il ne fait jamais rien à moitié, n'est-ce pas ?

— C'est juste...

— Je reviendrai demain voir comment le mal évolue. Hélas, le pire est encore à venir. Faites-lui de fréquentes compresses d'eau glacée, nourrissez-le avec de la confiture et du bouillon, une cuillerée de punch au lait de temps en temps.

— Chez moi, on fait infuser des feuilles d'eucalyptus dans du brandy, suggéra Mme Beecham. Puis-je lui en donner ce soir ?

— Absolument. Mademoiselle Ridley, continua-t-il, puis-je vous demander si vous avez l'intention de soigner M. Scott ?

— Oui, déclara Madeline.

— Alors je vous déconseille de rencontrer des gens à l'extérieur de la maison, car cette grippe est extrêmement contagieuse, et il n'est pas exclu que vous l'ayez attrapée.

Mme Beecham semblait perplexe.

— Je suppose que je vais devoir vous faire préparer une chambre...

Madeline comprenait l'hésitation de la brave femme. Personne n'avait entendu parler d'elle jusqu'à présent, et le personnel semblait réticent à laisser pénétrer une étrangère chez M. Scott alors qu'il n'était pas en état de donner son avis.

— Merci, madame Beecham, dit-elle doucement. Je vous assure que mon seul désir est d'aider M. Scott...

La gouvernante donna ses ordres à la femme de chambre, tandis que le Dr Brooke prenait congé.

Madeline en profita pour se glisser par la porte restée entrouverte.

La chambre de Logan était meublée simplement, sans œuvres d'art, excepté un ciel peint au plafond. Il reposait sur le lit, couvert d'un drap, une courtepointe de soie prune pliée à ses pieds. Il portait une chemise de flanelle déboutonnée au col et il dormait comme s'il était drogué, le visage à demi enfoui dans l'oreiller.

Un valet était en train de poser des linges propres et une cuvette d'eau sur la table de nuit. On avait placé un petit fauteuil à la tête du lit, mais Madeline préféra s'asseoir sur le matelas. Logan se tourna vers elle avec un marmonnement incohérent, les yeux toujours clos, le souffle rauque.

— Là... Là... murmura Madeline qui humecta une serviette avant de l'appliquer sur son front brûlant.

Il sembla se détendre un peu, et elle s'enhardit à caresser sa splendide chevelure qui était douce et épaisse sous ses doigts. On aurait dit de la soie teintée à l'acajou.

Elle étudia son visage dont la pâleur rehaussait encore les beaux traits. Ses longs cils frémissaient légèrement au rythme des rêves provoqués par la fièvre, il dormait les lèvres entrouvertes...

Elle demeura immobile à essayer de comprendre la mélancolie qui s'était soudain emparée d'elle. Si elle était amoureuse de lui, son souvenir la hanterait jour et nuit pour le reste de sa vie... car elle ne rencontrerait aucun autre homme comparable à celui-ci.

Il lui restait peu de temps pour agir ! Peut-être même était-il trop tard et ses parents avaient-ils déjà découvert qu'elle s'était enfuie du pensionnat ! Dans ce cas, ils devaient être fous d'inquiétude. Ils allaient la chercher et, dès qu'ils l'auraient trouvée, ils la persécuteraient jusqu'à ce qu'elle leur cédât. Elle se retrouverait mariée à Lord Clifton malgré tous ses efforts pour échapper à ce sort. Sauf si elle n'était plus vierge.

Elle ferait mieux de trouver un amant ailleurs. Il existait sans doute beaucoup d'hommes plus accessibles que Logan Scott. Jamais elle n'avait imaginé qu'elle aurait tant de mal à le séduire ! Mais il refusait de la déshonorer, et elle ne voyait pas comment elle pourrait le faire changer d'avis.

Non, on n'avait pas besoin d'elle ici. Scott avait une pléiade de domestiques à son service, un excellent médecin, plus d'amis qu'il n'en pouvait compter. Il guérirait sans son aide !

Elle continua néanmoins à changer les compresses froides et à lui faire ingurgiter un peu de sirop quand il toussait trop fort.

Le monde extérieur ne semblait plus exister.

Madeline s'apprêtait à demander du bouillon de bœuf quand Scott ouvrit enfin les yeux...

— Monsieur, dit-elle doucement.

Il la vit comme dans un rêve, puis un demi-sourire éclaira son visage las.

— On dirait... commença-t-il d'une voix rauque ponctuée d'accès de toux, on dirait que... je ne me débarrasserai jamais de vous !

Madeline l'aida à boire un verre d'eau, un bras glissé sous sa tête. Il était lourd, et elle fut soulagée quand il se détourna et qu'elle put le reposer sur l'oreiller.

— Vous voulez que je vous laisse ? demanda-t-elle gentiment.

Il ferma les yeux et fut tellement long à répondre qu'elle crut qu'il s'était rendormi.

— Restez, dit-il enfin.

— Souhaitez-vous que je fasse prévenir quelqu'un, un ami, un parent, pour vous tenir compagnie ?

— Non. C'est vous que je veux près de moi.

Il termina là sa phrase, une main posée sur un pli de sa robe.

Malgré son inquiétude, Madeline avait envie de sourire. Même malade, il était autoritaire. Et il voulait qu'elle reste. Il lui faisait enfin confiance.

— Logan, murmura-t-elle, en se grisant de son prénom.

Elle avait échoué dans ses projets ambitieux, et se retrouvait juste infirmière et, pourtant, elle ne se souciait plus de ses problèmes. Elle désirait seulement que Logan se rétablisse.

Elle alla vers le secrétaire et rédigea un mot pour Mme Nell dans lequel elle lui expliquait la situation. Elle sonna et le remit à une femme de chambre.

— Envoyez un valet chercher mes affaires, je vous prie, ajouta-t-elle.

Elle retourna ensuite se poster près du lit où Logan semblait aller plus mal, la fièvre montant d'heure en heure. Elle lui fit avaler quelques cuillerées de bouillon.

Quand une horloge sonna douze coups, Madeline qui n'en pouvait plus, se leva dans l'espoir de se réveiller un peu. Elle sursauta lorsqu'on entra dans la chambre.

— Comment va-t-il ? demanda Mme Beecham, plus chaleureuse que dans l'après-midi.

— La fièvre monte toujours.

— C'est ce qu'avait prédit le Dr Brooke. Denis, le valet personnel de M. Scott, va m'aider à le baigner d'eau fraîche. Vous devriez vous reposer quelques heures. Je vous ai fait préparer une petite chambre dans la suite privée de M. Scott.

— Je vous remercie, mais je tiens à être là s'il a besoin de moi…

— Je le veillerai, promit Mme Beecham. Vous avez besoin d'un peu de sommeil si vous voulez être efficace demain.

C'était la sagesse même, et Madeline ne discuta pas davantage. La gouvernante l'accompagna à sa chambre.

Ses vêtements avaient été rangés dans une grande armoire d'acajou, le lit était surmonté d'un baldaquin bleu assorti au couvre-pieds. Madeline se déshabilla toute seule et elle se mit au lit, vêtue d'une chemise de coton blanc. Elle s'endormit sur-le-champ.

Réveillée aux premières lueurs de l'aube, elle enfila son déshabillé de coton et courut jusqu'à la chambre de Logan, ses pieds nus glacés dans l'air frais du matin.

Une domestique allumait un feu dans la cheminée, tandis que Mme Beecham ramassait les linges mouillés de la nuit. Elle avait de larges cernes sous les yeux et elle semblait avoir vieilli de dix ans.

— Pas d'amélioration, répondit-elle à la question muette de la jeune fille.

Madeline s'approcha du lit. La peau de Logan était brûlante et desséchée. On lui avait ôté sa chemise de flanelle, et il était nu jusqu'à la taille.

Elle se détourna en rougissant sous le regard perçant de la gouvernante.

— Vous n'êtes pas sa « compagne » comme vous le prétendez, déclara celle-ci avec une sereine conviction. Quelles que soient vos relations avec lui, vous n'êtes pas sa maîtresse !

6

Prise de court, Madeline resta un instant silencieuse, tandis que les battements de son cœur s'accéléraient.

— Pourquoi dites-vous cela ? demanda-t-elle enfin.

Mme Beecham sourit.

— Tout en vous le prouve. Votre chemise de nuit, par exemple... Votre attitude, la façon dont vous le regardez... Il est clair que vous n'avez jamais été intimes. Vous êtes une jeune fille bien élevée. Or les femmes qui plaisent à M. Scott portent des déshabillés de soie, traînent au lit jusqu'à deux heures de l'après-midi et ne s'abaisseraient jamais à soigner un malade ! Non, vous n'êtes pas sa maîtresse.

— Je travaille au théâtre, avoua Madeline. Pas comme actrice, mais comme assistante. Je suis une amie de M. Scott. Du moins j'espère qu'il me considère ainsi.

— Et vous êtes amoureuse de lui, ajouta Mme Beecham.

— Oh, non ! s'écria Madeline. Je ressens pour lui une grande amitié... mêlée d'admiration, bien sûr.

— Vous mettez votre santé en danger par simple amitié ?

Madeline regarda la gouvernante, le cœur serré.

— Bon, décida Mme Beecham, sans doute attendrie par la détresse qu'elle lut sur son visage. Vos raisons de vous trouver ici ne me regardent pas. Vous pouvez rester tant que vous le désirez, sauf si M. Scott s'y oppose.

Madeline s'assit sans mot dire.

— Il n'a rien mangé, reprit la brave femme. Je vais faire monter des petits pains trempés dans du lait, peut-être arriverez-vous à lui en faire avaler quelques bouchées.

Madeline prit la grande main de Logan dans les siennes. Il ne portait pas de bague, et elle se rappela la douceur de ses paumes sur son visage, sur son sein... Elle avait envie qu'il recommence à la caresser, elle avait envie de choses qui n'arriveraient jamais. Elle posa tristement le visage contre sa paume et sentit couler ses larmes.

Logan ne voudrait jamais d'elle... Et elle lui avait menti en se présentant à lui sous un faux nom et en faisant de lui l'enjeu d'un plan sordide. Comment un homme digne de ce nom pourrait-il le lui pardonner ?

Jamais elle n'avait connu ce genre de douleur... Elle avait poursuivi son but avec entêtement, et elle se retrouvait le cœur brisé. Elle avait envisagé tous les risques que pouvait entraîner une aventure avec lui, sauf un : elle n'avait pas prévu qu'elle tomberait amoureuse de Logan Scott !

Elle chuchota quelques mots au creux de sa main et referma les doigts inertes comme pour qu'ils gardent son secret.

Elle partirait dès que la fièvre serait tombée et renoncerait à son projet ! Soudain, elle fut heureuse qu'ils n'aient pas fait l'amour...

On frappa à la porte, une femme de chambre munie d'un plateau entra, puis, sur les indications de Madeline, l'aida à redresser Logan.

Ensuite, Madeline s'assit près de lui et le regarda s'éveiller. Il la fixa longuement, comme s'il ne la reconnaissait pas, et il murmura enfin son nom.

— Maddy... Le théâtre...

La voix de velours était éraillée, douloureuse.

— M. Bennett s'en occupe, dit-elle en remontant le drap qui avait glissé sur ses hanches. Je suis certaine que tout va bien.

Logan ne répondit pas, mais elle lut le tourment dans son regard. Il n'avait certainement jamais confié la direction de son cher théâtre à quiconque auparavant.

— Voulez-vous que je lui demande un rapport quotidien jusqu'à votre retour ?

Logan acquiesça et ferma les yeux.

— Ne vous rendormez pas tout de suite, dit Madeline en secouant légèrement son épaule nue. Il faut manger un peu, d'abord.

— Non.

Il se retourna avec peine.

— Alors, je ne vous donnerai pas de nouvelles de M. Bennett, rétorqua-t-elle.

Il ouvrit les yeux et lui lança un regard mauvais.

— Juste quelques gorgées de thé et un peu de pain au lait, insista Madeline qui était prise d'une brusque envie de rire.

Si elle n'avait été aussi inquiète, elle aurait tiré plaisir de ce tout nouveau pouvoir qu'elle avait sur lui. Elle lui tint la tête pour l'aider à boire, et il sembla apprécier le liquide chaud, mais la première bouchée de pain beurré trempé dans du lait le fit grimacer.

— Moi non plus, je n'en raffole pas, avoua Madeline, mais vous n'êtes pas en position de refuser. Allons, encore une bouchée.

Comme il reculait de nouveau, elle insista :

— Le rapport de M. Bennett…

Il lui lança un regard menaçant.

— Je vous en prie, supplia-t-elle, changeant de tactique. Je vous promets qu'un jour, quand je serai malade, vous aurez le droit de venir me voir et de me faire avaler autant de pain et de lait que vous voudrez.

Cette perspective dut l'inspirer, car il avala quelques bouchées supplémentaires.

— Merci, dit-elle en posant enfin le bol.

Elle arrangea ses oreillers, lui caressa les cheveux.

— Vous allez vite vous remettre, et vous pourrez choisir votre vengeance.

Il posa sa joue dans la main fraîche de Madeline et s'endormit aussitôt. Penchée sur lui, elle dessina la courbe de son oreille, baisa le creux de son cou. Elle était soudain merveilleusement heureuse d'être près de l'homme qu'elle aimait, de pouvoir le toucher. Elle ferait n'importe quoi pour lui !

Elle alla sonner un domestique et s'installa au secrétaire afin de rédiger une lettre à l'intention de M. Bennett.

Mme Beecham, Denis et deux autres serviteurs se relayèrent pour aider Madeline à s'occuper de Logan. Il fallait sans cesse le bassiner d'eau fraîche et l'éponger. La nudité qui l'avait fascinée au début ne l'impressionnait plus.

Elle s'affairait à longueur de temps dans la pièce sombre, au point d'en avoir mal au dos. Sa robe était tachée de bouillon, d'infusion. Mme Beecham la pressait d'aller prendre un bain et quelques heures de repos, mais elle ne pouvait se résoudre à quitter le chevet de Logan.

Draps glacés et compresses étaient inefficaces. La fièvre continuait à monter et, vers le milieu de l'après-midi, Logan tomba dans une sorte de coma dont il fut impossible de le sortir.

Les domestiques, effrayés, se pressaient à sa porte, proposant des remèdes de famille, des médicaments et même des amulettes !

Pour ne pas les offenser, Mme Beecham acceptait tout.

— De la poudre d'os, dit-elle à Madeline en lui montrant un mouchoir plein de minuscules grains gris. On a raconté à ce domestique que cela venait d'une licorne et soignait toutes les maladies ! Pauvre homme, il sacrifie sa « poudre magique » pour le bien de son maître !

— Tout le monde l'aime beaucoup, n'est-ce pas ?

— M. Scott est une personne exceptionnelle, répondit la gouvernante en remplissant des poches de glace pilée. Malgré ses efforts pour ne jamais laisser paraître ses émotions, il ne supporte pas d'entendre un enfant pleurer ou de voir quelqu'un dans les ennuis. Vous seriez étonnée d'apprendre tout ce qu'il a fait pour son personnel.

Elle s'interrompit un moment, songeuse.

— M. Scott a le chic pour susciter l'affection, pour que les gens aient besoin de lui... Et en même temps, il s'arrange toujours pour les tenir à distance.

— Il se protège sans doute, commenta Madeline.

La gouvernante la regarda, un peu surprise.

— On dirait que vous le comprenez bien !

— Pas vraiment. Je sais seulement qu'il préférerait se priver de quelque chose dont il a envie plutôt que de risquer de souffrir.

— Je vois... Vous êtes le « quelque chose » dont il a envie, c'est cela ? Et il vous a éconduite ?

À cause de sa fatigue, ou de son inquiétude, Madeline lâcha la vérité.

— Il prétend qu'une aventure nous blesserait tous les deux, avoua-t-elle en baissant la tête.

Mme Beecham frotta l'une contre l'autre ses mains glacées.

— Il a sans doute raison, mademoiselle Ridley. Si j'étais vous, je le croirais sur parole.

— Oui, si je suis là, c'est uniquement parce que je ne supporte pas de m'en aller pendant qu'il est malade...

— Mademoiselle Ridley...

La gouvernante attendit que Madeline ait relevé la tête pour continuer :

— Au fond de son cœur, il sait que vous tenez à lui. C'est un beau cadeau que vous lui faites.

Madeline ravala ses larmes tandis qu'elle reprenait sa place au chevet de Logan.

Le jour suivant, Lord Drake se présenta à la demeure de Logan. Ayant eu vent de la maladie de son ami, il s'était aussitôt précipité pour prendre de ses nouvelles. Il parlait dans l'entrée avec Mme Beecham quand il aperçut Madeline qui passait par là portant des linges souillés.

— Ah, la jolie fille du théâtre ! s'exclama-t-il en lui faisant signe d'approcher. On peut faire confiance à Jimmy pour trouver les infirmières les plus séduisantes !

— Jimmy ? répéta Madeline.

— Il n'a pas toujours été Logan Scott, vous savez...

Mme Beecham débarrassa Madeline de son fardeau.

— Je m'occupe de ça, mademoiselle Ridley. Vous devriez aller vous reposer un peu.

La jeune fille massa ses tempes douloureuses.

— Vous avez raison. Si vous voulez bien m'excuser, Lord Drake...

— Attendez ! cria-t-il.

Madeline se retourna. Sur le visage un peu bouffi par l'alcool et le manque de sommeil, elle lut une angoisse sincère.

— J'étais venu proposer mes services, reprit-il. Si je peux faire quelque chose pour Jimmy... C'est mon meilleur ami, voyez-vous, et jamais il n'a été malade. Il faut que ce soit grave pour le tenir éloigné de son fichu théâtre. Dites-moi ce dont il a besoin, n'importe quoi !

— Merci, répondit Madeline, touchée par sa sollicitude, mais je crois qu'on ne peut rien faire pour l'instant.

À son expression, Lord Drake comprit que c'était plus grave qu'il ne l'avait imaginé.

— À ce point ? murmura-t-il avant de jurer entre ses dents. Je dois lui parler.

— Il ne vous entendra pas, Lord Drake.

— Il faut que je le voie.

— Mais il est contagieux...

— Je m'en moque ! Jimmy est comme un frère, pour moi. Je vous en prie, accompagnez-moi à sa chambre.

Après une brève hésitation, Madeline céda.

La pièce était dans la pénombre et le visage de Logan, dénué de toute expression, ressemblait à un masque.

— Dieu ! souffla Lord Drake en s'approchant du lit, incrédule. Bon sang, Jimmy, tu ne vas pas mourir tout de même !

Il grimaça un sourire.

— D'abord, je te dois une fortune, des années pour pouvoir te rembourser. Ensuite... tu es ma seule attache.

Il soupira et joua avec ses cheveux, en un geste étrangement familier aux yeux de Madeline. Logan faisait toujours de même quand il était tendu ou distrait...

— Je te préviens, vieux... arrange-toi pour guérir, ou tu auras affaire à moi !

Il se détourna et, en passant devant Madeline, il dit, la gorge serrée :

— Si vous êtes certaine de ne pas avoir besoin de moi, je pars me soûler, à en rouler sous la table...

— Ça ne servira à rien, fit-elle remarquer.

— Ça me servira à moi, mademoiselle Ridley, je vous assure ! Ne vous dérangez pas, je connais le chemin.

Le Dr Brooke passa dans la soirée, et Madeline attendit son verdict avec Mme Beecham.

— Vous avez fait tout ce qui était possible, soupira-t-il quand il sortit de la chambre.

Bien qu'il fût aussi avenant que la veille, Madeline sentit une légère différence dans son attitude.

— Est-ce que la fièvre va enfin baisser ? demanda-t-elle. Cela ne peut durer beaucoup plus longtemps.

— En effet, mademoiselle Ridley. Sous peine de le tuer. Il est au plus mal. Il faut vous préparer au pire.

Madeline mit un instant à réaliser, tandis que Mme Beecham restait silencieuse, pétrifiée.

— Aidez-nous, dites-nous ce qu'il y a à faire, supplia-t-elle.

— Cela ne dépend plus de moi. À ce stade, il ne reste que la prière.

— La prière ! s'exclama Madeline, amère.

— Je reviendrai demain matin. Continuez à le faire boire et à le rafraîchir.

— C'est tout ? Mais on dit que vous êtes le meilleur médecin de Londres ! Vous allez le guérir, vous ne pouvez pas partir sans rien tenter !

Le Dr Brooke soupira de nouveau.

— Je ne fais pas de miracles, mademoiselle Ridley, et j'ai beaucoup trop de cas de ce genre sur les bras. La plupart des patients survivent, mais parfois, hélas, la maladie l'emporte. Je pourrais essayer de le saigner, mais cela n'a apporté aucune amélioration chez les malades sur lesquels je l'ai fait...

— Enfin... Il était en parfaite santé il y a trois jours ! cria Madeline, furieuse, comme si le médecin était responsable de l'état de Logan.

— Il est jeune et robuste, il a un but dans la vie, reprit le Dr Brooke, afin de la rassurer. Parfois, cela fait la différence.

Il enfila son manteau et eut un signe de tête pour le valet qui était venu le raccompagner à la porte.

— Quel but dans la vie ? maugréa Madeline en rentrant dans la chambre, les poings serrés. Le théâtre ? Ce n'était qu'un endroit où il pouvait s'occuper... Il n'avait pas de famille, pas d'épouse, personne à qui il eût donné son cœur.

Elle songea aux montagnes de fleurs et de présents qui s'entassaient dans un petit salon, envoyés par des amis et des relations. Mme Nell elle-même avait fait porter une boîte de pâtes de fruits.

— Comment un homme si connu et si admiré peut-il mourir si seul ?

Elle se rendit compte qu'elle avait pensé tout haut quand Mme Beecham rétorqua :

— C'est ce qu'il souhaite, mademoiselle Ridley. Et puis il n'est pas seul. Il vous a demandé de rester, n'est-ce pas ?

— Je ne veux pas le voir s'éteindre.

— Alors vous allez l'abandonner ?

Madeline secoua la tête et se rendit près du lit où Logan délirait, comme s'il tentait d'échapper à d'atroces cauchemars.

— Il faut informer la duchesse de Leeds, dit-elle.

Elle alla au secrétaire, trempa sa plume dans l'encre. Les doigts gourds, elle commença à écrire. *La condition de M. Scott a empiré...* Son écriture, d'habitude si nette, était illisible. *D'après le médecin, il faut s'attendre à...*

Elle s'arrêta. Les lettres dansaient devant ses yeux.

— Je n'y arrive pas, fit-elle en posant le porte-plume.

Mme Beecham vint terminer la missive à sa place.

— Je la fais porter immédiatement, avisa-t-elle en quittant la chambre comme si elle n'en supportait plus l'atmosphère.

Vers minuit, le médecin personnel du duc et de la duchesse de Leeds se présenta. C'était un homme d'un certain âge dont la vue redonna un peu d'espoir à Madeline.

— La duchesse m'a demandé de passer, dit-il à la jeune fille. Peut-être puis-je encore quelque chose pour lui.

Madeline assista à la consultation. Elle connaissait chaque détail du corps de Logan et plus rien ne la gênait à présent.

Le médecin ne prescrivit rien de nouveau, et elle fut affreusement déçue quand, avant de se retirer, il ne lui laissa que quelques flacons d'élixir, sans grande conviction.

— Mademoiselle Ridley, dit la gouvernante, vous avez passé toute la journée près de M. Scott, il faut absolument vous reposer. Je veillerai sur lui quelques heures, puis Denis prendra la relève.

— Je ne suis pas fatiguée, mentit Madeline.

En réalité, elle n'en pouvait plus ; ses yeux lui brûlaient, ses mains et ses avant-bras étaient rougis par la glace et les onguents.

— Je reste encore un peu, conclut-elle.

— Vous êtes sûre ?

— J'aimerais rester seule avec lui.

— Parfait. Sonnez si vous avez besoin d'aide.

La chambre était éclairée faiblement par une lampe à la mèche basse et par les braises qui rougeoyaient dans la cheminée. Madeline posa une compresse sur le front de Logan, mais il la repoussa d'un geste violent.

Dans son délire, il récitait des lignes de textes osés, parlait à des inconnus. Madeline se surprit à rougir fortement en entendant des mots triviaux, des expressions qui la choquaient tout en l'excitant. Logan ne cessait de débiter des obscénités, et elle finit par murmurer.

— Arrêtez... Restez tranquille.

Il la saisit par le poignet avec une telle brutalité qu'elle crut qu'il allait lui broyer les os. Comme elle poussait un petit cri, il relâcha son étreinte, puis il prononça un nom de femme. Olivia… Sa voix se fit mauvaise, il menaçait de la tuer, elle lui avait tout pris. Il pleura, il pesta, et sa peine était si flagrante que Madeline en fut déchirée de jalousie.

— N'avez-vous jamais été amoureux ? lui avait-elle demandé un jour.

— Une fois. Mais ça n'a pas marché.

Olivia était évidemment la femme qu'il avait aimée, et elle l'avait trahi.

Madeline le caressa, tenta de l'immobiliser. Il se détendit enfin.

— Je ne vous quitterais jamais, si j'avais le choix, murmura-t-elle. Je ne vous ferais pas de mal, je vous aimerais de toutes mes forces.

Elle baisait son visage, ses lèvres brûlantes.

— Je vous aime.

Il émit un grognement incohérent et s'enfonça davantage dans la fièvre.

Madeline se redressa, une main posée sur la poitrine de Logan. Sa respiration était ténue, saccadée, elle avait l'impression de sentir sa vie s'échapper de lui. Il allait mourir entre ses bras, se dit-elle avec désespoir.

Elle se laissa tomber à genoux sur le tapis. Malgré son éducation religieuse, elle n'avait jamais été très croyante. Elle était trop rebelle de nature, trop indignée quand sa mère déclarait que son mariage avec Lord Clifton reflétait la « volonté de Dieu » ! Il lui semblait que Dieu s'était arrangé pour rendre sa vie aussi triste que possible. Mais s'Il était vraiment compatissant, Il allait accepter son marché… et elle ne Lui demanderait plus jamais rien.

Elle joignit les mains et se mit à prier en cherchant chaque mot au fond de son âme. Ce fut un grand soulagement d'exprimer ses peurs, ses attentes. Pour la première fois de sa vie, elle eut l'impression que la prière n'était pas un rite inutile, mais juste une confession faite à un ami cher.

— Je me repens de mes péchés, chuchota-t-elle dans l'ombre. Je serai dorénavant une fille obéissante, je ferai tout ce qu'ordonneront mes parents. J'épouserai Lord Clifton et je le servirai fidèlement sans me plaindre... si Vous le guérissez. Je me moque de ce qui m'arrivera, pourvu qu'il vive. Il ne mérite pas de mourir si jeune. Mon Dieu, faites qu'il vive...

Combien de temps avait-elle prié ? Quand elle se releva, ses genoux étaient engourdis, et elle se sentait un peu étourdie...

Elle remplit de nouvelles poches de glace et en entoura le corps de Logan.

Au cours de la nuit, elle pria encore longtemps, comme dans un rêve sans fin. Machinalement, elle obligeait Logan à boire, elle le calmait lorsqu'il délirait. Elle remarqua à peine la lumière de l'aube.

— Mademoiselle Ridley !

Madeline sursauta.

Mme Beecham entrait avec le valet de chambre.

— Comment va-t-il ? demanda la gouvernante en s'approchant du lit.

Madeline l'observait sans mot dire.

Mme Beecham tâta le front de Logan puis elle se retourna, soulagée.

— Dieu merci, la fièvre est enfin tombée.

Madeline la fixait sans comprendre, et le valet s'approcha d'elle.

— Tout va bien, mademoiselle. Il se remettra vite, à présent.

Elle se tourna vers lui, incrédule, en essayant de se rappeler son nom.

— Denis... ?

Soudain la pièce se mit à basculer, elle sentit les bras solides du domestique autour d'elle et, pour la première fois de sa vie, elle s'évanouit.

Logan eut l'impression d'émerger du fond d'une eau sombre, son corps se faisait plus léger en atteignant la surface. Il se sentait terriblement faible. Il aurait bien aimé se laisser aller de nouveau au sommeil, mais une pensée l'en empêchait. Madeline. Il ouvrit les yeux, accommoda avec peine. Elle n'était pas près de lui. Il tenta de parler, mais un ridicule coassement lui échappa.

— Ah, monsieur Scott !

Il aperçut le visage familier de la gouvernante.

— Vous nous avez fait une belle peur ! Dieu merci, vous voilà mieux. Avez-vous soif ?

Elle lui souleva la tête et lui fit avaler quelques gorgées d'un breuvage au goût vaguement amer.

Il pensa demander des nouvelles du théâtre, mais la question lui sembla de peu d'importance comparée à celle qui le taraudait. Il se rappelait la présence de Madeline durant sa maladie. Il avait senti ses mains sur lui, son souffle sur son visage quand elle essayait de le sortir de ses cauchemars. Maddy… Il avait besoin d'elle, il la voulait près de lui. Mais elle n'était pas là. Avait-il tout rêvé ?

Il écouta distraitement la gouvernante qui l'informait de la visite du Dr Brooke pour un peu plus tard ou lui disait que les Leeds avaient envoyé leur propre praticien, que toute la maisonnée se réjouissait de son rétablissement.

Il jouait avec les draps fraîchement lavés tout en regardant le rectangle de lumière qui pénétrait par la porte-fenêtre, quand Mme Beecham retint enfin son attention.

— … Mlle Ridley viendra peut-être dans la journée mais, à mon avis, ce sera plutôt demain matin.

— Elle est là ? fit-il en essayant de se redresser.

— Ne vous fatiguez pas, monsieur.

— Où ? aboya-t-il, furieux de sa propre faiblesse.

— Mlle Ridley dort dans la petite chambre près de la vôtre, mais je ne veux pas la réveiller, monsieur. Elle est restée à votre chevet trois jours et trois nuits sans se reposer, sans se nourrir. La pauvre petite s'est évanouie ce matin, lorsqu'elle a appris que la fièvre était tombée… Ne vous inquiétez pas, monsieur, elle est juste épuisée. Je suis sûre qu'elle ira tout à fait bien après quelques bonnes heures de sommeil.

Logan avait la bouche sèche, et il prit un verre d'eau qu'il porta maladroitement à ses lèvres.

— Pourquoi ne l'avez-vous pas obligée à se reposer ? dit-il.

— C'était impossible. Elle tenait à veiller sur vous jour et nuit.

— Apportez-moi un peignoir.

— Pardon ?

Mme Beecham comprit qu'il avait l'intention de se lever.

— Mais, monsieur, vous ne pouvez pas… Ce serait de la folie…

— Sonnez Denis ! ordonna Logan qui ne pensait qu'à voir Maddy de ses propres yeux. Et faites appeler le docteur.

— Je vous ai dit qu'il passerait dans la journée…

— Je veux…

Il fut interrompu par une violente quinte de toux.

— Je veux qu'il ausculte Mlle Ridley. Immédiatement !

Il tenait à s'assurer que l'évanouissement était bien dû à la fatigue et non à un début de maladie…

Mme Beecham battit en retraite.

— J'appelle le médecin, mais ce n'est pas un service à rendre à Mlle Ridley que de la réveiller après l'épreuve qu'elle vient de subir. Et avant que vous vous leviez, je suggère que vous mangiez quelque chose. Je vais vous faire monter des œufs au lait et des toasts.

Logan se laissa retomber sur ses oreillers, faible comme un agneau. Une sensation exaspérante pour un homme comme lui…

Les déclarations du Dr Brooke ne parvinrent pas à rassurer Logan.

— Je vous jure, mon ami, lui dit gaiement le médecin, qu'il est vain de vous tracasser pour Mlle Ridley. Elle est seulement lasse, mais, dès demain, il n'y paraîtra plus. Vous feriez mieux de vous inquiéter de votre santé. N'en faites pas trop, sinon la convalescence sera longue. Restez alité une bonne quinzaine et gardez-vous bien de vous fatiguer. Cela inclut les ébats amoureux ! ajouta-t-il avec un clin d'œil. J'avoue cependant que je serais fort tenté, à votre place. Mlle Ridley est une charmante personne.

Logan, agacé, ressentit un pincement de jalousie, et il fit comprendre que la visite avait assez duré.

— Bon, murmura le Dr Brooke, inutile que je revienne, sauf en cas de rechute, évidemment. Suivez bien mon conseil, Scott, ne vous surmenez pas.

Logan acquiesça distraitement et, dès que le médecin fut parti, il sonna Denis.

Ignorant les objections de son valet de chambre, il lui ordonna de l'emmener à la chambre de Madeline. Mais il fut surpris de l'effort que cela lui demandait. Quand il franchit le seuil, il était à bout de souffle, son cœur battait la chamade. Lâchant l'épaule du domestique, il avança seul vers le lit.

— Laissez-moi ! dit-il. Je sonnerai en cas de besoin.

— Bien, monsieur. Mais je pense qu'étant donné votre état à tous les deux...

— Sortez, Denis !

Une fois seul, Logan contempla longuement la petite forme endormie, couchée en chien de fusil, comme une enfant, vêtue d'une chemise de coton blanc fermée au cou. Il s'assit près d'elle, saisit une longue mèche de ses cheveux dorés. Madeline bougea un peu, soupira et se rendormit aussitôt.

Il s'aperçut que ses mains étaient abîmées par les soins qu'elle lui avait administrés, et il fut troublé ; non pas parce qu'elle l'avait vu nu, la nudité ne l'avait jamais gêné, mais parce qu'elle venait d'entrer dans sa vie ! Désormais, il ne pouvait plus faire marché arrière, il se sentait lié à elle.

Qu'allait-il faire d'elle ? Il ne pouvait plus la renvoyer, c'était certain. Pourquoi ne pas prendre ce qu'elle lui offrait ? Elle était jeune, belle, courageuse, résolument optimiste, autant de qualités qu'il admirait.

Il contempla la silhouette enfermée dans le coton blanc, dessina doucement la ligne de son sein, le caressa. Madeline murmura dans son sommeil...

Logan s'attarda à imaginer les plaisirs qu'il lui enseignerait et sentit le désir monter en lui.

Avec une grimace amusée, il se leva. Il était trop tôt pour ce genre de petit jeu. Ils auraient bien le temps quand ils auraient tous les deux retrouvé la santé ! Ils s'accorderaient alors tout ce qu'ils voudraient...

7

À son réveil, Madeline mit quelques secondes à se rappeler ce qui s'était passé. Elle tenta de se lever, mais des larmes lui montèrent aux yeux tant son dos et ses épaules étaient douloureux. Elle s'étira avec précaution.

Une femme de chambre frappa et entra munie d'un seau de charbon afin de recharger le poêle.

— Mme Beecham dit que nous devons tous vous remercier pour ce que vous avez accompli auprès de notre maître, mademoiselle Ridley, dit-elle.

— Comment va-t-il ?

— Oh, parfaitement, mademoiselle ! Il dort la plupart du temps mais, quand il est éveillé, il sonne sans cesse pour demander de la nourriture, de l'alcool, des livres… Mme Beecham nous a interdit de lui obéir !

Madeline sourit. Logan n'était pas un malade facile ! Elle avait envie d'aller le voir sur-le-champ, mais elle effleura ses cheveux hirsutes.

— Nous allons vous préparer un bain, l'informa la domestique, et je vous apporte un petit déjeuner. Mme Beecham tient à ce que vous ne manquiez de rien.

Elle alla ouvrir l'armoire qui servait de garde-robe.

— C'est arrivé pour vous hier soir, ajouta-t-elle.

Les nouveaux vêtements ! Mme Nell les avait sûrement fait venir dès qu'elle les avait reçus de Somerset

Street. Madeline s'approcha de l'armoire pour décrocher la robe de soie jaune, mais elle fit la grimace, gênée par une douleur à l'épaule.

— Je me dépêche pour le bain, mademoiselle, déclara la servante. L'eau chaude vous détendra.

Deux femmes de chambre aidèrent la jeune fille à laver sa longue chevelure, la rincèrent avec de l'eau parfumée à la violette, la séchèrent devant le feu. Ensuite, elles lui apportèrent du jambon, des toasts, des fruits, et donnèrent un coup de fer à sa robe.

Enfin, elles la coiffèrent, laissant de petites boucles s'échapper du chignon pour encadrer son visage, et l'habillèrent. La robe jaune, ni trop simple ni trop sophistiquée, lui allait à merveille. Madeline aima le bruissement de la soie autour de ses chevilles, bien qu'elle rougît quand elle vit son décolleté dans la glace et que les deux servantes se pâmèrent d'admiration.

— Ravissant ! s'écria Mme Beecham qui pénétrait dans la chambre. Vous vous sentez mieux, ce matin, mademoiselle Ridley ?

— Oui, je vous remercie. Et M. Scott...

— Il vous demande toutes les cinq minutes, répondit la gouvernante. En fait, je suis venue vous dire qu'il veut vous voir immédiatement.

Madeline sourit.

Elle suivit la gouvernante jusqu'à la chambre de Logan d'où s'échappaient des récriminations.

— Je ne veux plus de ce satané bouillon ! protestait-il. Il me faut de la viande rouge, du pain et du café.. Comment espérez-vous que je me remette ? Et si je vois encore un seul bol contenant du lait, je...

Il s'interrompit en voyant Madeline entrer.

— Maddy...

Comme elle, il sortait de son bain, cela se voyait à ses cheveux mouillés, et il était rasé de frais.

Il était vêtu d'une chemise de flanelle blanche fermée jusqu'au cou, mais le souvenir de ce qu'il cachait dessous, peau douce et muscles, était pour toujours imprimé dans la mémoire de Madeline. Il lui semblait toutefois impossible, à présent, qu'elle ait pu le toucher si intimement.

Mme Beecham et la servante s'éclipsèrent afin de les laisser seuls.

— Vous n'êtes pas un malade commode, constata Madeline en s'approchant du lit.

— Je deviens fou, enfermé ici ! Je veux que vous arriviez à joindre Bennett pour avoir des nouvelles du théâtre, et pour qu'il me donne enfin quelque chose à faire.

— Vous êtes censé vous reposer, objecta la jeune fille qui se réjouissait néanmoins de le voir reprendre des forces. Je suis certaine que le médecin vous a recommandé de ne pas vous énerver.

— Ce qui m'énerve, c'est de rester sur ce lit comme un invalide.

Elle s'approcha tout près de lui, les yeux brillants.

— Vous *êtes* un invalide, monsieur Scott.

Il regardait sa bouche, et le temps sembla s'arrêter.

— Pas pour longtemps, murmura-t-il.

Il y avait quelque chose de nouveau, entre eux, une intimité qui troublait infiniment Madeline.

— En attendant, vous devez garder le lit, dit-elle.

Il contemplait la douce vallée entre ses seins, largement révélée par sa position inclinée, puis il revint à son visage, une flamme bleue au fond des yeux.

— Empêchez-moi donc de bouger...

Elle se redressa vivement.

— Je vais chercher quelques livres, et... et je vous lirai le rapport de M. Bennett.

— Bon début. Apportez-moi en même temps quelque chose de consistant à avaler !

— Le Dr Brooke ne serait pas d'accord, et je ne pense pas que vous seriez capable de le supporter.

— À manger, Maddy ! répéta-t-il avec vigueur tandis qu'elle quittait la chambre. Et dépêchez-vous de revenir. Jamais je ne me suis autant ennuyé de ma vie !

Madeline resta deux semaines au manoir, en se disant qu'il s'agissait de la période la plus heureuse de son existence. Chaque jour elle décidait de partir le lendemain, mais elle trouvait systématiquement une bonne excuse pour s'attarder un peu. Si c'était un comportement déraisonnable, tant pis ! Le temps lui était compté, et il devenait plus précieux encore. Elle n'avait cependant pas oublié qu'elle avait fait vœu de rentrer chez elle et d'épouser Lord Clifton. Elle l'avait prononcé en toute bonne foi, et Dieu l'avait exaucée, elle ne Le trahirait pas.

Même confiné dans sa chambre, Logan semblait vivre à toute vitesse. Il harcela Madeline et tout le personnel jusqu'à ce qu'on l'autorisât à travailler quelques heures par jour. Alors, de son lit ou d'un fauteuil, il dictait des lettres pour M. Bennett, il envoyait des notes à ses régisseurs, correspondait avec des aristocrates, des artistes, des gens célèbres pour leur soumettre des projets, leur rappeler leurs promesses de donations, accepter ou refuser des invitations.

— Vous êtes sûrement l'homme le plus occupé d'Angleterre ! s'ecria Madeline, après une séance particulièrement longue, en posant sa plume pour détendre ses doigts engourdis.

— En effet, et depuis pas mal de temps, reconnut Logan, les mains croisées derrière la tête.

Allongé sur son lit, il était vêtu d'un peignoir de soie bordeaux.

— Cela m'a aidé à oublier certaines choses.

— Quoi, par exemple ? demanda étourdiment Madeline.

Il sourit.

— Le manque de vie privée, en particulier. Il n'est pas simple de respecter le bon équilibre, surtout dans un métier comme le mien.

— Il ne vous serait pas difficile de trouver une compagne, objecta Madeline sans le regarder. Je suis certaine que n'importe quelle femme…

— Mais je ne veux pas de n'importe quelle femme.

— Certes…

Madeline pliait soigneusement une feuille de papier jusqu'à en faire un minuscule carré.

— Il vous faut une femme d'expérience, mûre, une femme du, monde.

— C'est en effet ce que j'aimais naguère, dit-il, attendant qu'elle le regarde pour lui adresser un sourire dévastateur. Maintenant, je n'en suis plus aussi sûr.

Nerveuse, Madeline alla à la porte.

— Je vais discuter du déjeuner avec le cuisinier, dit-elle.

— Rien ne presse.

— Préférez-vous de la soupe, ou bien du jambon et des légumes verts ?

— Je n'ai aucune envie de parler de ça. Je veux savoir pourquoi vous êtes restée si longtemps à prendre soin de moi.

Elle demeurait sur le seuil afin de laisser entre eux une distance prudente.

— Il n'y avait personne d'autre…

— J'ai une équipe de domestiques fort dévoués.

Madeline prit une profonde inspiration.

— Vous auriez préféré que ce soient eux qui s'occupent de vous ?

— Peu importe. Vous n'étiez pas obligée.

Il lui fit signe de venir près de lui.

— Expliquez-moi pourquoi vous êtes restée. Ça n'a pas dû être facile.

Madeline grimaça un sourire.

— Je ne sais même plus comment tout cela s'est enchaîné. J'ai tenté de vous séduire, et vous vous êtes retrouvé presque mourant dans mes bras.

— Alors, c'était par pitié ? demanda-t-il sans la quitter des yeux. Ou bien avez-vous encore l'espoir de m'attirer dans vos filets ?

— Non ! s'écria-t-elle, rougissante. Je ne... Non, je ne le souhaite plus.

— Je devrais m'en sentir soulagé, dit-il comme s'il réfléchissait à haute voix. Je n'ai jamais compris pourquoi vous teniez tant à sauter dans mon lit.

Madeline haussa les épaules en jetant un regard désespéré derrière elle. Elle avait tellement envie de s'enfuir vers la rassurante solitude du couloir ! Elle ne savait absolument pas comment répondre.

Logan était conscient de son malaise tandis que le silence s'étirait.

— Il est arrivé, dit-il enfin, que des femmes m'abordent de cette manière, parce qu'elles considéraient qu'une nuit avec un acteur connu était une sorte de... trophée. Une conquête dont elles pourraient se vanter auprès de leurs amies.

Madeline sauta sur l'explication offerte.

— Oui, c'est exactement ce que j'attendais de vous !

Logan fronça les sourcils, décontenancé. Quand il reprit la parole, sa voix était exceptionnellement tendre, douce.

— Petite fille... Vous ne savez donc pas que vous valez mieux que ça ?

Elle baissa les yeux. Si elle ne partait pas tout de suite, elle allait éclater en sanglots et se jeter dans ses bras, ce qui les mettrait tous les deux dans une situation gênante.

— Mais il n'y a rien eu entre nous, dit-elle d'une voix ténue. Nous n'avons rien à regretter, c'est tout ce qui importe.

Avant qu'il eût le temps de répondre, elle sortit. Il était trop tard. Elle l'aimait trop pour se servir de lui de cette manière.

Il ne lui restait plus qu'à retourner à son ancienne existence et redevenir l'honorable Madeline Matthews. *Honorable*... Elle avait trahi tout le monde en s'embarquant dans cette aventure. Pire, elle n'avait qu'une envie : rester auprès de Logan et mener une vie de femme perdue. Ses sœurs n'avaient jamais eu de ces idées choquantes, elle en était sûre. Mais à vrai dire, elles n'avaient sûrement jamais non plus rencontré un homme comme Logan Scott.

À force d'insister et de tempêter, Logan obtint que l'on changeât son régime de convalescent pour les repas fins auxquels il était habitué. En outre, il tint à ce que Madeline partageât son premier vrai dîner. En effet, il se sentait enfin assez robuste pour reprendre ses anciens horaires au lieu de s'endormir avec les poules comme la semaine précédente. Madeline accepta, bien décidée à lui annoncer au cours du repas qu'elle partirait le lendemain.

Elle choisit pour cette occasion la robe de cachemire bleu qui la moulait et donnait à sa peau un éclat presque translucide.

Lorsqu'elle entra dans la chambre, à vingt heures, Logan l'attendait près d'une table ornée d'un candélabre et de plats en argent. Vêtu d'une de ses luxueuses vestes d'intérieur et d'un pantalon de couleur fauve, il avait plus que jamais l'air d'un lion dans son antre. L'atmosphère embaumait le velouté aux poireaux, le saumon fumé, la volaille aux truffes et au champagne.

Logan la couvrit d'un regard admiratif.

— J'espère que vous avez faim, dit-il en lui offrant galamment un siège.

Les plats préparés par le chef français de Logan différaient grandement de la cuisine anglaise à laquelle Madeline avait été habituée, et elle se délecta de mets raffinés au point de ne plus pouvoir avaler qu'une ou deux bouchées de salade.

— Doucement, lui conseilla Logan, amusé, en la voyant boire à longs traits son verre de vin. Un hédoniste en savourerait chaque goutte.

— Un hédoniste ?

— Une personne qui se consacre aux plaisirs, expliqua Logan en remplissant son verre. Qui en fait une règle de vie.

— C'est ce que vous êtes ?

— J'essaie.

— Mais vous travaillez tellement !

— Pour moi, c'est une forme de plaisir.

Madeline fronça les sourcils.

— C'est étrange, une vie centrée sur le plaisir, dit-elle.

— Sur quoi devrait-elle se baser ?

— Le devoir, le sacrifice au profit des autres. Et si nous avons été bons, notre plaisir viendra en récompense, plus tard.

— Je préfère en profiter tout de suite.

— C'est sacrilège ! rétorqua sévèrement la jeune fille.

— Les hédonistes ne sont guère versés dans la religion. La souffrance, le don de soi, l'humilité... tout cela ne m'aurait guère servi dans ma carrière.

Madeline resta silencieuse à chercher en vain une faille dans son raisonnement.

— Maddy, dit-il doucement.

Soudain, il ne put s'empêcher d'éclater de rire.

— Vous êtes si jeune !

— Vous vous moquez de moi...

— Mais non. Vous me changez seulement des êtres blasés que je rencontre sans cesse. Vos idéaux sont restés intacts.

— Les vôtres aussi.

— Pour commencer, je n'ai jamais eu d'idéal, ma douce. Je n'ai jamais cru à l'honnêteté, ni à la bonté… Je n'ai jamais non plus rencontré quelqu'un qui soit affligé de ces qualités. À part vous.

Madeline en fut malade de culpabilité. Elle ne s'était pas conduite honnêtement vis-à-vis de lui, et ses élans de bonté avaient été soigneusement calculés, jusqu'à ce qu'elle s'avoue qu'elle était tombée amoureuse. Même alors, elle aurait poursuivi son but si elle n'avait craint de le blesser et de le rendre plus cynique qu'il ne l'était déjà.

— Qu'y a-t-il ? demanda Logan qui avait perçu son trouble.

— Je ne suis pas quelqu'un de bon, murmura-t-elle. J'aurais tort de vous laisser penser le contraire.

— Mon opinion est faite, répondit-il, le regard caressant.

On apportait le dessert, des poires au vin que Madeline arrosa d'un verre de liqueur. Un peu grisée par l'excès d'alcool, elle cligna des yeux.

— Il est tard, dit Logan. Voulez-vous aller vous coucher ?

Madeline secoua la tête. Elle savait, et c'était affreusement pénible, que c'était leur dernière soirée.

— De quoi avez-vous envie, alors ?

Il y avait une pointe de défi amusé dans sa voix, et il était parfaitement détendu dans son fauteuil, la lumière des bougies allumant des reflets acajou dans ses cheveux.

— Vous pourriez me faire la lecture, suggéra Madeline.

Ils partageaient le même goût de la littérature, de la philosophie, et ils avaient déjà longuement parlé des mérites comparés de Keats et de Shelley, ou des dialogues de Platon. Pour sa plus grande joie, Madeline avait découvert des éditions rares dans la bibliothèque du manoir.

Logan l'aida à se lever de table et sonna pour que l'on débarrassât avant de l'emmener dans un petit salon plein de figurines de porcelaine, de tableaux et de bronzes.

Madeline eut un frisson de plaisir en s'asseyant devant la cheminée, tandis que Logan s'allongeait à ses pieds, appuyé sur un coussin, et commençait à lui déclamer des passages de *Henri V* de sa voix profonde.

Madeline l'écoutait à peine, tout occupée qu'elle était à graver dans sa mémoire chaque détail de son visage, l'ombre des cils sur ses pommettes hautes, la courbe généreuse de sa bouche. Parfois il récitait plus qu'il ne lisait, particulièrement les passages romantiques au cours desquels Henri courtise Catherine, la fille du roi de France. Le texte était tendre, teinté d'humour et d'amertume. Soudain, Madeline ne put en supporter davantage, tant l'atmosphère était intime, les mots trop proches de ses propres sentiments.

— Arrêtez, je vous en prie...

Logan ferma le livre.

— Pourquoi ?

Elle fit mine de se lever, mais il la saisit au poignet, l'attira sur les coussins près de lui.

— Restez, murmura-t-il.

Il la serrait contre son corps puissant et elle ne pouvait voir son visage quand il chuchota à son oreille :

— Dormez dans mes bras cette nuit, Maddy.

Les mots qu'elle souhaitait entendre, qu'elle avait tant attendus ! Les larmes lui montèrent aux yeux.

— Je ne peux pas.

— Vous m'avez dit que c'était votre but, la première fois que nous nous sommes vus.

— Ça l'était, mais rien ne s'est déroulé comme je l'imaginais.

— Quelle énigme vous représentez ! dit Logan en lui essuyant doucement les yeux. Dites-moi ce que vous voulez, alors.

Il était si affectueux qu'un instant Madeline fut tentée de tout lui avouer. Mais s'il apprenait la vérité, il la détesterait de lui avoir menti, d'avoir essayé de se servir de lui. Non, elle n'avait pas d'autre solution que de le quitter en espérant qu'il ne devinerait jamais ce qu'elle avait eu l'intention de faire.

— Je ne peux pas rester davantage, Logan, dit-elle, la voix un peu étouffée contre la soie de sa veste. Je partirai demain.

Il la repoussa légèrement afin de plonger dans son regard.

— Pourquoi ?

— Ces deux dernières semaines ont été comme un rêve. J'étais bien, ici... avec vous. Mais j'ai une autre vie. Il est temps que je rentre à la maison.

Il lui caressait le dos

— Et où est-ce, Maddy ?

— À un univers d'ici, répondit-elle en songeant tristement au domaine campagnard où elle allait passer le reste de son existence à donner naissance aux enfants de Lord Clifton et à essayer de lui complaire.

— Y a-t-il un autre homme ? insista-t-il.

L'image de Clifton lui fit monter de nouvelles larmes dans les yeux.

— Oui.

Logan ne manifesta aucune surprise, mais elle le sentit perturbé. Colère ? Jalousie ?

— Dites-moi de qui il s'agit. Je m'occuperai de tout...

Elle s'alarma de la détermination qui perçait dans sa voix.

— Non, vous ne pouvez pas...

— Vous resterez ici, Maddy.

Il avait ôté les épingles de son chignon et lissait les mèches soyeuses sur son bras.

— Il y a longtemps que j'ai besoin d'une femme comme vous, et je n'ai pas l'intention de vous laisser m'échapper.

— Je ne vous conviendrais pas, dit Madeline en se frottant les yeux. Nous sommes aussi différents qu'on peut l'être.

Logan sourit.

— Sans doute, mais je m'en moque. Je vous désire tant ! La dernière fois que cela m'est arrivé, je m'étais pourtant juré de ne plus jamais recommencer.

— Vous voulez dire quand vous étiez amoureux d'Olivia ?

— Comment connaissez-vous son nom ? s'étonna-t-il.

— Vous l'avez prononcé dans votre délire. Vous étiez furieux, vous la traitiez de...

Elle rougit au souvenir des grossièretés proférées par Logan.

— Oui. Parce qu'elle a couché avec Andrew alors que nous étions fiancés.

— Lord Drake ? Votre ami... Pourquoi a-t-elle fait ça ?

— Elle était impressionnée par ses titres, sa position, tout ce que je n'obtiendrai jamais. J'ai été stupide de croire que je l'aimais, mais elle était belle, sophistiquée, le genre de femme que je n'aurais pas espéré posséder.

Il s'arrêta, se ferma un peu.

— J'ignore ce que vous connaissez de mon passé, mais il n'est pas particulièrement brillant.

Madeline se taisait.

— Mon père est un fermier de Lord Rochester, dont Andrew est le seul héritier. J'ai été un temps autorisé à suivre avec lui les cours de son précepteur, jusqu'à ce que le comte trouve que mon indiscipline avait une mauvaise influence sur son fils.

— J'ai du mal à le croire !

— Vous ne savez pas comment j'étais à cette époque. Un sale petit voleur, un vandale… La terreur du village, et j'en étais fier.

— Pourquoi ?

— Rébellion d'adolescent… Colère, aussi. J'étais furieux qu'il n'y ait rien à manger à la maison, que notre demeure soit un taudis. Et surtout j'enrageais à l'idée que, quoi que je fasse, ma vie était tracée à l'avance.

— Oui, murmura Madeline. C'est ce que j'ai ressenti aussi.

— J'en suis sûr, dit-il avec un regard pénétrant.

— Comment êtes-vous devenu comédien ?

— À seize ans, j'ai quitté la maison et je me suis engagé comme apprenti chez un marchand de vin à Londres. Je me débrouillais pas mal, et j'aurais pu poursuivre dans cette voie si je n'avais assisté à un spectacle au Drury Lane le soir de mes dix-huit ans. Cela a changé le cours de ma vie. Je me suis enrôlé dans une troupe d'acteurs itinérants où je jouais les utilités tout en apprenant les rudiments du métier. Deux ans plus tard, je suis revenu à Londres et j'ai monté mon théâtre. C'est à ce moment-là que j'ai rencontré Olivia… J'ai cru qu'en l'épousant, je me vengerais de tout ce dont j'avais été privé jusque-là.

— Je vois…

Madeline étouffait de jalousie, et elle baissa les yeux pour dissimuler la violence de ce sentiment.

— Pendant que j'étais occupé à organiser la troupe, poursuivit Logan, j'ai commis l'erreur de présenter Andrew à Olivia. Naturellement, elle a considéré que son titre et sa fortune étaient préférables à l'avenir incertain que je lui offrais. Elle s'est efforcée de le séduire, ignorant qu'il n'avait aucune intention de se marier.

— Comment avez-vous découvert qu'ils étaient...

Madeline cherchait le mot approprié.

— Je les ai trouvés au lit ensemble.

— Quelle horreur ! s'écria-t-elle en rougissant d'indignation.

— C'est bien ce que je me suis dit ! commenta Logan, ironique.

— Je ne comprends pas comment vous avez pu leur pardonner.

Il haussa les épaules.

— Avec le temps, je me suis rendu compte qu'Andrew m'avait rendu un sacré service en me montrant quel genre de femme était réellement Olivia. D'ailleurs, je ne peux pas vraiment la blâmer pour en avoir voulu plus que ce que je lui offrais.

— Elle aurait dû être fière et heureuse d'avoir gagné votre amour !

— Elle m'a vu tel que j'étais, coupa-t-il. J'avais bâti ma fortune en jouant l'amuseur public, en m'exhibant sur scène comme un singe savant, aurait dit Rochester. Un comédien est le serviteur de ceux qui paient pour le regarder, qu'ils soient vauriens, marchands ou aristocrates. Olivia l'avait compris, et ça ne lui plaisait pas.

Il lui montra sa large main robuste.

— Bien que j'interprète des rôles de princes sur scène, je resterai toujours un Jennings. J'ai les mains d'un paysan, faites pour labourer, planter. Et mon visage lui-même...

Madeline posa un doigt sur sa bouche pour le faire taire.

— Non !

Il baisa sa paume avant de l'écarter de lui.

— Vous méritez mieux que moi. Un être jeune, idéaliste, qui connaîtra ses premières expériences avec vous. Je ne suis pas toujours facile, et j'ai plus de péchés à mon actif que je n'oserais en avouer. Je peux vous promettre une seule chose : je vous désirerai jusqu'à mon dernier souffle.

Logan était en train de se mettre à nu devant elle, avec une honnêteté qui lui brisait le cœur. Il voulait lui ôter ses illusions, mais rien de tout cela n'atteignait Madeline. C'était un homme extraordinaire qui valait d'être aimé pour lui-même. Et elle avait cette chance entre les mains... Pourtant, elle allait devoir le quitter.

— Olivia était folle, sanglota-t-elle. Mais pas autant que moi.

Il cueillit ses larmes du bout de la langue.

— Je me moque de savoir qui vous êtes, ce que vous avez fait. Dites-moi seulement pourquoi vous voulez partir. Vous êtes amoureuse de cet homme ?

— Oh, non ! s'écria-t-elle. Ce n'est pas ça. Je... j'ai promis à Dieu de rentrer à la maison s'Il vous guérissait.

Elle devina son sourire plus qu'elle ne le vit.

— Ce n'est pas un très bon marché, ma douce. Et je n'ai pas été consulté, que je sache.

Il releva la tête et la fixa avec une intensité qui lui fit mal. Elle ne contrôlait plus la situation, elle s'en rendait compte. Il la voulait, il avait l'intention de la prendre, et, pour son plus grand désespoir, elle se sentait incapable de lui résister.

— Je vous aime, Maddy. J'en suis terrifié, parce que j'ai toujours considéré l'amour comme une faiblesse, mais je ne peux pas m'empêcher de vous le dire. Et je ne peux pas non plus supporter de vous perdre.

Il prit le visage de Madeline entre ses mains pour un baiser d'une tendresse qui la bouleversa.

— Laissez-moi vous aimer, dit-il d'une voix un peu voilée. Laissez-moi m'occuper de vous.

Il l'embrassa encore et encore, avec une passion qui ne tarda pas à allumer le feu en elle.

Elle ne pouvait s'empêcher de lui répondre, les bras noués autour de son cou, le cœur battant d'appréhension et d'amour.

— Je ne sais pas... souffla-t-elle contre ses lèvres.

— Faites-moi seulement confiance.

Tremblante, elle le sentit dégrafer sa robe dans le dos, et ses seins se libérèrent, gonflés, les bouts déjà dressés.

Une petite sonnette d'alarme tinta dans sa tête, mais elle l'ignora. Elle aurait cette nuit pour elle, et on verrait bien ensuite.

— Embrassez-moi encore, dit-elle.

La bouche de Logan se referma sur son sein, et elle se cambra pour s'offrir davantage à la délicieuse torture de sa langue, de ses dents. Il continuait en même temps à la dévêtir, jusqu'à ce qu'elle se retrouvât seulement en bas et culotte.

Elle n'avait jamais été nue devant quiconque, pas même à la pension où les jeunes filles prenaient leur bain en chemise.

— Non... murmura-t-elle, le visage en feu quand il fit glisser ses sous-vêtements.

Elle se couvrit instinctivement de ses mains.

— Mon bel amour, dit-il, vous avez tout vu de moi... C'est mon tour, à présent.

Comme dans un rêve, Madeline le laissa lui écarter les bras. *Ce n'est pas moi*, pensait-elle tandis qu'elle lui permettait de la caresser, allongée sur les coussins de velours. D'une main légère, il parcourut ses seins, son ventre, ses jambes...

— Magnifique, chuchota-t-il. Plus encore que je ne l'imaginais. Je vais être le premier et le dernier, Maddy... Pour, toujours.

Elle frémissait sous lui, incapable de prononcer un mot. Tendue comme un arc, elle sentit ses mains chercher le point sensible entre ses jambes.

— Oui, c'est bien, l'encourageait-il. Laissez-moi vous toucher, vous aimer…

Il la caressait doucement, lui arrachant des gémissements, puis il lui montra avec une infinie délicatesse ce que serait la suite.

Ses doigts bougeaient doucement en elle, et elle recula avec un cri étouffé quand la sensation devint trop intense. Elle roula sur le côté, l'entendit se déshabiller à son tour.

Une fois nu, il la tourna vers lui.

— Caressez-moi aussi, dit-il avant de l'embrasser, les mains enfouies dans ses cheveux.

Madeline hésita devant la transformation de son corps puis, tremblant un peu, elle le prit timidement entre ses doigts, émerveillée par le contact si dur, si soyeux, si palpitant. Logan, dans un feulement, prit sa main pour la guider.

Il l'embrassait à présent avec passion, et elle se collait à lui. Elle se grisait de son odeur fraîche et virile.

— Vous m'aimez ? l'entendit-elle demander.

— Pour toujours, répondit-elle d'une voix qu'elle reconnaissait à peine.

Il lui ouvrit les jambes et elle sentit la pression de son sexe. Il la tint bien serrée contre lui tandis qu'il accentuait la poussée, et le léger inconfort se transforma en véritable douleur. Elle ne put retenir un mouvement de recul.

— Ne bougez pas, Maddy, souffla-t-il à son oreille.

— J'ai mal !

— Accrochez-vous à moi, je vais vous aider.

Il vint de nouveau embrasser ses seins et le désir remonta en elle, violent, incontrôlable. Il se mit enfin à remuer de façon lente, contrôlée.

— Maddy… Tu es si étroite, si douce, je n'ai jamais…

Il s'interrompit, le front plissé comme s'il souffrait, lui aussi, un voile de transpiration sur le visage.

Perdue dans la fusion de leurs corps, Madeline le voulait plus profondément encore en elle, et il lui noua les jambes autour de sa taille. Alors soudain tout fut noir dans la tête de Madeline tandis que des vagues de plaisir déferlaient sur elle, la rejetaient sur le rivage, inerte et stupéfaite.

Un violent frisson secoua Logan qui poussa un gémissement entre ses dents serrées. Elle crut qu'il allait la briser tant il la tenait fort, puis il se détendit, le souffle court. Sans la lâcher, il roula avec elle sur le côté.

Le calme revint, troublé seulement par le crépitement des bûches. Logan, la tête de Maddy contre son épaule, caressait ses cheveux, apaisé, assouvi. Il ne s'était jamais senti aussi bien. Depuis des années, il se protégeait, et peut-être était-il fou de donner son cœur ainsi, mais tant pis. Elle était différente. Innocente, amoureuse, honnête. Ivre d'amour, il releva la tête pour la regarder. Des larmes brillaient dans les yeux de Maddy.

— Des regrets ? demanda-t-il, sachant que bien des femmes redoutaient le passage de l'innocence à l'expérience.

— Non.

— Ma douce... Je vous rendrai heureuse. Je vous donnerai tout ce que vous voulez, tout ce dont vous avez besoin...

— Je veux une seule chose, dit-elle dans un sanglot, la tête contre son cou.

— Dites-le-moi.

Elle n'aurait pu répondre pour un empire.

Enfin, il se leva et la porta dans la chambre où il la posa sur le lit. Elle frissonna et se crispa un peu quand il passa un linge humide entre ses jambes. Elle avait mal, et il en éprouva à la fois du remords et de la joie. Elle était vierge, jamais elle ne connaîtrait un autre homme que lui.

— Vous voulez prendre un bain ? proposa-t-il en s'allongeant près d'elle. Boire un verre de vin ?

— Ma chemise de nuit...

— Pas ce soir. Je veux vous sentir nue entre mes bras.

Elle se lova contre lui comme un chaton.

— Je ne voulais pas que cela arrive, dit-elle, la main posée sur son torse. J'avais l'intention de partir demain sans même...

Elle s'interrompit, le poing serré.

— Dormez, maintenant. Tout va bien.

Il murmura des paroles apaisantes jusqu'à ce que son souffle régulier lui confirmât qu'elle avait succombé au sommeil.

Elle s'éveilla au milieu de la nuit en proie à la culpabilité et au désespoir. Comment avait-elle pu se montrer si faible, si insouciante ? Comme elle se détachait du grand corps à côté duquel elle était étendue, Logan murmura quelques mots et mit la main sur sa hanche. Lorsqu'il effleura ses seins, elle fut trahie par ses sens et réagit aussitôt.

— Vous êtes tout ce qu'un homme peut désirer, dit Logan. Et vous m'appartenez.

Madeline gémit doucement.

— J'ai besoin de vous, Maddy. Je ferais n'importe quoi pour vous.

Dans le feu de la passion, tous les scrupules de Madeline s'envolèrent. Il n'y avait plus que Logan, son corps sur le sien, dans le sien.

— Je vous aime, murmura-t-elle, les bras noués autour de son dos.

Elle souhaitait seulement que cet instant fût éternel, que le jour ne se levât jamais.

8

Logan cligna des yeux sous le rayon de soleil qui le tirait d'un profond sommeil, s'étira... et s'aperçut qu'il était seul dans le lit. Son sourire bienheureux s'effaça tandis qu'il se demandait s'il avait rêvé ce qui s'était passé la nuit. Mais non, de légères traces brunes tachaient les draps. Le sang de Madeline. Une vague de tendresse l'envahit, et il eut soudain hâte de la tenir dans ses bras, de lui dire combien elle lui avait donné de plaisir, combien il l'aimait.

Il sauta à bas du lit, enfila un peignoir, se passa la main dans les cheveux.

— Maddy ? appela-t-il en se dirigeant vers le petit salon privé.

La robe qu'il lui avait ôtée la veille n'y était plus, on avait même ramassé les épingles à cheveux. Logan sourit. Madeline avait-elle eu peur que les domestiques bavardent ? Pudeur excessive. Et elle n'avait pas à ranger le désordre, quand les caméristes étaient là pour ça. Dorénavant, elle ne lèverait plus le petit doigt. Elle vivrait comme une princesse.

Il pénétra dans la chambre où elle dormait depuis qu'il était malade, pour la trouver curieusement vide et nette. Les sourcils froncés, il alla ouvrir l'armoire et s'aperçut que plusieurs de ses robes manquaient, ainsi que ses souliers et son chapeau.

Sans prendre la peine d'enfiler des mules, il se dirigea vers l'escalier, et là il fut soulagé de voir la petite silhouette de Madeline qui s'entretenait dans le hall avec la gouvernante. Mme Beecham avait l'air contrarié.

Madeline était vêtue de sa cape, et elle portait un sac de voyage. Elle essayait visiblement de s'en aller, malgré les protestations de la gouvernante.

Il descendit les marches sans bruit. Elle devina sa présence au regard de Mme Beecham et se tourna vers lui.

— Bonjour, dit-il en la prenant aux épaules.

Pâle, tendue, les yeux cernés, elle semblait avoir vécu l'enfer. C'était assez peu flatteur pour Logan !

Sans fausse modestie, il se savait bon amant, et ses partenaires avaient plutôt tendance à roucouler leur reconnaissance, au matin. D'autre part, Madeline avait de toute évidence pris plaisir à leurs étreintes. Alors, pourquoi cet air torturé ?

Elle ouvrit la bouche pour parler, mais il l'en empêcha en s'adressant calmement à la gouvernante.

— Veillez à faire préparer le petit déjeuner, s'il vous plaît.

— Oui, monsieur.

Mme Beecham s'éclipsa aussitôt.

— Je ne reste pas, commença Madeline, triste à mourir.

Logan la fit taire d'un long baiser.

Elle résista, rigide, les lèvres closes, mais il sut la faire céder, et bientôt elle soupira dans un frisson. Alors seulement il leva la tête. Elle avait repris quelques couleurs, pourtant son expression était toujours aussi douloureuse.

— Que se passe-t-il, Maddy ? demanda-t-il doucement.

— Je vous ai dit que je partirais, répondit-elle, les yeux baissés.

— Vous vouliez vous sauver comme ça, sans un mot ? Après ce qui s'est passé cette nuit ? Bon sang, ça suffit !

Toute patience oubliée, il la prit par le poignet pour l'attirer dans un petit salon dont il ferma la porte derrière eux.

Il la serra contre lui.

— Ce n'est pas facile pour une femme, la première fois, je le sais, dit-il, radouci. J'aurais dû être plus délicat avec vous...

— Non. Vous... vous étiez très délicat.

— Ce sera mieux la prochaine fois, promit-il. Accompagnez-moi dans ma chambre, vous verrez...

— Laissez-moi partir, pria-t-elle dans un sanglot.

— Pas avant que vous m'ayez expliqué ce qui ne va pas.

Maddy se dégagea, recula vers la porte.

— Je ne supporte pas que vous me regardiez ainsi, dit-elle, parce que je sais que bientôt vous allez me haïr... presque autant que je me déteste moi-même.

— Avez-vous honte à l'idée d'être ma maîtresse ?

C'était la seule explication plausible à ce désespoir dans ses yeux... Elle trouvait sans doute immoral de se donner à un homme en dehors des liens du mariage. Débordant de tendresse, il la rejoignit et prit son visage entre ses mains.

— Vous sentiriez-vous mieux si nous étions mariés, mon amour ?

Elle ouvrit de grands yeux.

— Vous seriez prêt à m'épouser ?

Logan sourit, le cœur battant. Le seul mot de « mariage » lui donnait des sueurs froides, mais il n'était pas lâche. Il lui avait fallu du temps pour trouver une femme qu'il aime, il n'allait pas fuir ses responsabilités.

— Dieu me pardonne, je vous ai dit que je vous offrirais tout ce que vous désireriez.

— Je voudrais…

Elle s'interrompit, incapable d'en dire davantage.

À cet instant, on frappa à la porte.

— Ne vous en occupez pas, murmura Logan en penchant la tête pour l'embrasser de nouveau.

Mais on insistait et la voix inquiète de Mme Beecham leur parvint.

— Monsieur Scott…

Logan lança un coup d'œil surpris et furieux vers la porte.

— Que se passe-t-il ? aboya-t-il.

— La… situation…

— À moins que la maison ne soit en feu, je ne veux pas être dérangé.

— Monsieur… reprit la gouvernante.

Logan lâcha Madeline en pestant et alla ouvrir la porte à la volée.

— Qu'y a-t-il de si important, madame Beecham ?

La brave femme carra les épaules en évitant soigneusement de regarder Maddy.

— Un visiteur attend dans le hall.

— Je n'ai pas de rendez-vous aujourd'hui.

— Sans doute, monsieur, mais il est dans un état d'extrême agitation.

— Je me moque qu'il meure d'une crise cardiaque dans mon entrée. Dites-lui de revenir plus tard.

— Cet homme se présente comme Lord Matthews, et il prétend qu'il cherche sa fille disparue. Il pense qu'elle est avec vous.

— Avec…

Inconsciemment, Logan se tourna vers Madeline qui, horrifiée, prononçait un « non » silencieux.

Le même mot se forma dans l'esprit de Logan. Non, il n'avait pas trouvé le bonheur pour qu'il vole une fois de plus en éclats ! Il ne comprenait pas en quoi l'intrusion de cet individu pouvait changer le cours de sa vie, mais il devinait à l'expression de Madeline qu'il se passait quelque chose d'affreux. *Dieu, faites que ce soit un malentendu !*

Il eut recours à tout son sang-froid pour demeurer imperturbable malgré les émotions qui bouillonnaient en lui. Si ce Lord Matthews était bien le père de Maddy, elle lui avait menti, et de façon répétée. Il ne lui restait plus qu'à apprendre l'étendue de la trahison et à en connaître la raison.

— Faites-le entrer, dit-il.

Ensuite, il eut l'impression d'assister à une pièce de troisième catégorie dans laquelle il avait le rôle du méchant, Madeline celui de l'ingénue... et Lord Matthews celui du père outragé.

Matthews pénétra dans le salon comme s'il avait peur de ce qu'il allait y trouver. C'était un homme d'une cinquantaine d'années, banal, au menton un peu fuyant, au front dégarni, à l'embonpoint naissant.

Sur le moment, Logan en fut soulagé. Madeline ne lui ressemblait absolument pas ! Pourtant tous deux arboraient la même expression à la fois inquiète et lourde de reproches. Non, il n'y avait pas de doute sur l'identité de la jeune fille.

— Qu'as-tu fait, Madeline ? murmura Lord Matthews.

Elle secouait imperceptiblement la tête, comme pour refuser la présence de son père.

— Je... j'allais rentrer à la maison aujourd'hui.

— Il y a un mois que tu aurais dû rentrer ! répliqua Matthews avant de se tourner vers Logan. Il me semble qu'une explication s'impose, monsieur Scott. Vous ne pouvez imaginer à quel point je suis navré de vous rencontrer dans ces circonstances.

— J'en ai une petite idée, si.

— Je suis Lord Matthews, de Hampton Bishop. Voici deux jours, j'ai appris que ma fille Madeline avait quitté le pensionnat depuis presque un mois. J'aurais dû m'y attendre. C'est la plus jeune de mes trois enfants, et de loin la plus entêtée. Bien qu'elle soit fiancée à Lord Clifton, elle refuse de reconnaître qu'il sera un bon époux pour elle…

— Il est vieux ! s'exclama Madeline, s'attirant un regard courroucé de son père.

— … un bon époux pour elle, reprit-il. Et elle a inventé un plan absurde. L'une de ses amies, Eleanor Sinclair, a dû être menacée d'exclusion de l'école pour nous avouer les détails de ce complot.

— Quel complot ? demanda doucement Logan.

Matthews avait un air de profond dégoût.

— Peut-être Madeline se donnera-t-elle la peine de vous l'expliquer.

Logan s'obligea à la regarder. L'innocente jeune fille qui avait fait renaître en lui l'espoir et les rêves rejetés des années auparavant. Elle était rouge de honte, les yeux agrandis d'indignation. Elle regrettait de s'être enfuie ou d'avoir passé la nuit avec lui. Il voulait la vérité !

Elle se ressaisit enfin.

— Je n'ai jamais voulu épouser Lord Clifton. J'étais désespérément opposée à cette union, et tout le monde le savait – y compris Clifton lui-même. Au pensionnat, j'ai réfléchi que, hormis le suicide, j'avais un seul moyen d'échapper à ce sort. Alors…

Elle se mit à balbutier, tandis que du regard elle suppliait Logan de la comprendre.

— Alors j'ai décidé de… me déshonorer.

— Et apparemment, reprit Matthews, c'est vous, monsieur Scott, qu'elle a choisi dans ce but. Dites-moi… Y a-t-il une chance… Serais-je, par la grâce de Dieu, arrivé à temps ?

Logan laissa à Madeline le soin de répondre. Mais elle demeurait silencieuse.

— Non, trop tard ! déclara-t-il enfin.

Matthews se frotta les tempes, l'air douloureux.

Logan était fou de rage.

Elle s'était jouée de lui. Tandis qu'il se consumait d'amour, elle était en train de l'entortiller, de le ridiculiser. Encore, se dit-il. De nouveau, il était trahi par une femme. Mais c'était bien pire que la fois précédente.

Il jeta un coup d'œil à Madeline, et il la détesta pour l'air misérable qu'elle prenait. Elle était comme les autres, finalement ; elle n'avait rien de plus à demander dans la vie qu'un mariage arrangé pour des raisons économiques. Dans un accès de rébellion, Madeline Matthews s'était simplement servie de lui pour échapper à ses responsabilités.

— Pourquoi moi ? rugit-il.

Elle tendit vers lui une petite main suppliante, et il recula instinctivement. Il allait s'effondrer, si elle le touchait.

Madeline interrompit son geste. Rien ne lui semblait plus réel, ni la présence de son père, ni l'expression glaciale de Logan, ni même sa propre angoisse. Si seulement les mots pouvaient tout expliquer, faire comprendre à Logan que ce qui avait commencé comme un acte de mutinerie de la part d'une collégienne était devenu un véritable amour ! Elle aurait tout donné pour le guérir de la peine qu'il devait éprouver.

— Eleanor m'a montré une affiche qui vous représentait, dit-elle sans le quitter des yeux. Et je vous ai trouvé... magnifique.

Elle se tut un instant, consciente de la légèreté de ses paroles.

— Non, se reprit-elle, ce n'est pas ça. Je... je suis tombée amoureuse de vous dès cet instant, et j'ai eu envie...

Elle s'arrêta de nouveau, secoua la tête, furieuse de son incapacité à trouver la bonne approche.

— Très flatteur, marmonna Logan.

— Vous ne comprenez pas...

Quoi qu'elle dise, il se sentirait insulté. Je vous aime ! avait-elle envie de lui crier, mais elle n'en avait pas le droit. Et il l'en mépriserait encore davantage. Elle se détourna en voyant son père s'approcher de Logan.

— Monsieur Scott, je ne sais quel degré de responsabilité vous attribuer, car vous me semblez plutôt la dupe, dans toute cette histoire. J'espérais que vous n'auriez pas touché Madeline, mais les hommes comme vous ne répugnent pas à débaucher d'innocentes jeunes filles. Serait-ce trop demander que d'attendre des réparations ?

— À quel genre de réparation pensez-vous ?

— Comme elle ne peut plus épouser Lord Clifton, tout ce que je demande, c'est votre plus entière discrétion. J'assurerai l'avenir de Madeline, d'une manière ou d'une autre, mais je vous prie de nier toute relation avec elle, au cas où on vous poserait la question.

— Avec joie !

Logan ne regardait pas Maddy. Comme si elle n'existait plus pour lui.

— Logan, je vous en prie, souffla-t-elle. Je ne supporte pas que tout se termine ainsi.

— Mme Beecham va vous raccompagner, dit-il d'une voix distante. Bonne journée, monsieur Matthews.

Il quitta la pièce sans savoir où il allait. Il fallait seulement qu'il s'éloigne.

Il se retrouva dans ses appartements dont il ferma la porte à clé. Il se tint longtemps debout, immobile, s'interdisant même de penser. Il n'entendait plus que la voix de Madeline qui lui répétait à l'infini : *Je vous aime, Logan. Je vous aime*.

Elle était bien meilleure comédienne qu'il ne l'avait imaginé. Elle semblait si sincère ! Et il s'était laissé aller à la croire.

Ses yeux le piquaient, et, pour sa plus grande humiliation, il sentit une larme rouler sur sa joue.

Avec un grognement de désespoir, il s'empara d'un ravissant vase de l'époque Ming et le jeta violemment contre un mur. Le fracas de la porcelaine déclencha en lui une fureur destructrice, et, à peine conscient de ce qu'il faisait, il décrocha un tableau, le lacéra, se saisit d'autres bibelots qu'il anéantit avec la même rage, jusqu'à ce qu'il se retrouvât à genoux au milieu des débris, les mains sanglantes.

On frappa à la porte.

— Monsieur Scott ? Répondez, s'il vous plaît. Monsieur Scott !

Une clé grinça dans la serrure et Logan, furieux, se tourna vers Mme Beecham et Denis.

— Fichez le camp ! gronda-t-il.

Bouleversés, effrayés de voir leur maître dans cet état, ils battirent en retraite, le laissant seul avec ses chères œuvres d'art brisées.

Il baissa la tête.

Quelque chose venait de mourir en lui. Tous les sentiments qui auraient pu transformer son existence.

Il ne serait plus jamais le même. Il ne permettrait plus jamais à quiconque de lui faire du mal.

DEUXIÈME PARTIE

9

— Logan, quelle bonne surprise ! s'écria Julia, ravie, en se levant du sofa de velours où elle reposait.

Elle avait les joues un peu plus pleines que de coutume, dernier vestige de sa grossesse, mais avec la vie active qu'elle menait, cela ne durerait guère. À vrai dire, une légère prise de poids donnait à sa beauté un aspect encore plus féminin, plus éblouissant.

Une lueur d'inquiétude traversa son beau visage, rapidement masquée sous un éblouissant sourire.

Depuis deux mois que le fils de Leeds était né, c'était la première fois que Logan faisait le voyage jusqu'au somptueux château du Warwickshire. L'ancienne bâtisse aux murs couleur de miel avait été restaurée, rendue plus claire, plus confortable. Un écrin de choix pour la collection de tapisseries, d'objets d'art et de tableaux que Logan admirait tant. Toutefois, le véritable trésor du duc, c'était sa femme et ses deux enfants. Victoria, la petite fille aux cheveux dorés née quatre ans auparavant, et Christopher, le petit dernier.

— Eh bien, vous avez mis du temps à venir admirer notre progéniture ! reprocha doucement Julia en prenant les mains de son ami dans les siennes.

— Il fallait bien que je m'occupe du théâtre ! se défendit-il.

Il se dirigea vers le berceau d'acajou aux rideaux de dentelle ancienne où le jeune marquis de Savage, futur duc de Leeds, dormait paisiblement, le pouce dans la bouche, parfaite réplique miniature de son père.

Julia rayonnait de fierté maternelle.

— Merci pour tous vos cadeaux, lui dit-elle. J'ai trouvé très délicat de votre part de ne pas oublier Victoria. En général, on a tendance à oublier les aînés au profit des nouveau-nés.

La petite fille, aux pieds de sa mère, jouait avec un théâtre en réduction qui représentait le Capitol, avec ses tentures de velours, une série de petites poupées costumées, différents panneaux de décor, et des accessoires.

— Chérie, dit-elle à l'enfant, voici M. Scott. Tu te souviens de lui ? Remercie-le pour le joli présent qu'il t'a envoyé.

La petite fille, cachée derrière la jupe de sa mère, risqua un coup d'œil en direction du visiteur.

Logan, qui ne se souciait guère des enfants, ne prit pas la peine de se pencher vers elle.

— Bonjour, Victoria, dit-il.

Elle était ravissante, avec sa crinière de boucles et ses grands yeux bleus, les mains pleines de poupées miniatures.

— Merci pour le jouet, dit-elle timidement.

Le duc de Leeds entrait dans la pièce, et Logan fut frappé une fois de plus par la différence qui existait entre l'homme public et l'homme privé. À l'extérieur, David semblait froid, distant, alors que, chez lui, il était chaleureux et souriant, capable de jouer comme un gamin avec sa fille.

— Papa ! s'exclama Victoria en courant vers lui.

David la fit tournoyer en l'air.

— Chut, diablotin ! dit-il. Tu vas réveiller le bébé. Alors je serai obligé de t'emmener dehors et de te rouler dans la neige pour te punir.

La petite fille pouffa, les bras autour du cou de son père.

— Eh bien moi, je vous mettrai une boule de neige dans le cou !

— Tu en serais bien capable ! dit David avant de se tourner vers Logan.

Son sourire s'atténua imperceptiblement.

— Scott, le salua-t-il poliment.

Ils n'étaient pas intimes et ne le seraient probablement jamais. Ils évoluaient dans les mêmes sphères, pourtant ils ne faisaient pas partie du même univers. Julia était le seul lien entre eux.

Il était bien connu que le duc de Leeds aurait aimé voir sa femme renoncer à monter sur les planches, pourtant il tolérait son besoin, et Logan le respectait pour cette ouverture d'esprit. Peu d'hommes de sa condition auraient autorisé leur épouse à travailler dans un théâtre.

— Beau petit garçon ! dit-il avec un geste en direction du berceau. Mes félicitations !

Avant que le duc eût le temps de répondre, Logan s'adressa à Julia.

— Quand comptez-vous revenir au Capitol ?

— Dès que je le pourrai.

Il lui jeta un coup d'œil appréciateur.

— Vous me semblez très en forme ! commenta-t-il.

— Le bébé est encore trop petit, intervint David, pour que nous retournions à Londres.

Victoria, curieuse, demanda de sa petite voix flûtée :

— Il va emmener maman avec lui, papa ?

— Bien sûr que non, Tory ! Viens, allons voir le nouveau cheval à l'écurie, pendant que maman explique à M. Scott que le théâtre n'est pas le centre de son univers.

— N'oubliez pas son manteau ! cria Julia en riant tandis qu'ils sortaient de la pièce.

Elle indiqua un siège à Logan.

— Cher vieil ami, reprit-elle d'un ton plaisant, je commençais à penser que vous aviez oublié mon existence !

Logan s'assit, croisa ses longues jambes.

— Je vous l'ai dit, j'ai été très pris. Il n'est pas facile de diriger le théâtre sans vous, même si cet aveu me coûte !

Julia se pencha pour ramasser les minuscules poupées.

— Je suis désolée de n'avoir pu vous rendre visite quand vous aviez la grippe...

— Je n'aurais pas voulu de vous ! coupa-t-il vivement. Pour le bébé...

— De toute façon, vous étiez en bonnes mains, il me semble.

Ils se turent, le fantôme de Madeline passa entre eux.

— J'ai lu le *Times*, reprit Julia. Les critiques ne sont guère élogieux, ces derniers temps.

— Qu'ils aillent se faire pendre ! grommela Logan. Nous jouons à guichet fermé tous les soirs, c'est l'essentiel.

Les journaux se plaignaient des représentations que donnait Logan, certes techniquement parfaites mais absolument dénuées d'émotion. Malheureusement, c'était vrai. L'espèce de génie qui mettait Logan en symbiose parfaite avec son public avait disparu. Et il s'en moquait. Il ne s'intéressait plus à rien, désormais.

Même sa tendresse pour la troupe s'était évanouie, remplacée par une attitude amère qui lui attirait bien des antagonismes. Les comédiens lui reprochaient sa brutalité, ses interventions sur la mise en scène... et même sa façon de jouer.

— Je ne devine pas vos intentions lorsque vous récitez votre texte de cette manière, avait osé lui dire Arlyss Barry la veille, au cours d'une répétition. Si je rie sais pas ce que vous êtes censé ressentir, je ne vois pas comment mon personnage doit réagir.

— Occupez-vous de votre rôle, avait aboyé Logan, je m'occupe du mien.

— Mais mon personnage…

— Interprétez-le comme vous voudrez, je m'en fiche complètement !

Arlyss avait poursuivi la scène d'un ton neutre qu'elle calquait volontairement sur celui de Logan, et il avait été tenté de la mettre à l'amende, mais cela aurait provoqué un tollé dans la troupe.

Peut-être l'atmosphère du théâtre redeviendrait-elle normale au retour de Julia, qui avait une nature plus douce, plus conciliante. Peut-être aussi le fait de jouer avec elle aiderait-il Logan à retrouver les sources d'émotion qui donnaient à ses interprétations un caractère si exceptionnel.

Il y eut un nouveau silence que Julia osa enfin briser pour aborder le sujet qui était au cœur de tout le reste.

— A-t-on des nouvelles de Madeline ?

Logan, le regard vide, ne répondit pas.

— Arlyss m'a raconté le peu qu'elle sait, murmura Julia, pleine de compassion. Et j'ai deviné le reste.

À contrecœur, Logan lui fit un bref résumé de l'aventure.

— Apparemment, Madeline a décidé de se rendre inépousable en se débarrassant de sa virginité, conclut-il avec une amère ironie, et c'est moi qui ai été choisi pour l'y aider.

Les yeux bleu-vert de Julia s'assombrirent.

— Donc vous avez…

Logan écarta les bras en signe d'impuissance.

— Comment aurais-je pu résister à tant de charmes ?

— Et vous n'avez appris ses motivations qu'après… ? Oh, Logan… murmura Julia, navrée.

Logan se raidit sous ce témoignage de sympathie.

— Ce n'est pas grave. Mlle Matthews a atteint son but, et j'ai passé un délicieux moment. Tout le monde est content.

Comme Julia ne cessait de le regarder pour essayer de deviner ses pensées, il se leva et se mit à arpenter le salon comme un ours en cage.

Bien des hommes auraient été ravis de profiter d'une jeune fille sans avoir à en subir les conséquences. Alors pourquoi Logan avait-il le cœur lourd ? Pourquoi souffrait-il encore de la trahison de Madeline, et bien plus même que le jour où elle était partie ?

Il parvenait à remplir ses journées au point de la chasser presque totalement de son esprit. Mais la nuit… Elle l'avait soigné avec une telle tendresse ! Jamais personne ne s'était occupé de lui ainsi… Et c'était une des raisons de son amour pour elle.

Or, de penser qu'elle avait fait tout cela dans un but intéressé le rendait fou. La nuit, il retournait le problème dans sa tête, incapable de trouver le sommeil, et au matin il était épuisé et furieux. Il se détestait, comme il détestait tous ceux qui avaient le malheur de croiser son chemin !

— Je ne pense pas qu'il y ait eu la moindre mauvaise intention dans les actes de Madeline, dit calmement Julia. Seulement une insouciance enfantine. Elle ne pouvait envisager les conséquences de ce qu'elle faisait.

Logan leva la main pour lui imposer le silence.

— Assez parlé d'elle. Elle n'a rien à voir avec ce dont nous devons discuter.

— Comment pouvez-vous dire ça, alors que vous ne vous êtes de toute évidence pas remis de ce qui s'est passé ?

— Je ne veux plus en parler.

— Vous ne serez jamais en paix avec vous-même, Logan, tant que vous n'aurez pas trouvé le moyen de pardonner à Maddy.

— Si vous prononcez encore une fois son nom, dit-il doucement, je mets un terme à notre association.

Soudain, Julia redevint duchesse, les narines palpitantes, hautaine.

— Je ne supporte pas les menaces !

— Pardonnez-moi, Votre Grâce, s'excusa-t-il avec une courtoisie excessive.

La colère de Julia tomba aussi vite qu'elle était venue.

— À son âge, dit-elle en évitant soigneusement d'utiliser le prénom de Madeline, je me suis sauvée de chez moi pour une raison très semblable. Je voulais échapper aux projets de mon père. Aussi je ne la blâmerai jamais pour ce qu'elle a fait, et vous ne le devriez pas non plus.

— Je lui en veux d'être une menteuse et une manipulatrice.

— Que va-t-il lui arriver, à présent ?

— Je m'en moque.

— C'est faux ! Vous n'arrivez plus à travailler correctement, la troupe est en révolte contre vous, les critiques vous mettent en pièces. Vous avez maigri, ce qui veut dire que vous ne vous nourrissez pas, et on pourrait croire que vous avez sans cesse la gueule de bois. Ça fait beaucoup pour un peu d'orgueil blessé. Apparemment, votre vie s'écroule en mille morceaux.

Il jeta à son amie un regard glacial.

— Rien ne s'écroule. Tous les acteurs se voient confrontés à de mauvaises critiques à un moment de leur carrière. C'est simplement mon tour. Pour les comédiens, ils s'habitueront à ce qu'on ne les dorlote plus comme avant. Quant à ma perte de poids, c'est dû au fait que j'ai multiplié les leçons d'escrime pour une nouvelle pièce. Et laissez-moi vous préciser une dernière chose : je n'ai jamais aimé Madeline. Je la désirais, je l'ai eue, point final.

La femme de chambre qui apportait le thé fit une diversion bienvenue. Elle sourit timidement à Logan avant de se retirer.

— Vous n'êtes pas obligé de vous montrer honnête envers moi, reprit Julia, agacée, mais au moins soyez-le vis-à-vis de vous-même.

Le cœur de Madeline battait la chamade, en cette fin d'après-midi, lorsqu'elle descendit de voiture devant la demeure de Mme Nell.

— Voulez-vous que je demande au cocher de porter les bagages à l'intérieur ? proposa sa femme de chambre.

Madeline hésita une minute.

— Je ne sais pas si nous allons rester, Norma. Attendez-moi un instant dans la voiture, je vous prie.

— Oui, mademoiselle.

Madeline lui sourit affectueusement. C'était grâce à la gentillesse de Norma qu'elle pouvait rendre visite à Mme Nell. À cette heure-ci, elle aurait dû arriver chez sa sœur Justine où elle était censée résider un mois. Mais grâce à un petit mot envoyé à sa sœur et à un peu d'argent remis au cocher de la famille, on ne l'attendrait pas avant le lendemain.

— Merci, Norma, Je vous suis très reconnaissante d'avoir gardé secrète cette escapade à Londres. Je sais que vous risquez gros en m'offrant votre aide.

— Je vous connais depuis des années, mademoiselle, rétorqua la domestique. Vous êtes bonne, la meilleure de tous les Matthews, si je peux me permettre. Tout le personnel est navré de vous voir le cœur brisé, et si ça doit vous faire du bien de parler avec votre amie, alors ça vaut la peine.

Madeline se dirigea vers la maison, en prenant soin d'éviter les plaques de glace sur le trottoir. Il y avait deux mois qu'elle était partie de Londres, et elle ne savait absolument pas comment elle serait accueillie. Mme Nell ne la jetterait pas dehors, elle était trop bien élevée pour ça, cependant Madeline était fort mal à l'aise quand elle frappa à la porte.

Peu après avoir quitté la capitale, elle avait envoyé à sa vieille amie une lettre d'explication et d'excuses tout en lui demandant de ne pas répondre, car ses parents lui avaient interdit toute communication avec l'extérieur. On devait penser qu'elle avait disparu de la surface du globe !

Lord et Lady Matthews envisageaient diverses possibilités pour elle, y compris de l'envoyer à l'étranger jouer les demoiselles de compagnie auprès d'une parente éloignée, et ils étaient fous de rage, que Madeline trouvât cette solution préférable à un mariage avec Lord Clifton.

Ce dernier avait exigé la rupture officielle des fiançailles et la restitution de sa bague. Comme il se tenait devant elle, les bajoues secouées d'une indignation justifiée, Madeline n'avait pu retenir un petit sourire. Seul le souvenir de Logan l'avait empêchée de triompher ouvertement.

— Je l'ai vendue, Lord Clifton, avait-elle dit sans le moindre remords.

Il ressemblait plus que jamais à un crapaud...

— Vous avez vendu mon bijou de famille ? Pour financer votre sordide projet ?

— Oui, monsieur.

Lord Clifton en avait perdu la voix.

— Eh bien, avait-il dit enfin, apparemment, je suis passé à côté d'une belle erreur ! Dommage que je n'aie pas compris plus tôt que vous n'étiez pas digne de moi.

— Lord Clifton ! s'était écriée Agnès. Je ne saurais vous dire combien nous sommes désolés…

— Non, c'est moi qui suis désolé… pour vous tous.

Il avait lancé à Madeline un regard de profond mépris.

— Je ne sais pas ce qu'il adviendra de vous. J'espère que vous comprenez à présent ce que vous avez manqué, à cause de votre stupide trahison.

— Je sais exactement à quoi j'ai renoncé, avait déclaré Madeline avec une pointe d'ironie.

Elle était arrivée à échapper à Lord Clifton… Mais le prix avait été exorbitant. Pour elle et pour Logan.

Elle était néanmoins confuse devant la détresse de ses parents.

— Je ne supporte pas l'idée de ce que l'on va raconter, avait dit un jour Agnès, très tendue, tout en continuant à broder. Je ne m'habituerai jamais au déshonneur que Madeline jette sur notre famille. Elle doit partir à l'étranger. Nous dirons qu'elle poursuit ses études sur le continent.

— Combien de temps devrai-je y rester ? avait demandé Madeline, irritée d'entendre encore sa mère prendre des décisions pour elle.

— Je n'en ai aucune idée. Les gens ont de la mémoire, il faudra des années pour que l'on oublie le scandale. Tu es folle de ne pas avoir compris que tu aurais été bien mieux avec Lord Clifton !

— Je vous avais dit que je ne voulais pas de lui, mais vous refusiez de m'écouter. Alors je n'avais pas le choix, et j'accepte d'assumer les conséquences de mes actes.

— Tu n'as aucun regret ? Mais ce que tu as fait est blâmable et cruel !

— Je sais, avait murmuré Madeline. Je ne me pardonnerai jamais d'avoir blessé M. Scott. Quant au reste…

— Ce n'est pas cet acteur débauché que tu as blessé. C'est toi. Tu as ruiné ta vie et apporté la honte sur les tiens.

Madeline s'était tue. Elle était certainement anormale, car elle ne pensait pas au déshonneur qu'elle causait à sa famille, mais seulement à la peine que devait ressentir Logan. Le souvenir de son expression glaciale le matin où ils s'étaient quittés la torturait en permanence.

Si c'était à refaire, elle s'y serait prise différemment. Elle se serait confiée à Logan, elle aurait été franche avec lui. Elle mourait d'envie de le consoler, c'était absurde ! Elle voulait le revoir, mais c'était insensé aussi. Il fallait le laisser tranquille et s'occuper de sauver ce qu'elle pouvait encore sauver de sa propre existence…

La porte s'ouvrit sur Cathy, la cameriste de Mme Nell.

— Oh, mademoiselle Maddy !

— Bonjour, Cathy. Je sais que ce n'est pas une heure de visite convenable, mais je viens de loin. Pensez-vous que Mme Nell accepterait de me recevoir ?

— Je cours le lui demander, mademoiselle Maddy. Elle finit juste de dîner.

Dans l'entrée, Madeline respira avec plaisir l'odeur familière… Et son cœur reprit un rythme normal dès qu'elle vit sa vieille amie s'approcher, le chignon impeccable, le regard doux. Elle s'appuyait sur une canne à pommeau d'argent.

— Maddy ! dit-elle gentiment.

— Vous êtes blessée, madame ? demanda Madeline, inquiète.

— Non, mon petit. C'est le froid qui endolorit mes vieux os, parfois.

Elle prit les mains de la jeune femme dans les siennes.

— Vous vous êtes enfuie de nouveau ?

Madeline fut soudain pleine de gratitude. Il lui semblait que Mme Nell était la première amie qu'elle voyait depuis deux mois.

— Il fallait que je vous parle. J'ai besoin d'une confidente, et j'étais sûre que vous ne me tourneriez pas le dos... que vous ne me condamneriez pas pour ce que j'ai à vous dire.

— Vous n'avez pas de grand-mère ?

— Si, ma grand-mère maternelle, mais... elle ne me serait d'aucun secours, expliqua Madeline en évoquant une vieille dame rigide et confite en dévotion.

— Votre famille ne risque pas de s'inquiéter ?

Madeline secoua la tête.

— J'ai dit à mes parents que je me rendais chez ma sœur Justine. Ils sont contents que je quitte la maison quelque temps. Je leur ai causé bien des ennuis... et ce n'est pas fini, ajouta-t-elle après un bref silence.

Mme Nell lui tapota amicalement l'épaule.

— Je crois que j'ai compris la raison de votre présence, ma chérie. Vous avez bien fait de venir... plus encore que vous ne le croyez. Allons au salon, pendant que je fais monter vos bagages. Vous pouvez rester autant qu'il vous plaira.

— J'ai une femme de chambre, et le cocher...

— Nous nous en arrangerons.

Mme Nell se tourna vers sa soubrette.

— Cathy, allez chercher une collation que vous apporterez au salon.

— Je n'ai pas faim, protesta Madeline.

— Vous avez maigri, Maddy, et ce n'est pas recommandé, dans votre état.

Elles échangèrent un regard complice.

— Comment savez-vous...

— Comment pourrais-je ne pas savoir ? rétorqua Mme Nell. Cette expression dans vos yeux... Votre famille n'est pas encore au courant, je suppose ?

— Non. Et je ne trouve pas le courage de le leur dire. Je... je me sens très seule, madame.

— Venez, mon petit. Nous allons bavarder.

Des applaudissements enthousiastes suivirent Logan en coulisse. La pièce avait bien marché, encore qu'il ne fût pas satisfait de sa façon de jouer. Il avait essayé de donner de la profondeur à son personnage sans toutefois y parvenir totalement.

Il ignora ceux de son équipe qui tentaient d'attirer son attention et se réfugia dans sa loge où il se débarrassa de sa chemise trempée de sueur. Comme il se dirigeait vers le lavabo, un mouvement dans le miroir le fit se retourner et, stupéfait, il découvrit une vieille dame assise dans un coin.

Elle le regardait calmement, comme si elle avait tous les droits d'être là. Bien qu'elle fût menue, elle avait énormément de présence et portait son âge avec une assurance impériale. Sa main lourdement baguée s'appuyait sur une canne à pommeau d'argent, et on devinait que sa chevelure avait dû être d'un roux flamboyant.

— On m'a dit que je pouvais vous attendre ici, déclara-t-elle.

— Je ne reçois jamais dans ma loge.

— Honnête prestation, ce soir, commenta-t-elle sans se laisser démonter. Bien au point et assez enlevée.

Logan ne put s'empêcher de sourire, tout en se demandant à qui il avait affaire.

— Je reçois souvent ce genre de demi-louange, depuis quelque temps, reconnut-il.

— Oh, vous étiez un très bon Othello ! Bien des acteurs auraient considéré que c'était la représentation de leur vie. Mais j'ai eu la joie de vous voir dans le rôle de Iago il y a quelques années, et je dois avouer que je vous préférais jouant ce personnage. Vous étiez… absolument superbe. Vous avez un talent extraordinaire, quand vous voulez bien l'utiliser. J'ai souvent regretté de ne pas être montée sur les planches avec vous, mais j'avais depuis longtemps cessé de me produire quand vous avez débuté.

Logan l'observait. Il y avait quelque chose de vaguement familier chez elle.

— Mme Nell… ? risqua-t-il.

Elle acquiesça.

De nombreuses actrices souhaitaient le rencontrer, mais aucune ne s'était montrée aussi hardie.

Il prit sa main et la porta à ses lèvres.

— Je suis très honoré de faire votre connaissance, madame.

— Vous savez sans doute que nous avons une amie commune, la duchesse de Leeds. Quelle femme charmante ! C'était ma protégée, à ses débuts.

— En effet, je suis au courant.

Logan enfila un peignoir de satin et entreprit de se débarrasser de son maquillage doré.

— J'aime bien avoir quelques minutes pour moi après les représentations, madame. Si vous voulez bien m'attendre au foyer des artistes…

— Je préfère rester ici, décréta-t-elle. Je suis venue vous parler d'un problème personnel et urgent. Pas de fausse pudeur avec moi. Après tout, je me suis souvent trouvée dans des loges d'hommes.

Logan retint un petit rire admiratif. La vieille dame ne manquait pas de cran, pour s'imposer ainsi !

Il s'assit à demi au bord de la coiffeuse et continua à se démaquiller.

— Très bien, madame, je vous écoute, et tant pis pour la pudeur.

Elle ne tint pas compte du sarcasme.

— Vous n'ignorez pas, monsieur Scott, que durant son bref passage comme employée dans votre théâtre, Mlle Madeline Matthews logeait chez moi.

Ce nom, inattendu, piqua Logan au vif. Il se durcit.

— Si c'est tout ce que vous avez à dire, je suggère que vous me laissiez seul.

— Mlle Matthews est arrivée ce soir de chez elle, dans le Gloucestershire, poursuivit Mme Nell sans faiblir. Elle dort chez moi, à l'heure où je vous parle, et je tiens à ajouter qu'elle n'est pas au courant de ma démarche.

— Ça suffit ! coupa Logan en se dirigeant vers la porte. J'espère ne plus vous trouver là quand je reviendrai.

— Croyez-vous être le seul à souffrir ? demanda-t-elle, sèchement. Vous êtes un jeune sot arrogant !

— Et vous une vieille sorcière qui se mêle de ce qui ne la regarde pas. Bonsoir, madame.

Mme Nell sembla plus amusée que choquée par l'insulte.

— J'ai une information qui pourrait vous intéresser, Scott. Si vous ne m'écoutez pas, vous le regretterez un jour.

Logan ricana.

— J'en prends le risque.

Mme Nell croisa les mains sur sa canne sans le quitter des yeux.

— Madeline attend un enfant de vous. Cela vous est égal ?

Un silence s'installa, durant lequel elle constata l'effet de sa révélation sur le jeune homme.

Il fixait le mur, le cœur battant follement. C'était un mensonge, un moyen que Madeline avait trouvé pour le manipuler davantage encore.

— Oui. Ça m'est égal, murmura-t-il.

— Je vois... Vous savez pourtant ce qui va lui arriver. Dans une famille comme la sienne, la seule solution est de mettre l'enfant au monde dans le plus grand secret et de le confier ensuite à des étrangers. Ou alors, elle devra quitter ses parents et pourvoir tant bien que mal à ses besoins et à ceux du bébé. Je suis certaine que ni l'une ni l'autre solution ne vous convient.

Il s'obligea à prendre l'air indifférent.

— Qu'elle fasse ce qu'elle veut.

Mme Nell eut un petit rire.

— Vous voulez dire que vous refusez d'assumer vos responsabilités ?

— Oui.

La vieille dame eut soudain l'air méprisant.

— Vous ressemblez vraiment à votre père, on dirait.

Là, Logan prit la mouche.

— Comment, bon sang, connaissez-vous Paul Jennings ?

Elle eut un geste de la main.

— Venez près de moi, Scott. J'ai quelque chose à vous montrer.

— Allez au diable ! s'emporta-t-il.

Sans se troubler outre mesure, elle sortit une petite boîte de laque verte de son réticule.

— C'est un cadeau… Un morceau de votre passé. Je vous assure que je n'ai aucune raison de vous tromper. Jetez un coup d'œil. Vous n'êtes pas curieux ?

— Vous n'avez rien à voir avec mon satané passé.

— Mais si, rétorqua-t-elle. Voyez-vous, les Jennings ne sont pas vos véritables parents. On vous a confié à eux parce que votre mère était morte en vous mettant au monde et que votre père ne voulait pas de vous.

Il la fixait comme si elle avait perdu l'esprit.

— Inutile de me regarder ainsi, dit-elle avec une ombre de sourire. Je suis en pleine possession de mes moyens.

Lentement, il s'approcha, tandis qu'un malaise s'emparait de lui…

Elle sortit du coffret deux miniatures et lui en mit une dans la main. Il s'agissait d'une petite fille guère plus âgée que celle de Julia, une enfant ravissante aux longues boucles rousses. Logan la contempla un moment avant de la lui rendre sans commentaire.

— Vous ne voyez rien ? demanda Mme Nell qui lui tendit l'autre. Celle-ci sera peut-être plus significative.

La jeune femme était ravissante, avec un visage déterminé à la fine ossature, aux cheveux auburn noués en chignon. Les grands yeux d'un bleu intense semblaient le regarder, et il s'aperçut que le visage était une version féminine du sien.

— Vous allez me demander si je vois une ressemblance, grommela Logan. Eh bien, la réponse est oui.

— C'était votre mère, dit doucement Mme Nell en récupérant le portrait. Elle s'appelait Elizabeth.

— Ma mère était – est – Mary Jennings.

— Alors dites-moi auquel de vos parents vous ressemblez le plus. Aucun des deux, je le parierais. Vous ne faites pas partie de cette famille, mon cher enfant. Vous êtes le fils illégitime de ma fille – mon petit-fils. Je suis certaine qu'au fond de votre cœur, vous le reconnaissez.

Il eut un rire de dérision.

— Il faudrait plus que quelques miniatures pour me convaincre, madame !

— Posez des questions, rétorqua-t-elle, sereine.

Les bras croisés, Logan s'appuya à la porte.

— Très bien. Dites-moi alors pourquoi je ne vous avais jamais vue avant ce soir… grand-mère.

— Je ne savais même pas que vous existiez, au début. Votre père prétendait que vous étiez mort à la naissance, alors qu'il vous confiait aux Jennings. Lui et moi, nous ne nous sommes jamais bien entendus et il voulait s'assurer que je n'aurais aucune influence sur vous. Il devait redouter que, si vous me rencontriez, vous ayez envie de vous lancer dans le théâtre, ce qu'il tenait à éviter à tout prix. Car votre mère était comédienne, voyez-vous.

Mme Nell s'interrompit, un sourire triste aux lèvres.

— Votre réussite a été une belle vengeance ! Après tout ce que votre père avait fait pour vous en empêcher, vous avez tout de même trouvé votre voie... et vous êtes devenu le plus grand acteur de cette époque.

Logan, qui refusait toujours de croire à cette histoire, eut soudain besoin d'un verre. Il alla chercher une bouteille de brandy.

— Excellente idée ! déclara la vieille dame. Une goutte d'alcool me réchauffera.

Logan arriva à trouver un verre propre et lui servit une rasade de brandy avant d'en avaler une grande gorgée au goulot.

— Continuez, dit-il ensuite, bourru. Autant que j'aille jusqu'au bout de cette histoire abracadabrante. Comment êtes-vous arrivée à la conclusion que j'étais le bâtard de votre fille ?

Elle lui lança un coup d'œil réprobateur mais poursuivit calmement.

— Quand je vous ai vu pour la première fois sur scène. Vous deviez avoir une vingtaine d'années, et j'ai été frappée par votre ressemblance avec ma fille. Alors j'ai enquêté sur vos origines, et mes soupçons ont redoublé. Je suis allée voir votre père, je l'ai accusé de me cacher votre existence, et il a tout avoué. À ce moment-là, ça n'avait plus d'importance pour lui, puisque vous aviez choisi la carrière d'acteur et qu'il n'y pouvait rien.

— Pourquoi ne m'en avoir rien dit ?

— Vous n'aviez pas besoin de moi, expliqua Mme Nell. Vous aviez une famille, je ne voyais aucune raison de semer la perturbation dans votre existence, au risque de mettre votre carrière en danger.

Elle prit une autre gorgée de brandy.

— Grâce à Julia, j'ai toujours eu de vos nouvelles. Je m'inquiétais pour vous, je me réjouissais de vos succès, je nourrissais les mêmes espoirs que n'importe quelle grand-mère.

— En avez-vous parlé à Julia ?

— Non. Elle n'avait pas besoin de savoir. Les seules personnes au courant de votre véritable identité, à ma connaissance, sont les Jennings, moi, et évidemment votre père.

— Je meurs d'envie d'apprendre de qui il peut bien s'agir, déclara Logan, sarcastique.

— Vous n'en avez aucune idée ? Je pensais que vous aviez deviné. Vous lui ressemblez, par certains côtés.

Elle gardait toute sa douceur face à l'hostilité évidente de Logan.

— C'est le comte de Rochester, mon garçon. Voilà pourquoi vous avez passé votre enfance à l'ombre de son château. Et si vous ne me croyez toujours pas, allez donc le lui demander.

Logan trébucha contre le tabouret de la coiffeuse, posa les mains à plat sur le bois, la tête penchée. Rochester, son père… L'idée le révoltait.

Impossible ! Andrew serait son demi-frère ? Même Rochester ne pouvait être assez cruel pour laisser les deux garçons grandir côte à côte sans leur dire la vérité ! L'un d'eux élevé dans le luxe, la richesse, les privilèges, l'autre dans la misère, la brutalité…

— Ça ne peut pas…

Logan ne se rendit pas compte qu'il avait parlé à haute voix, mais Mme Nell intervint.

— C'est la réalité, mon cher enfant. Je suis désolée si j'ai brisé vos illusions. J'espère que les Jennings ont été de bons parents pour vous. Au moins, Rochester tenait suffisamment à vous pour vouloir vous garder près de lui.

Logan était sur le point d'étouffer d'amertume. Il avait envie de confier à la vieille dame ce qu'avait été son existence, la peur, la douleur qu'il avait endurées des mains de Paul Jennings, l'indifférence de sa prétendue mère. Mais il se tut, les dents serrées.

— Bon, reprit Mme Nell, je vois que ça n'a pas été rose tous les jours. Et c'est en partie ma faute. J'aurais dû exiger de Rochester la preuve de votre décès, mais j'étais tellement aveuglée par le chagrin d'avoir perdu ma fille que je l'ai cru sur parole.

Logan avait la tête qui tournait et il se laissa tomber dans un fauteuil. Comme un employé frappait à la porte pour venir chercher son costume de scène, il marmonna :

— Je suis occupé. Revenez plus tard.

— Quelques admirateurs voudraient vous féliciter, monsieur Scott...

— Je tue le premier qui franchira cette porte. Fichez-moi la paix !

— Bien, monsieur.

Des pas s'éloignèrent, et le silence s'installa dans la loge.

— Julia avait raison, à votre sujet, reprit enfin Mme Nell. Elle m'a dit un jour que vous n'étiez pas heureux. C'est une des raisons pour lesquelles j'ai encouragé Madeline à tenter de vous séduire.

Elle soutint le regard sombre sans flancher.

— Oui, j'étais au courant de son projet, même si j'en ignorais l'origine. Je pensais que vous aviez une chance de tomber amoureux d'elle – je ne vois pas quel homme saurait lui résister – et je me suis imaginé qu'elle pourrait vous combler.

— Vous n'aviez pas à vous mêler de ma vie ! rugit-il.

— Gardez vos grands effets pour la scène, répliqua Mme Nell sans se troubler. J'ai peut-être commis une erreur, mais vos hurlements n'y changeront rien.

Logan parvint enfin à se maîtriser.

— Pourquoi maintenant ? demanda-t-il entre ses dents. Si ce que vous racontez est vrai – et je n'en crois toujours pas un mot – pourquoi vous être manifestée maintenant ?

Elle eut un petit sourire chargé de défi.

— L'histoire a tendance à se répéter. Je trouve cocasse que vous vous conduisiez exactement comme votre père, et que vous condamniez votre enfant à la vie que vous avez subie, sans personne pour le protéger, veiller sur lui. J'ai voulu vous apprendre la vérité sur votre passé afin de vous offrir la chance de vous comporter honorablement vis-à-vis de Maddy.

— Et si je refuse ? Vous n'y pourrez pas grand-chose.

— Si vous ne la prenez pas en charge, je le ferai. J'ai les moyens de leur assurer une vie confortable, à elle et au petit. Ce bébé est mon arrière-petit-enfant, et je m'efforcerai de tout faire pour lui… ou elle.

Logan fixa la vieille dame qui, toute frêle et menue, semblait animée d'une volonté de fer.

— Vous savez ce que vous voulez, dit-il. Je croirais presque que nous avons des liens de parenté.

— Quand vous me connaîtrez mieux, mon cher garçon, vous n'en douterez plus un instant !

Elle se leva, lourdement appuyée à sa canne et, machinalement, Logan vint l'aider.

— Je rentre chez moi, à présent. M'accompagnez-vous, Logan… ou préférez-vous ignorer la gravité de la situation ?

Il se détourna, furieux. Certes, il aurait été honorable d'épouser Madeline, de légitimer l'enfant. Mais il enrageait d'y être obligé. En outre, il ne s'était jamais considéré comme un homme particulièrement honorable.

Il jeta un coup d'œil à la bouteille de brandy. Il mourait d'envie de se soûler jusqu'à tomber raide.

— Vous allez bientôt devenir chauve, si vous ne perdez pas cette manie, dit Mme Nell, une note amusée dans la voix.

Logan se rendit compte qu'il tiraillait ses cheveux et il lâcha un juron.

— Votre orgueil est blessé parce que Madeline vous a menti, et je suis sûre que vous mettrez du temps à oublier. Mais si vous voulez bien penser à autre chose qu'à vous, vous vous rendrez compte qu'une jeune femme terrorisée a besoin de votre appui.

— Je sais où se trouve mon devoir, coupa-t-il, mais j'ignore si je supporterai de la revoir.

Mme Nell fronça les sourcils, impatientée, tandis qu'il allait boire à la bouteille une grande rasade d'alcool. Il avait envie de punir Madeline, de l'humilier comme elle l'avait humilié… et pourtant la perspective de la rencontrer le faisait trembler d'émotion.

— Alors, vous venez ? insista Mme Nell.

Il acquiesça d'un bref signe de tête.

— Et vous la demanderez en mariage ?

— Je le saurai seulement quand je lui aurai parlé, gronda-t-il en cherchant une chemise propre. Maintenant, si vous permettez, j'aimerais me changer. Sans public.

10

Une pendule sonnait les douze coups de minuit quand ils arrivèrent chez Mme Nell.

— Où est-elle ? demanda aussitôt Logan.

— Elle a besoin de repos. Ma camériste va vous montrer une autre chambre dans laquelle vous pourrez dormir jusqu'à ce qu'il soit une heure décente pour la voir.

— *Où est-elle ?* répéta-t-il, déterminé à fouiller la maison de la cave au grenier.

Mme Nell soupira.

— À l'étage, la porte au fond du couloir. Mais je vous préviens, si vous la tourmentez un tant soit peu…

— Je ferai ce qu'il me plaît ! coupa-t-il, glacial. Et je ne veux pas être dérangé.

Mme Nell leva les yeux au ciel et lui fit signe de monter.

Logan traversa la demeure, qui était pleine de bibelots anciens et de souvenirs de théâtre. Enfin, il trouva la porte de Madeline. Il avait du mal à respirer, et la violence de sa réaction lui donna envie de s'enfuir…

Il resta un long moment immobile avant de se résoudre à pénétrer dans la chambre, sans faire le moindre bruit. Il aperçut alors la silhouette endormie de Madeline, ses longs cheveux répandus sur l'oreiller, ses seins qui se soulevaient régulièrement au rythme de sa respiration. Il eut une image terriblement précise de son corps nu, il se rappela son souffle sur sa peau…

Incapable de la quitter des yeux, il s'assit dans un fauteuil, à la tête du lit. Après deux mois de descente aux enfers, il avait l'impression de remonter à l'air libre. Il avait envie de la prendre là, sur-le-champ, de la déshabiller et d'entrer dans sa chair tendre avant qu'elle ne soit totalement réveillée.

Il demeura des heures à la regarder dormir. Ses plus petits mouvements le fascinaient. La façon dont ses doigts se dépliaient, sa tête sur l'oreiller. Il avait eu bien des femmes, des femmes passionnées, des amoureuses… mais aucune n'avait produit autant d'effet sur lui !

Il était heureux que son état l'obligeât à un mariage rapide. L'avoir toute à lui compenserait largement les quolibets qui courraient dans Londres à son sujet. Logan Scott « piégé » ! Des caricaturistes allaient le représenter en taureau avec un anneau dans le nez, mené à la longe par une bergère enceinte… ou pire encore ! Les gens adoraient se moquer des célébrités, et il serait une cible de choix.

Andrew lui même allait bien rigoler…

Avant qu'il pût penser davantage à Andrew ou à Rochester, Madeline s'agita. C'était déjà le matin.

Bien qu'il fût parfaitement immobile, elle devina une présence dans la chambre, et elle se tourna vers lui en chuchotant dans son sommeil. Ce ronronnement excita le désir de Logan, et il en fut contrarié. Il pensait que son amour pour elle n'avait été qu'une folie passagère… Or elle avait toujours le même pouvoir sur lui. Il désirait son corps et même son amour ! Elle lui avait fait perdre cette belle indifférence où il était passé maître pour ne plus risquer de souffrir. Elle lui avait montré qu'il était humain, trop humain, donc vulnérable. Il saurait l'en punir.

Les yeux d'ambre s'ouvrirent, mirent un certain temps à le reconnaître, et c'est alors seulement qu'il se précipita sur elle...

Elle retint son souffle tandis qu'il arrachait les draps afin de révéler son corps juste vêtu d'une chemise de nuit remontée sur les cuisses. Ses seins frémirent, sous l'audace de son regard.

Rêvait-elle ? Comment l'avait-il retrouvée ?

Déjà il la caressait, et elle retint un gémissement de plaisir presque douloureux. Trop stupéfaite pour prononcer un mot, elle regarda ses yeux : deux fentes d'un bleu lumineux.

Il effleura son ventre plat.

— Aussi belle que dans mon souvenir, dit-il de sa voix profonde. Une consolation au fait d'être enchaîné à vous pour toujours, je suppose...

Ses doigts glissèrent vers ses cuisses et elle lui saisit la main.

— Non !

Logan se dégagea brusquement.

— Le Dr Brooke va vous examiner aujourd'hui et, s'il confirme votre grossesse, je vous ramènerai chez vos parents et les informerai de nos projets de mariage. Je m'arrangerai pour obtenir une autorisation spéciale, et tout devrait être réglé avant la nouvelle année.

Madeline, complètement perdue, ferma les yeux. Il voulait l'épouser dans les quinze jours, tout en semblant terriblement agacé par cette idée.

— Ce n'est pas la peine, dit-elle enfin. Je n'ai pas l'intention de vous prendre au piège du mariage.

— Vraiment ? Alors pourquoi êtes-vous à Londres ?

— Je... je voulais voir Mme Nell.

— Et vous n'avez pas pensé qu'elle pourrait venir me parler, dit-il avec un scepticisme cinglant.

— Non. Elle n'aurait rien dû vous dire.

Il la lâcha avec un ricanement et, assis au bord du lit, la regarda remonter le drap sur elle.

— Je regrette que vous n'ayez pas accordé à un autre le privilège de vous déflorer, dit-il, méprisant, mais puisque c'est moi que vous avez choisi et que nous nous retrouvons dans cette situation désagréable, je n'ai pas le choix, il faut que je vous épouse. Ainsi, je pourrai m'occuper du bien-être de mon enfant...

— Je m'arrangerai toute seule, vous n'êtes pas obligé de veiller sur moi ni sur le bébé.

— Vous n'avez pas compris, ma douce. Je me moque de ce qui peut vous arriver, mais je tiens à l'enfant. Il est hors de question que je le confie à votre famille.

— Je ne veux pas vous épouser ! dit-elle avec force. Jamais je ne pourrais vivre avec un homme qui me déteste.

— Nous ne vivrons pas ensemble. J'ai plusieurs résidences, vous choisirez celle que vous préférez pour vous y installer. De toute façon, je continuerai à passer le plus clair de mon temps au théâtre.

Madeline pensa au contrat qu'il lui proposait. Il se vengeait, purement et simplement, du mal qu'elle lui avait fait ! Il ne voulait pas de tendresse entre eux, pas d'intimité, pas de joie partagée à la naissance du bébé... Et s'il devinait qu'elle l'aimait encore, il s'en servirait contre elle sans le moindre scrupule.

— La réponse est non, déclara-t-elle. Il est inutile d'épouser quelqu'un que l'on n'aime pas simplement pour assurer la sécurité d'un enfant. Je saurai prendre soin de lui et je ne vous empêcherai pas de le voir chaque fois que...

— Je ne vous demande rien, Maddy, coupa-t-il d'un ton sans réplique. Je vous informe de ce qui va se passer. J'aurai tous les droits sur vous et l'enfant parce que vous serez à moi, corps et âme.

— Rien ne me fera changer d'avis ! insista-t-elle, sachant trop bien que tant de mépris la détruirait. Vous ne pouvez m'obliger à devenir votre femme.

Elle poussa un petit cri quand il s'allongea sur elle, l'écrasant de tout son poids.

— Ah, je ne peux pas ?

Elle sentait son sexe contre elle tandis qu'il lui serrait les épaules à la faire crier.

— Vous n'imaginez pas jusqu'où je suis capable d'aller pour obtenir ce que je veux. Alors, simplifiez-vous la vie et cédez sans protester.

Furieuse, Madeline se tordait sous lui, mais il était bien trop fort pour elle, et ses mouvements ne faisaient qu'augmenter le désir de Logan. Elle finit par s'avouer vaincue.

— Sachez que vous allez payer pour les ennuis que vous m'avez causés, dit-il. Je disposerai de votre corps chaque fois que l'envie m'en prendra, et ne vous attendez pas à ce que ce soit aussi agréable que la première fois.

Madeline, silencieuse, envisageait mille manières de lui échapper. Elle trouverait bien un moyen de disparaître avant le mariage…

Logan eut un mauvais sourire.

— N'imaginez pas une seconde que vous puissiez vous enfuir, parce que je vous retrouverai et je vous ferai regretter le jour de votre naissance !

Elle baissa les yeux afin de cacher son regard douloureux. C'était atroce d'envisager un mariage pareil.

— Tout le monde saura que nous avons été obligés de nous marier, objecta-t-elle dans une ultime tentative pour le faire changer d'avis.

— Oui, on va essayer de nous ridiculiser.

Et de cela, il la punirait aussi, c'était certain, lui qui se souciait tant de son image !

Elle posa les mains sur son torse afin de se débarrasser de son poids.

— Vous êtes trop lourd, gémit-elle en se cambrant contre lui. Je vous en prie... écartez-vous.

Le mouvement de ses hanches l'enflamma encore davantage. Il roula sur le côté avec l'intention de la libérer, mais il la saisit par la taille et glissa une de ses longues jambes entre les siennes.

Maintenant... Tout de suite... Le désir était trop fort, il était ivre de son parfum, il voulait la goûter, la toucher... Il s'empara d'un de ses seins, délicieusement ferme, et elle poussa un faible cri de protestation.

Soudain il fut incapable de résister davantage. Il mordilla et suça le bout de son sein et, après qu'elle eut tenté une dernière fois de le repousser, ils plongèrent ensemble dans un tourbillon de passion.

Tandis qu'il caressait à nouveau son ventre, Logan se souvint brusquement qu'elle portait son enfant. Il se leva d'un bond.

— Habillez-vous, ordonna-t-il en se dirigeant vers la porte. J'envoie chercher le Dr Brooke.

— Logan...

Il se raidit.

— Je voulais vous dire... Je regrette ce que je vous ai fait.

— Vous le regretterez encore davantage à l'avenir, dit-il doucement. Soyez-en sûre.

Curieusement, Madeline s'offusqua moins de l'auscultation du Dr Brooke que de la présence de Logan dans la chambre. Posté dans un coin, il assista à l'examen comme dans l'attente qu'on lui annonçât qu'elle avait menti, qu'elle n'était pas enceinte... Les yeux fixés au plafond, elle espérait encore absurdement, s'être trompée... Pourtant, elle connaissait déjà le verdict.

Logan serait-il un bon père, ou son animosité rejaillirait-elle sur leur enfant ? Non, il ne pourrait tenir un innocent pour responsable des erreurs de sa mère. Il se radoucirait sans doute...

Le Dr Brooke la contempla d'un air vaguement réprobateur.

— Ma conclusion, mademoiselle Ridley, est que vous serez mère vers la fin juin...

Madeline se rhabilla lentement, sans prendre la peine de rectifier son nom. Logan n'en fit rien non plus.

— La paternité vous sera salutaire, poursuivit le docteur à l'adresse du jeune homme. Cela vous fournira une bonne diversion à votre cher théâtre.

— Sans doute, murmura Logan sans le moindre enthousiasme.

— Si vous voulez que je suive la grossesse de Mlle Ridley, j'aimerais lui donner quelques instructions...

— Je vous en prie ! dit Logan qui sortit de la chambre avec soulagement.

Il ne tirait aucun plaisir du fait que Madeline fût enceinte. Pour lui, le bébé n'était pas réel et la situation non plus. Étrangement, toutefois, la colère qui ne le quittait pas depuis des semaines s'était atténuée au cours de la nuit. Il se sentait même soulagé, sans chercher à savoir pourquoi.

Il descendit au rez-de-chaussée en réfléchissant à tout ce qu'il allait devoir faire en quinze jours.

Mme Nell l'attendait au pied de l'escalier.

— Alors, les soupçons de Maddy étaient-ils fondés ?

Elle lut la réponse dans son regard et s'extasia.

— Quelle merveilleuse nouvelle ! Pourquoi avez-vous cet air sinistre ?

— Je me dis que j'aurais mieux fait de vous jeter hors de ma loge, au lieu de vous écouter.

Mme Nell eut un rire léger.

— J'imagine que Maddy n'est pas trop satisfaite de mon intervention, elle non plus. Je me console à l'idée que vous m'en remercierez, un jour, tous les deux !

— Je n'y compterais pas trop, si j'étais vous... grand-mère.

Elle pencha la tête, les yeux brillants.

— Vous croyez enfin à mon histoire ?

— J'y croirai quand je serai allé chez Rochester.

— Comme vous êtes soupçonneux ! constata-t-elle. Encore un trait de caractère hérité de votre père. Moi, j'ai toujours été plutôt crédule et optimiste.

Pas une fois Logan ne toucha Madeline durant le long trajet jusqu'au Gloucestershire. Assis l'un en face de l'autre, ils échangeaient de rares phrases, entrecoupées de longs silences. Norma suivait dans une autre voiture afin de leur laisser un peu d'intimité.

— Comment va le théâtre ? demanda Madeline dans un effort pour relancer la conversation.

Logan la regarda avec méfiance comme s'il la soupçonnait de se moquer de lui.

— Vous ne lisez pas le *Times* ? répliqua-t-il, ironiquement.

— Non. J'ai été tenue à l'écart du monde extérieur pendant que mes parents cherchaient une solution à mon problème. La saison ne se passe pas bien ? insista-t-elle, les sourcils froncés.

— Pas trop. Les critiques sont féroces !

— Mais pourquoi ?

— À cause de moi...

— Comment ! s'écria Madeline, déconcertée. Vous étiez si brillant...

Elle s'interrompit en se rappelant que les deux dernières pièces avaient été lancées après son départ. Elle revoyait son regard le matin de la séparation et elle fut bouleversée.

— Vous avez été gravement malade, murmura-t-elle, et une bonne partie de la troupe également. Je suis persuadée que vous allez tous redevenir...

— Je n'ai pas besoin que vous me trouviez des excuses ! aboya-t-il.

Il eut un mauvais rictus.

— Je m'en voudrais de froisser votre vanité, ma chère, mais mes difficultés professionnelles n'ont rien à voir avec vous. Après votre départ, je vous ai chassée aisément de mes pensées... et ce, jusqu'à l'arrivée de votre avocate, Mme Nell, hier soir dans ma loge.

Madeline s'empourpra, humiliée, et Logan en tira une intense satisfaction.

— J'aimerais pouvoir en dire autant, mais j'ai pensé à vous chaque minute de ma vie. Je ne me suis jamais pardonné mon attitude. Si je savais comment...

Elle s'interrompit de nouveau, incapable d'exprimer ses sentiments.

Logan serrait les dents. Elle se montrait si vulnérable qu'il n'était guère glorieux de l'écraser. Il en était furieux, honteux, et il ignorait quel comportement adopter.

Madeline ferma les yeux, appuya la tête contre la banquette avec un soupir. Elle fut brusquement d'une pâleur de cire.

— Qu'y a-t-il ?

Elle secoua la tête.

— Ça va, souffla-t-elle. Simplement, j'ai parfois des nausées...

La calèche eut un cahot, et elle pinça les lèvres.

Essayait-elle de l'attendrir ? Non, elle ne pouvait simuler à ce point, et Logan se souvint des malaises de Julia pendant les trois ou quatre premiers mois de sa grossesse.

— Voulez-vous que je demande au cocher de s'arrêter ?

— Non, ça va passer, vraiment.

Pourtant, elle avait les traits tirés et elle avalait sa salive.

Logan se demanda si elle avait pris un petit déjeuner.

— Nous arrivons bientôt à Oxford. Nous nous y arrêterons et vous pourrez vous restaurer.

Madeline refusa d'un geste.

— Je vous remercie, mais la simple idée de manger…

Elle porta la main à sa bouche.

— Nous nous arrêterons quand même, insista Logan.

Il prit une carafe de cristal dans le coffre d'acajou, humecta son mouchoir qu'il tendit à la jeune femme. Reconnaissante, elle se le passa sur le visage.

Logan se rappela que Mme Nell leur avait préparé un panier et il le tira de sous le siège. Il contenait des fruits, du fromage, du pain noir et un petit pudding.

— Tenez, dit-il en lui offrant une tranche de pain.

— Je ne pourrais rien avaler, répondit-elle en se détournant.

Il vint s'asseoir à côté d'elle.

— Une bouchée, bon sang ! Je n'ai aucune envie que vous soyez malade durant le voyage.

— Rassurez-vous, je n'abîmerai pas votre précieuse voiture ! lança-t-elle, le regard noir.

Brusquement, Logan eut envie de rire devant son attitude de défi. Il prit le mouchoir, le mouilla de nouveau et le posa sur son front.

— Une bouchée, reprit-il gentiment.

Elle finit par céder et mâcha le pain comme si elle avait la bouche pleine de sciure. Elle avala avec une grimace, mais elle semblait reprendre un peu de couleurs.

— Encore une, dit Logan, autoritaire.

Elle obéit et se détendit un peu.

— Je vais mieux, merci.

Logan s'aperçut qu'il avait mis un bras autour d'elle, et que la tête de Madeline reposait au creux de son épaule. Elle leva vers lui son regard d'ambre, et il se rappela la tendresse avec laquelle elle l'avait aidé à traverser la maladie. Quoi qu'elle eût fait depuis, elle l'avait ramené à la vie, elle lui avait redonné de l'espoir et le goût du bonheur.

Puis elle avait tout gâché ! Il la repoussa brutalement.

— Tâchez de mieux prendre soin de vous, à l'avenir, marmonna-t-il en retournant à sa place, face à elle. Je n'ai pas une âme d'infirmier.

Madeline sentit monter l'angoisse tandis que la voiture s'engageait dans la longue allée qui menait au manoir. Le domaine était situé au milieu des douces collines du Gloucestershire et de prairies verdoyantes sillonnées de clairs ruisseaux. Les terres étaient beaucoup plus impressionnantes que la demeure elle-même, entourée de bâtiments plus petits, des cottages construits pour loger les serviteurs et abriter les cuisines.

Logan ne fit aucun commentaire.

— Mes parents ne vont pas apprécier notre projet de mariage, murmura Madeline en jouant avec les plis de sa jupe.

Elle portait une robe simple dont le corsage devenait trop serré. Logan s'étonnait que ses parents n'aient pas encore deviné son état.

— Ils en seront très satisfaits quand ils vous sauront enceinte, affirma-t-il.

— Mes parents détestent le théâtre et tout ce qui y a trait. Tout leur paraîtrait préférable plutôt que de voir leur fille mariée à un acteur.

— Ça ne m'étonne pas que vous ayez jeté votre dévolu sur moi, dans ce cas, fit Logan, les yeux mi-clos. Non seulement vous vous débarrassiez de votre virginité, mais en plus avec un homme que vos parents ne jugeraient pas digne de vous.

— Je n'avais pas l'intention d'en parler à quiconque. C'était mon secret.

Logan ravala une réplique cinglante. Ce n'était pas le moment de se lancer dans une discussion ; il allait juste informer les Matthews de ce qui se passerait dans deux semaines.

Comme la voiture s'arrêtait devant le manoir, Logan aida Madeline à mettre sa cape ; puis il lui releva le menton pour plonger son regard dans ses yeux un peu effrayés.

— Je vais vous demander une chose, murmura-t-il. Ne laissez personne deviner que nous ne souhaitons pas ce mariage. Tous ceux que nous rencontrerons, y compris vos parents, doivent penser que nous sommes heureux. Un seul regard triste de votre part, et je tords votre joli cou. Est-ce bien clair ?

— Je ne suis pas comédienne, répliqua-t-elle, raide. Je ne suis pas sûre de me montrer convaincante. Si vous vous attendez à me voir pénétrer chez mes parents en feignant le plus grand bonheur…

— C'et exactement ce que je veux.

On frappa légèrement à la portière afin d'indiquer que le marchepied était en place, mais Logan n'en tint pas compte.

— Vous avez une mine épouvantable, poursuivit-il. Souriez, détendez-vous.

— Je ne peux pas…

En regardant ses traits défaits, Logan comprit brusquement qu'elle lui appartenait pour la vie. Leur sang se mêlerait dans les veines de leur enfant… Or il était de la plus haute importance, pour le petit comme pour lui, que personne ne connaisse le véritable état de leurs relations. Son orgueil exigeait que Madeline se comportât en femme amoureuse.

Il prit son visage entre ses mains et lui donna un baiser sensuel qui la laissa empourprée, le souffle court.

— C'est mieux comme ça, dit-il ensuite d'un ton neutre.

Il l'aida à descendre de voiture et lui offrit son bras pour se diriger vers la double porte à laquelle frappait déjà un valet de pied.

Une agréable chaleur les envahit dès qu'ils pénétrèrent dans la demeure.

Madeline savait que le bras protecteur de Logan n'était destiné qu'à la galerie, pourtant elle lui en fut reconnaissante. Comment ses parents allaient-ils réagir ? Logan ne possédait aucun quartier de noblesse et, en outre, ils refusaient que leurs filles épousent des hommes qui travaillaient, fussent-ils médecins ou juristes. Alors un acteur !

Lord et Lady Matthews apparurent dans l'entrée, surpris et horrifiés.

— Madeline, s'écria Agnès, très pâle, les narines pincées, tu devrais être chez Justine !

— Il y a eu un changement de programme, dit Logan en avançant d'un pas. Ravi de faire votre connaissance, Lady Matthews.

Madeline tressaillit quand elle vit sa mère reculer en refusant tout geste de courtoisie.

Lord Matthews fixait le couple d'un air incrédule.

— Nous pourrions nous retirer au salon, monsieur Scott, pour que vous m'expliquiez la situation, suggéra-t-il.

— Certainement, monsieur.

Lord Matthews se tourna vers sa fille, l'air menaçant.

— Toi, monte dans ta chambre, je te verrai plus tard.

Madeline allait protester, mais Logan la devança, très calme.

— Madeline restera avec nous, monsieur. Sa présence est indispensable, puisque nous allons évoquer son avenir.

— Comme je vous l'ai déjà dit, monsieur Scott, je veillerai moi-même sur l'avenir de ma fille. Et je vous trouve diablement impertinent de venir vous mêler d'une situation qui ne vous regarde plus.

— Ce n'est pas si simple, monsieur...

Le bras autour de la taille de Madeline, il suivit les Matthews dans un petit boudoir meublé de fauteuils à haut dossier tapissés d'ocre. Un seul tableau égayait la pièce, un banal paysage de la campagne anglaise.

Lady Matthews s'assit, indiqua des sièges aux deux hommes et désigna à Madeline une chaise, un peu à l'écart.

— Mets-toi ici, Madeline.

Logan sentit la jeune femme se raidir et il la prit par la main pour la faire asseoir près de lui, défiant ainsi Lady Matthews dont il ne reçut qu'un regard glacial.

À présent, Logan ne s'étonnait plus que Madeline se fût enfuie du couvent et qu'elle ait élaboré son ridicule plan pour échapper au mariage qu'ils lui avaient concocté. Il n'avait aucun mal à imaginer quelle sorte d'homme était Lord Clifton. Vieux, avait dit Madeline. Et sûrement très, très respectable...

— Bon, monsieur Scott, comença Lord Matthews en se passant la main sur le crâne, pouvez-vous m'expliquer ce que vous faites chez nous avec notre fille ?

Logan effleura la joue de Madeline, et il eut le plaisir de voir Lady Matthews sursauter, scandalisée par l'intimité du geste.

— Madeline est venue me faire part d'une nouvelle d'importance. Elle a tenu à m'en informer avant tout autre.

— Et de quelle nouvelle s'agit-il ? s'indigna Lord Matthews.

Logan jouait à présent avec une boucle de Madeline.

— Elle... *nous*... attendons un enfant, monsieur. Pour le mois de juin, selon le médecin.

Il s'interrompit afin de leur laisser le temps de digérer l'information, puis il reprit :

— Naturellement, mon sens de l'honneur exige que j'assume mon devoir vis-à-vis de Madeline et du bébé. Aussi je viens vous demander votre bénédiction…

— Votre sens de l'honneur, coupa Lord Matthews en détachant chaque syllabe. Après ce que vous avez fait à notre fille, vous avez l'aplomb de parler d'honneur ?

— Ce n'était pas sa faute, intervint vivement Madeline.

Elle allait en dire plus, mais la main de Logan sur sa nuque lui imposa le silence.

Logan ne quittait pas Lord Matthews des yeux.

— Je pense que la situation peut se régler au mieux. Votre fille sera bien traitée, je vous en donne ma parole. Avec votre permission, je vais organiser un mariage rapide…

— Vous n'êtes pas assez bien pour elle ! éclata Lady Matthews. J'ai passé des années à l'élever afin qu'elle devienne l'épouse d'un homme comme Lord Clifton, et je la donnerais à un saltimbanque ? Le déshonneur est complet, ma fille n'est qu'une…

— Agnès ! protesta Lord Matthews.

Elle se tut, se contentant de fusiller Logan du regard.

— Monsieur Scott, reprit Lord Matthews, j'apprécie votre désir de réparation. Toutefois, il faut que je réfléchisse. Malgré la condition déplorable dans laquelle se trouve Madeline, je dois considérer l'intérêt de la famille. Si notre fille vous épouse, on parlera de nous pendant des années. Certes, un homme comme vous ne peut comprendre, mais notre réputation est capitale dans nos existences. Il me semble que le problème se réglerait mieux sans votre intervention.

Logan eut un sourire méprisant. Les Matthews préféreraient abandonner l'enfant à des étrangers et condamner leur fille à l'exil plutôt que de voir entrer un roturier dans la famille ! Il n'était pas question qu'il les laissât traiter Madeline et le bébé de la sorte.

— Réfléchissez tant que vous voudrez, monsieur, mais je vous assure que cet enfant naîtra avec un nom… le mien.

Il se leva, mettant un terme à l'entretien.

— Il est tard. Je reviendrai vous faire part de mes arrangements. Madeline sera mon épouse d'ici une quinzaine de jours.

Lord et Lady Matthews bondirent sur leurs pieds, dans un concert de refus et de menaces auxquels Logan coupa court, sans aucun semblant de courtoisie.

— Je vous conseille de ne pas de la perturber en mon absence. Je veux la trouver sereine et reposée à mon retour.

Il se tourna vers sa future épouse.

— Envoyez-moi chercher si quelque chose ne va pas, dit-il.

— Oui… Logan, répondit-elle avec un sourire mal assuré.

— Parfait.

Lord Matthews était cramoisi de rage.

— Je vous prierai, monsieur Scott, de ne plus remettre les pieds dans cette maison.

— C'est ce que je ferai, dès que je serai revenu chercher Madeline.

— Vous osez me défier ? rugit Lord Matthews. Je pourrais vous ruiner, Scott. J'ai des amis influents et puissants…

Les deux hommes s'affrontaient dans un silence chargé d'animosité, puis Logan reprit, d'un ton conciliant :

— Ne soyez pas stupide, Lord Matthews. Vous avez plus à gagner qu'à perdre dans cette union. Malgré mes antécédents, vous vous apercevrez qu'il y a quelques avantages à me prendre comme gendre.

— Lesquels, par exemple ? demanda Lady Matthews, méprisante. Des places gratuites pour le théâtre ?

Logan eut un sourire sardonique.

— Je suis certain que vous souhaitez le bonheur de votre fille !

Lord Matthews acquiesça à contrecœur et se tourna vers sa femme pour l'empêcher de répliquer.

Logan, sur un signe de tête, se dirigea vers la porte. Madeline le rejoignit sur le seuil.

— Logan… Où allez-vous ?

Il lui lança un coup d'œil agacé.

— Rendre visite à ma famille.

— Pour leur parler de moi ?

— Entre autres.

Il ne lui avait pas fait part de la révélation de Mme Nell. Tant que l'histoire ne serait pas confirmée… Or il en aurait le cœur net ce soir-même.

Madeline se mordillait la lèvre.

— Vous… vous reviendrez ?

Il eut un sourire moqueur.

— Bien trop tôt, vous verrez, promit-il avant de s'éloigner à grands pas décidés.

11

Il était environ vingt-deux heures trente quand Logan atteignit enfin le Buckinghamshire, sur le chemin du retour vers Londres. Mais il était certain que le comte de Rochester n'était pas encore couché ; il dormait peu et, comme une vieille araignée, il passait des heures à tisser sa toile dans l'espoir d'attraper toujours de nouvelles proies !

Rochester avait le don pour repérer les faiblesses d'autrui et en tirer parti. Il était capable de convaincre une veuve de lui vendre sa maison et ses terres pour une bouchée de pain, ou d'obliger un parent sur son lit de mort à rédiger un nouveau testament en sa faveur. Andrew avait raconté à Logan maintes anecdotes de cet acabit et tous deux avaient fait longtemps des gorges chaudes de l'avidité du comte.

L'attelage traversa le village attenant au domaine et passa devant le cimetière où se trouvaient les tombes et les monuments à la gloire des Drake. L'idée d'être l'un d'eux... le fils de Rochester !... rendait Logan malade. Il avait toujours détesté ce vieux grigou. Et avoir le même sang que lui, c'était encore pire que d'être le rejeton de Paul Jennings. Jennings n'était qu'un ivrogne et une brute, Rochester était un individu vil qui se servait des autres et qui les rejetait sans scrupules quand il n'avait plus rien à en tirer.

La calèche passa ensuite devant le vaste cottage que Logan avait fait construire pour les Jennings plusieurs années auparavant. Paul, Mary et leurs trois enfants y vivaient dans le confort. Paul était toujours supposé s'occuper de la terre que lui allouait Rochester, mais, en réalité, un ouvrier agricole travaillait pour lui tandis qu'il passait son temps à boire... Logan entretenait toute la famille, à la condition expresse que personne n'essaie de lui rendre visite à Londres. C'était le prix qu'il payait pour sa tranquillité...

Il atteignit enfin le vaste manoir, à peine visible dans l'obscurité. L'immense demeure avait été construite trois générations plus tôt et, à l'image de son occupant actuel, elle semblait impénétrable. Même les fenêtres étaient étroites, comme pour protéger la forteresse d'éventuelles intrusions.

Logan avait toujours connu les domestiques de Rochester Hall et il pénétra sans se faire annoncer, malgré les protestations du majordome. Il se dirigea tout droit vers la bibliothèque où le comte était en train de compulser un ouvrage d'art.

— Scott ! s'écria Rochester en levant la tête de son livre. Si je m'attendais...

Logan hésita un instant. À première vue, Rochester et lui ne se ressemblaient que par la stature. Pourtant, la mâchoire carrée, le nez, l'arc des sourcils... les traits de Logan étaient-ils vraiment différents ?

Ignorant les battements redoublés de son cœur, il entra dans la pièce et se dirigea vers le livre de gravures dont il effleura la reliure.

Rochester s'en empara aussitôt.

— Tu es venu geindre parce que j'ai réussi à avoir la collection Harris malgré ton enchère exorbitante ?

— Je ne geins jamais, monsieur le comte.

— Sauf dans cette ridicule représentation de *Richard II*, à laquelle j'ai eu le malheur d'assister il y a quelques années. J'espère ne plus jamais voir ce genre de pleurnicherie !

— J'ai interprété le rôle comme il a été écrit, rétorqua Logan d'une voix posée.

— Je doute que Shakespeare ait eu de telles intentions quand il a pris la plume.

— Vous le connaissiez personnellement ? ironisa Logan en s'attirant un regard noir de la part du comte.

— Espèce d'insolent ! Dis-moi ce que tu es venu faire et disparais.

Logan l'observa longuement, avec une terrible envie de s'en aller sans dire un mot.

— Alors ? insista Rochester.

Logan s'appuya à la table, repoussant le livre de gravures.

— J'ai une question à vous poser. Dites-moi, monsieur le comte... Connaissez-vous une certaine Florence Nell ?

Rochester demeura impassible, mais ses doigts se crispèrent sur la loupe en argent qu'il tenait à la main.

— Florence Nell, répéta-t-il lentement. Ce nom ne m'est pas familier.

— Elle était autrefois comédienne au Drury Lane.

— Et je devrais être au courant de ce détail ?

Il fixait Logan sans flancher, le regard aussi vide que celui d'une truite.

Quelque chose se brisa en Logan, qui commençait à penser que Mme Nell lui avait dit la vérité. Il respira un bon coup pour se libérer de la douleur qui lui serrait la poitrine.

— Vous êtes un fieffé menteur, dit-il d'une voix un peu rauque. Et vous avez de longues années d'entraînement, n'est-ce pas ?

— Dis-moi plutôt pourquoi tu te permets de venir me déranger jusque dans ma bibliothèque. Quels ragots a propagés cette Mme Nell ?

Logan serra les poings pour s'empêcher de briser tous les objets à sa portée. Il s'était empourpré malgré son désir de rester aussi impassible que Rochester. Que lui arrivait-il ? Quelques mois auparavant, il était encore capable de se contrôler et de ne donner libre cours à ses émotions que sur scène ; à présent, elles débordaient de son âme à chaque instant de sa vie.

— Comment, Bon Dieu, pouvez-vous encore vous supporter ? demanda-t-il d'un ton mal assuré. Comment avez-vous pu confier votre fils à une brute comme Jennings ?

Rochester posa doucement la loupe tandis que son teint prenait une couleur cireuse.

— Tu perds l'esprit, Scott ? Je ne vois absolument pas de quoi tu veux parler.

— Laissez-moi vous rafraîchir la mémoire... Il y a trente ans, vous avez donné votre bâtard à Paul et Mary Jennings afin qu'ils l'élèvent. Des gens déjà incapables de prendre soin d'un chien ! alors d'un enfant... Pendant seize ans, j'ai été battu au sang par mon « père » ; vous le saviez et vous n'avez rien fait pour y remédier.

Rochester détourna enfin les yeux, cherchant une réponse et, face à son silence, Logan se jeta sur lui pour le saisir par le plastron de sa chemise et l'obliger à se lever.

— Vous me devez la vérité, gronda-t-il. Avouez que je suis votre fils.

— Lâche-moi ! tonna Rochester.

Ils restèrent immobiles un bon moment, puis Logan desserra son étreinte, et le comte se rassit en rectifiant sa tenue.

— Très bien, avoua-t-il enfin. Tu es l'enfant naturel que j'ai eu avec la fille de Florence Nell. Et j'aurais pu faire pire que de te remettre aux Jennings. Ç'aurait été l'orphelinat, et je n'aurais plus jamais entendu parler de toi. En outre, je ne suis pas resté indifférent aux mauvais traitements que t'infligeait Jennings. Quand il exagérait, je le menaçais de lui supprimer sa terre et la rente que je lui versais...

— Suis-je censé vous en remercier ?

Logan essuya ses mains sur sa veste comme s'il était souillé.

— Tu as sans doute l'impression que j'aurais pu faire mieux, dit froidement le vieil homme. Et à une époque, j'ai eu en effet d'autres projets pour toi ; mais c'est alors que tu as décidé de monter sur les planches... Je t'aurais beaucoup aidé, si tu avais choisi une autre voie.

— Je comprends à présent pourquoi vous avez toujours détesté le théâtre, marmonna Logan. Cela vous rappelait trop ma mère !

Une lueur de colère s'alluma dans les yeux du comte.

— J'ai offert à Elizabeth une vie bien plus agréable que celle qu'elle avait avant de me connaître. Et elle serait toujours là, sans toi. Tu étais trop gros... et elle en est morte, sale moutard vorace !

L'insulte claqua comme un coup de fouet, et Logan faillit reculer. Il eut une nausée.

Puis l'expression de Rochester s'adoucit imperceptiblement.

— Tu ne l'as pas fait exprès, je suppose...

Logan s'appuya à la table, se pencha pour regarder le vieil homme dans les yeux.

— Andrew est-il au courant ?

Rochester secoua la tête.

— Je n'ai jamais eu envie de lui en parler. Et avec la vie qu'il mène ces derniers temps, cela ne pourrait lui faire que du mal ! Il ne dessoûle pas. La nouvelle risquerait de l'achever...

— Ce n'est pas moi qui le blâmerai. Lorsque Mme Nell m'a annoncé que vous étiez mon père, je me suis jeté sur la première bouteille que j'ai trouvée.

— Florence... Cette vieille folle ! J'ai toujours su qu'elle me causerait des ennuis, tôt ou tard. Pourquoi a-t-elle choisi de venir te trouver *maintenant* ?

Logan n'avait aucune intention de raconter à Rochester son histoire avec Madeline. Qu'il l'apprenne donc par la rumeur publique.

— Je l'ignore.

— Alors... Qu'as-tu l'intention de faire, à présent ? Une réunion de famille avec Andrew pour lui annoncer que tu es son demi-frère ?

Logan secoua la tête.

— Si cela ne dépend que de moi, personne n'en saura jamais rien.

Rochester sembla surpris.

— Tu sais sans doute que, même si je décidais de te reconnaître, tu n'aurais aucun droit à mon héritage...

— Je ne veux rien de vous... pas le moindre shilling.

— Si c'est ce que tu désires...

— C'est ce que *vous* désirez depuis le jour de ma naissance, rétorqua Logan, amer. Vous avez un seul fils. Que Dieu le préserve de vos soins !

— J'ai fort bien élevé Andrew, protesta le vieil homme. C'est toi qui en as fait l'être dépensier et l'ivrogne qu'il est aujourd'hui.

— Moi ?

— Je sais très bien que tu lui as donné de l'argent. En l'aidant, tu as rendu la situation intenable. Tant que quelqu'un paiera ses dettes, il continuera à boire et à jouer.

— Vous auriez préféré le voir amoché par les canailles à qui il doit une fortune ? Qui sont prêtes à lui envoyer leurs hommes de main pour lui briser les os... ou pire encore ?

— Il faudra bien qu'un jour il assume les conséquences de ses actes. Sinon, il finira en prison pour dettes quand je serai mort... Je te prierai désormais de ne plus te mêler de ses affaires.

— Avec joie !

Logan se redressa et se dirigea vers la porte.

— Scott, murmura le comte.

Logan s'arrêta sur le seuil sans se retourner.

— Je me suis toujours demandé pourquoi tu avais choisi le théâtre, reprit le vieil homme, songeur. Tu aurais pu réussir dans n'importe quelle branche. Tu me ressembles par beaucoup de côtés, tu sais.

— Vous avez raison.

La voix de Logan était chargée de toute la haine du monde. Horrifié, il se rendit compte qu'il était, comme Rochester, égocentrique et manipulateur, qu'il préférait consacrer son temps à l'art et aux affaires plutôt que de prendre le risque d'aimer les êtres humains...

— Avec le temps, je deviendrai sans doute une canaille, comme vous. Quant à la raison qui m'a poussé vers la scène, je n'ai pas eu le choix. C'était dans mes gènes...

— Ta mère était pareille. Je dois avouer que tu m'as toujours beaucoup trop rappelé Elizabeth... J'imagine ce que doit ressentir Florence quand elle te regarde.

Logan s'enfuit sans répondre, comme s'il avait le diable à ses trousses.

Madeline était assise au bord de son lit de jeune fille, entourée de piles de vêtements soigneusement pliés. Des malles et des cartons envahissaient la chambre, destinés à être expédiés chez Logan, à Londres, avant la cérémonie. Le mariage aurait lieu dans sa demeure, bien que les Matthews aient indiqué leur préférence pour la chapelle du manoir familial. Mais c'est lui seul qui décidait des détails du mariage...

— Madeline !

Justine, qui était venue aider aux préparatifs, se précipita vers sa sœur, les yeux brillant d'excitation. Althea, pour sa part, n'avait envoyé qu'une gentille lettre de félicitations, regrettant de ne pouvoir assister au mariage car elle se trouvait en Écosse et attendait la naissance de son premier bébé d'un jour à l'autre.

— Le voilà ! s'écria Justine. Son attelage remonte l'allée.

Madeline eut l'estomac noué. Bien que Logan eût correspondu régulièrement avec ses parents, elle n'avait pas été autorisée à lire ses lettres. Elle avait du mal à se nourrir et à dormir, tant elle craignait qu'il ne changeât d'avis.

— Termine ton souper, lui avait dit sa mère la veille au soir. Si tu continues à maigrir, ton fiancé nous le reprochera, mais crois-moi, je saurai le remettre à sa place !

Madeline alla se regarder dans le grand miroir. Bien qu'elle ait perdu du poids, le corsage de sa robe avait peine à contenir ses seins.

— Arrange tes cheveux, lui conseilla Justine, agacée. Tu es toute décoiffée !

Madeline ôta les épingles de son chignon, se brossa les cheveux, les natta machinalement et les noua bien serrés sur sa nuque. Justine vint se placer derrière elle et sourit en admirant sa propre image.

Déjà toute petite, elle suscitait l'admiration générale par sa blondeur, son teint de porcelaine, sa grâce naturelle. C'était une petite fille qui ne faisait jamais de bêtise, ne brisait pas ses jouets, ne salissait pas ses robes. Lors de son entrée dans le monde, elle avait été courtisée par les meilleurs partis de Londres, ainsi que par un aristocrate français ; elle avait fini par épouser Lord Bagworth, un riche vicomte.

Justine était – et serait toujours – la fierté de la famille Matthews…

Elle pressa Madeline qui se pinça les joues afin de leur donner un peu de couleurs, et quand elles descendirent on avait déjà introduit Logan au salon où Lady Matthews le recevait avec une politesse étudiée.

Il se leva à l'arrivée des deux sœurs, et leur parut très grand dans sa veste noire d'une ligne impeccable, son gilet gris et son pantalon anthracite. Ses cheveux auburn coupés de frais étaient aussi brillants que de coutume.

— Monsieur Scott, dit Madeline qui ne savait quelle attitude adopter.

Logan lui simplifia la tâche en se précipitant pour lui prendre la main. Il en baisa la paume d'un geste tendre et intime. Pour impressionner sa mère et sa sœur, se dit Madeline qui en fut pourtant troublée.

Ensuite, Logan l'observa de la tête aux pieds, et il fronça les sourcils.

— Vous n'avez guère dû manger, dit-il assez bas pour que les autres ne puissent l'entendre.

— Vous non plus, répliqua-t-elle.

Il était en effet un peu plus maigre, ce qui augmentait encore l'impression d'énergie qui se dégageait de lui.

Il grimaça un sourire avant de se tourner vers Justine qui attendait qu'on le lui présentât. Madeline s'exécuta, guettant sa réaction. Les hommes étaient toujours frappés par la beauté de sa sœur, mais lui ne sembla guère impressionné.

— Enchanté, murmura-t-il avec indifférence.

Justine en fut légèrement dépitée.

— Bienvenue dans la famille, monsieur Scott, dit-elle. J'espère que vous serez bon avec ma chère petite sœur.

— J'en ai bien l'intention, Lady Bagworth, répondit Logan avec un haussement de sourcils ironique.

Visiblement elle s'attendait qu'il fût fasciné par sa beauté, mais il trouvait infiniment plus de charme à Madeline avec ses traits fins, chaleureux, et une intelligence dans le regard qui manquait à sa sœur…

Il se tourna vers Lady Matthews.

— Je crains d'être pressé, aussi j'espère que vous me permettrez de passer quelques minutes seul avec Madeline.

Lady Matthews eut l'air offusquée par l'inconvenance de cette requête.

— Comme vous le savez, monsieur Scott, vous ne pouvez pas vous entretenir avec elle sans chaperon.

— Au point où nous en sommes, cela n'a plus guère d'importance, il me semble, répondit-il, faisant rougir Madeline et pouffer Justine.

Lady Matthews fronça les sourcils.

— Tant que vous êtes sous mon toit, monsieur, je vous prierai de vous plier à mon code des convenances – même si vous le trouvez trop contraignant. Vous ne pourrez parler à Madeline, qu'en présence de Justine.

Elle sortit dignement de la pièce, non sans avoir lancé un coup d'œil significatif à sa fille aînée.

Celle-ci, avec un petit sourire complice, se retira vers la fenêtre et s'absorba dans la contemplation du jardin.

— Je suis désolée… commença Madeline pour s'excuser de la froideur de sa mère.

Logan posa un doigt sur ses lèvres, et elle se tut, hypnotisée par sa présence, par son odeur si délicieusement familière.

— Comment allez-vous ? demanda-t-il en la regardant des pieds à la tête.

Madeline rosit légèrement.

— Très bien, je vous remercie.

— Toujours des nausées le matin ?

— Oui.

— Cela devrait durer encore un mois ou deux, mais il faut que vous grignotiez dès que cela vous prend.

— Comment êtes-vous si bien renseigné ? osa-t-elle murmurer.

— Ma collaboratrice favorite a souvent été absente à cause de cette même maladie, répondit-il, amusé par l'audace de Madeline.

— Mais vous n'avez jamais...

— Non, répondit doucement Logan. Vous êtes la première.

Il sortit un petit objet de sa poche.

— Donnez-moi votre main.

Il lui passa un lourd anneau à la main gauche. Un diamant jaune d'au moins cinq carats entouré de petits diamants blancs. Madeline ouvrit de grands yeux devant une telle extravagance.

— Il est gros comme un œuf ! s'exclama Justine qui en discernait l'éclat depuis l'autre bout de la pièce.

— Merci, dit Madeline avec retenue. Je n'ai jamais rien vu de plus beau.

Logan haussa les épaules.

— Si vous en préférez une autre, nous la changerons.

— Oh, non ! Elle est parfaite.

Elle ne parvenait pas à trouver les mots qu'il fallait pour le remercier.

Justine, curieuse, vint à eux.

— Fais voir, Madeline ! Dieu, quelle magnifique pierre ! Je peux l'essayer ?

Sans attendre la réponse, elle ôta la bague du doigt de sa sœur et la mira dans la lumière.

— Cette pureté, cette couleur !... À mon avis, un tel cadeau mérite mieux qu'un simple « merci », ajouta-t-elle avec un sourire malicieux. Ne devrais-tu pas récompenser M. Scott d'un baiser, Madeline ? Après tout, maman n'est pas là... Et ce n'est pas moi qui le lui raconterai.

Madeline, catastrophée, regarda Logan dont l'expression était indéchiffrable.

— Monsieur Scott est très pudique, commença-t-elle.

Il eut un sourire coquin.

— Pas à ce point-là, chérie.

Il posa les mains sur ses joues et prit lentement ses lèvres. Elle frissonna sous sa douceur, la façon dont il la goûtait comme une friandise de qualité. Simple comédie au bénéfice de Justine, se rappela-t-elle. Néanmoins une bouffée de plaisir l'envahissait. Ses genoux se dérobaient, et elle se laissa aller contre lui.

Il termina le baiser par une tendre caresse et se redressa.

— Eh bien ! commenta Justine. Vous semblez fort épris de ma petite sœur, monsieur Scott. On ne peut s'empêcher de s'interroger sur ce qu'un homme comme vous peut lui trouver.

Il y avait dans cette remarque une bonne dose de jalousie qui fit sourire Logan.

— Madeline possède les qualités que j'ai toujours cherchées chez une femme, répondit-il.

C'est une forte tête, reprit Justine. J'espère que vous aurez moins de mal que mes parents à la dresser.

— Justine ! protesta Madeline. Cesse de parler de moi comme ça.

Cette fois, Logan rit franchement avant d'attirer Madeline sur un sofa.

— Vous vous disputerez plus tard, murmura-t-il. Je ne dispose pas de beaucoup de temps, et nous avons quelques détails à mettre au point.

— Vous ne restez pas dîner ?

Il secoua la tête.

— Je n'ai aucune envie d'affronter une conversation mondaine à la table des Matthews.

— Certes, intervint Justine, amusée. Notre mère ne vous épargne guère son animosité. Mais c'est dommage, car je suis sûre que vous êtes un convive fort distrayant, monsieur Scott.

— C'est à votre sœur de le dire, répliqua Logan en regardant Madeline avec insistance.

Elle se rappela leur dernier dîner et la nuit d'amour qui avait suivi. Logan prenait visiblement plaisir à son embarras…

La conversation continua, mais Madeline ne pensait qu'à son mariage. Dans une semaine, elle serait l'épouse de Logan et, s'il le souhaitait, ils partageraient de nouveau le même lit. Il avait déclaré que ce serait moins agréable que la première fois. Cela voulait-il dire qu'il ne se soucierait pas du plaisir de Madeline ? Ou qu'il lui ferait mal ? Non, Logan n'était pas un homme cruel.

Lady Matthews ne tarda pas à revenir, opposant de rares objections aux projets de Logan ; mais elle fut formelle en ce qui concernait la tenue de Madeline. Il n'était pas question que sa fille se mariât en blanc !

— Ce serait le comble de l'hypocrisie ! s'indigna-t-elle. Madeline s'est privée de ce privilège.

Logan la fixait sans ciller.

— Elle était pure quand je l'ai connue, il est donc normal qu'elle porte du blanc à notre mariage.

— Pas pour prononcer des vœux devant Dieu. Ce serait blasphématoire, et la colère divine s'abattrait sur nous.

Logan eut un sourire de dérision.

— Je ne suis pas confit en dévotion, mais je suppose que le Seigneur a des sujets de préoccupation plus importants que la couleur de la robe de Maddy !

Lady Matthews eut un mouvement réprobateur.

— Je vous prie de ne pas lui donner ce diminutif, tout juste bon pour une serveuse…

— Mère… dit Justine en posant une main apaisante sur son épaule.

Lady Matthews se tut, mais son regard fulminait.

Madeline rassembla son courage. Elle effleura le bras de Logan.

— Je vous en prie, dit-elle doucement, Mère a raison, je ne dois pas porter de blanc.

Logan avait envie de protester, mais il se tut.

— Merci, murmura Madeline, soulagée.

— Vous pouvez même vous marier toute nue, marmonna Logan. Tout ce que je souhaite, c'est qu'on en finisse avec cette satanée cérémonie et que je puisse me remettre au travail.

Lady Matthews se raidit et lança un regard noir à Logan tandis que Justine s'efforçait à nouveau de la calmer.

Madeline comprenait l'impatience de Logan. Le théâtre était toute sa vie, et rien ni personne ne pouvait le supplanter dans son cœur.

Les derniers détails réglés, il prit congé, et Madeline se sentit soudain très seule. Elle retourna à sa chambre pour s'occuper de ses bagages, suivie de sa sœur.

— Quel homme extraordinaire ! s'écria Justine. Quelle présence ! Et ces yeux... mais c'est sa voix surtout que je trouve fascinante. Elle doit séduire toutes les femmes.

Madeline ressentit une secrète fierté. Justine l'avait toujours traitée avec une affection condescendante, et, pour la première fois, elle sentait une sorte d'envie dans son intonation.

— Quelle drôle de fille tu es devenue ! poursuivait Justine. Althea et moi nous n'en avons pas cru nos oreilles, quand on nous a appris que tu t'étais enfuie du pensionnat et que tu avais eu une aventure avec Logan Scott. C'est merveilleux ! Un peu dommage, simplement, que tu n'épouses pas un homme de ta condition.

— Je ne le considère pas comme inférieur à moi, rétorqua Madeline, pincée.

— Tu as raison. Oublie ses origines ! Il a l'air très viril, poursuivit Justine, les yeux brillants. Il doit être terriblement dominateur, dans l'intimité ? Raconte-moi, un peu...

— Je ne peux pas, s'indigna Madeline. C'est trop personnel.

— Mais je suis ta sœur, tu peux tout me dire. Parle-moi de M. Scott, et je te raconterai tout ce que tu as envie de savoir sur Lord Bagworth !

Madeline eut devant les yeux la silhouette courtaude et le visage rond de son beau-frère ; elle ne put s'empêcher de sourire.

— Excuse-moi, Justine, mais je n'ai rien envie de savoir !

— Bon. Lord Bagworth n'est peut-être pas aussi follement séduisant que M. Scott, mais il possède des relations dans la société bien plus haut placées que celles de ton futur époux.

— J'en suis persuadée, répliqua Madeline.

Elle ne s'attendait pas à une telle réaction de la part de sa sœur. Elle se moquait éperdument que Logan n'eût pas une goutte de sang bleu dans les veines. Il était follement séduisant, c'était l'homme le plus merveilleux qu'elle eût rencontré et elle n'aurait pu souhaiter mieux comme époux.

Ils se marièrent une semaine plus tard dans le grand salon de Logan aux somptueux tableaux et au parquet rutilant. Madeline s'aperçut à peine de la présence de sa famille : ses parents, Justine et Lord Bagworth.

Logan, de son côté, n'avait invité que le duc et la duchesse de Leeds, ainsi que, curieusement, Mme Nell. Bien qu'ils se comportassent l'un envers l'autre avec une courtoisie prudente, Madeline sentait qu'ils partageaient un secret. Peut-être découvrirait-elle un jour de quoi il s'agissait !

Logan répondit au pasteur par monosyllabes, l'expression volontairement neutre, celle d'un acteur qui dissimule bien ses sentiments. Madeline était toutefois certaine qu'il détestait l'idée d'épouser une femme qu'il n'aimait pas. Elle aurait voulu assumer l'entière responsabilité du bébé... Mais au fond de son cœur elle se doutait que Logan ne pourrait jamais ignorer cet enfant, s'il en apprenait l'existence. Des larmes de honte lui brûlaient les paupières.

Tandis que le prêtre leur faisait prononcer les paroles d'usage, Logan regardait Madeline. Il vit les larmes qui brillaient dans ses yeux, et il serra les dents. Enfin ils furent déclarés mari et femme. Logan posa un froid baiser sur les lèvres de Madeline.

Ensuite, les invités s'installèrent dans la luxueuse salle à manger circulaire au plafond décoré d'une scène de *La tempête* et, assise face à lui au bout de la longue table, Madeline le voyait à peine, à travers les cristaux et les chandeliers. Tout le monde était stupéfait par le luxe et la beauté des lieux. L'atmosphère commença à se réchauffer quand on servit d'excellents vins et une cuisine française raffinée.

Lord Bagworth s'extasia sur le choix des bouteilles.

— Je dois dire, Scott, que pour quelqu'un qui ne reçoit jamais, vous êtes vraiment un hôte parfait.

Avant que Logan pût répondre, Lady Matthews commenta, acerbe :

— Espérons que M. Scott aura autant de talent comme époux !

Cette remarque aurait pu être une amicale plaisanterie, mais elle reflétait encore l'hostilité de Lady Matthews.

Madeline redouta la réplique de Logan, qui déclara calmement :

— Je pense que vous n'aurez pas à vous plaindre sur ce plan, Lady Matthews. Et ma femme non plus.

— Certainement, renchérit Madeline avec conviction.

Comme elle n'avait pas dit un mot depuis le début du repas, tout le monde se tourna vers elle.

— Ma mère voulait sûrement vous taquiner, Logan, insista-t-elle.

— J'ai fort bien compris ce que Lady Matthews voulait dire, assura Logan, une étincelle amusée dans les yeux.

Après un repas raffiné, les hommes s'offrirent du porto et des cigares, tandis que les femmes se retiraient afin de prendre une tasse de thé.

La duchesse de Leeds saisit l'occasion pour s'entretenir en privé avec Madeline, un peu à l'écart des autres invités. C'était la première fois qu'elles se voyaient depuis que Madeline avait quitté le théâtre.

— Félicitations, Maddy, dit-elle. J'espère que vous serez heureuse.

Madeline eut un sourire contraint.

— Vu la façon dont tout a commencé, je ne pense pas que ce sera possible.

— Allons ! Ce n'est pas le premier mariage qui débute mal. Je suis certaine qu'une épouse et un enfant apporteront à Logan un bien-être qu'il n'imagine même pas.

— Il ne me pardonnera jamais ce que j'ai fait, objecta Madeline. Et je ne saurais l'en blâmer.

— C'est absurde ! Vous vous rendez bien compte que Logan vous aime toujours, Maddy. Il a seulement perdu confiance. Il vous faudra être patiente, et ce ne sera pas facile. Il est extrêmement rancunier.

Puis elle poursuivit :

— Je ne sais s'il vous en a parlé, mais il m'a demandé de vous aider à organiser un bal, dans un mois.

— Un bal ? mais pourquoi ?

— Pour vous présenter au tout-Londres, naturellement.

Madeline pâlit.

— Mais on verra que…

— Peu importe ! la rassura Julia. Croyez-moi, j'ai été moi aussi au centre des ragots pendant plusieurs années, et ce sera votre tour, maintenant que vous êtes mariée à un homme célèbre… On s'y fait, vous verrez !

Mme Nell vint les rejoindre, royale dans sa robe bleu sombre, parée de lourdes rangées de perles au cou et aux poignets. Elles échangèrent quelques remarques d'ordre général sur la cérémonie et le luxe de la demeure de Logan.

— Les comédiens sont réputés pour ne rien connaître aux finances, dit Mme Nell en considérant le splendide environnement avec une étrange fierté. On dirait que votre époux fait exception à la règle, Maddy. Vous avez vraiment de la chance !

— Oui, et pour beaucoup d'autres raisons, répondit la jeune femme avec un sourire forcé qui n'abusa pas ses compagnes.

— C'est vrai, insista doucement Mme Nell. Et tout s'améliorera avec le temps, mon enfant, je vous le promets.

Madeline se détendit un peu. La vieille dame et la duchesse avaient l'art de la réconforter, ce que ni sa sœur ni sa mère n'avaient jamais fait. Impulsivement, elle prit la main de Mme Nell.

— Merci d'être venue à la cérémonie, madame. Votre présence m'a été d'une grande aide.

— Je n'aurais pas manqué votre mariage avec Logan Scott pour tout l'or du monde ! Vous m'avez ouvert bien des portes, mon petit, sans en être consciente.

Elle fut ravie de l'air surpris de la jeune femme.

— Quelles portes ? demanda Julia. Éclaircissez ces mystères, je vous en conjure.

— Un jour, peut-être.

Mme Nell refusa d'en dire davantage et sirota sa tasse de thé en regardant autour d'elle avec une évidente satisfaction.

Bientôt il n'y eut plus dans la maison que les domestiques qui faisaient disparaître les traces de la fête... et Logan, qui ne semblait guère s'occuper de la présence de Madeline chez lui. Nonchalamment assis, les jambes croisées, il terminait un gros cigare. Madeline était assise à côté de lui, dans sa robe de mariée rose pâle brodée au col et à la taille de roses d'un ton plus soutenu.

Si elle s'était sentie moins nerveuse, elle aurait apprécié cet instant de détente et d'intimité. La demeure était merveilleusement calme, il n'était plus nécessaire de proférer des banalités à droite et à gauche... Il restait toutefois une épreuve à traverser, qui allait dépendre entièrement de Logan...

Son regard passa sur elle avec un intérêt détaché, comme il l'aurait fait pour un tableau ou un bronze nouvellement acquis. Julia se trompait sûrement quand elle affirmait que Logan l'aimait encore. Aucun homme ne contemplait la femme de sa vie comme on regarde un simple bibelot ! Madeline cherchait désespérément un sujet de conversation, le silence se faisait pesant.

— Je vous ai fait préparer une chambre, dit enfin Logan en secouant la cendre de son cigare. Demandez à une cameriste de vous y conduire.

— Nous n'allons pas partager...

— Non. Nous ferons chambre à part. Comme vous le savez, j'ai l'habitude d'aller et venir à des heures indues. Ainsi, je ne troublerai pas votre sommeil.

Et moi, je ne perturberai pas votre intimité, songea Madeline.

— C'est délicat de votre part, murmura-t-elle en se levant.

Logan l'imita, galant.

— Bien sûr, je me réserve le droit de vous rendre visite de temps en temps, ajouta-t-il.

— Cette nuit ? risqua Madeline d'une voix tremblante.

Les yeux bleus étaient vides de toute expression.

— Venez me rejoindre chez moi quand vous serez prête à vous coucher.

Madeline avala sa salive avec difficulté.

— Très bien.

Logan se rassit dès qu'elle eut atteint le seuil de la porte, et Madeline sentit son regard ardent sur elle, encore longtemps après avoir quitté la pièce.

La nouvelle chambre à coucher préparée dans les appartements privés de Logan avait été agrandie en abattant une cloison. Les murs étaient tapissés de brocart blanc et or, décorés de tableaux aux cadres dorés représentant tous des scènes de la vie quotidienne, des femmes et des enfants en train de jouer.

Enchantée par ce décor féminin, Madeline fit le tour de la pièce, remarqua la pendule dorée sur la cheminée, la courtepointe de dentelle écrue, la boîte à coudre incrustée de perles...

Sans qu'elle eût besoin de sonner, une femme de chambre vint l'aider à se déshabiller. Madeline s'assit à la coiffeuse, vêtue de sa chemise de nuit à col fermé, tandis que la caméristе brossait ses cheveux.

Tandis que la jeune fille lui parlait, Madeline leva les yeux avec un sourire d'excuse.

— Pardon ? Désolée, j'étais distraite.

— Je demandais si vous aviez besoin d'autre chose, madame Scott.

— Madame Scott, répéta Madeline, vous êtes la première à m'appeler ainsi.

La domestique fit une profonde révérence avant de quitter la pièce.

Madeline vit son teint terreux dans la glace et se tapota machinalement les joues. Elle n'avait aucune raison d'avoir peur de Logan. Il ne lui ferait aucun mal, ne serait-ce que parce qu'elle portait son enfant. Cependant il pouvait lui rendre la vie difficile. Il était son mari, à présent, et elle était entièrement à sa merci.

Elle enfila un peignoir, redressa la tête et sortit résolument de chez elle.

La chambre de Logan se trouvait à trois portes de là, éclairée seulement par un feu de bois. Il était allongé, nu sous le drap, les bras croisés derrière la tête. La forme de son corps était nettement visible. Madeline s'approcha et s'arrêta net en entendant sa voix grave.

— Ôtez votre peignoir.

Elle le fixa, déconcertée.

— Allez ! insista-t-il, les yeux brillants comme ceux d'un fauve guettant sa proie.

Madeline avait du mal à défaire la rangée de minuscules boutons, et Logan attendit avec une patience qui lui était inhabituelle. Enfin, elle laissa tomber le vêtement au sol. Un frémissement parcourut tout son corps quand elle devina à son regard que le contre-jour révélait sa silhouette sous la chemise.

— Enlevez tout, dit Logan, impitoyable.

Elle chercha la fermeture. Elle avait l'impression d'être un objet et, si Logan essayait de l'humilier, il y réussissait au-delà de toute espérance. Elle finit par saisir le bas de la chemise pour la passer par-dessus sa tête. Puis s'interrompit. Elle ne pouvait pas.

— Maintenant, ordonna son mari.

Elle s'exécuta enfin d'un geste brusque puis jeta la chemise par terre. L'air frais lui donna la chair de poule, fit se dresser les bouts de ses seins. La gorge sèche, elle se tint près de Logan, les bras le long du corps.

— Je... j'ai froid, murmura-t-elle enfin, incapable de soutenir plus longtemps son regard insistant.

— Je le vois.

Il rabattit le drap et lui fit signe de venir près de lui.

Elle se couvrit les seins de ses mains, et cette pudeur sembla amuser Logan.

— Inutile, ma douce. Avant la fin de la nuit, vous n'aurez plus de secrets pour moi.

Elle se glissa entre les draps fins. Elle était tendue de la tête aux pieds quand la main chaude de Logan glissa sur sa hanche. Contrairement à ce qu'elle avait redouté, il resta doux, presque impersonnel, quand il l'attira à lui et qu'il suivit du bout des doigts les courbes de son corps.

Oui, comme détaché. L'amant passionné était devenu un étranger qui lui faisait l'amour de façon mécanique, sans aucune émotion. Si seulement elle avait pu réagir de la même manière ! Mais un gémissement de plaisir lui échappa quand il prit un de ses seins dans sa bouche, tandis que sa main cherchait ses cuisses, pénétrait dans sa douceur.

Elle s'arquait contre lui, s'offrait tout entière, et le plaisir montait. Les mots tremblaient au bord de ses lèvres. *Je vous aime, je vous aime...* Hélas, il ne voulait pas de son amour !

Au moment où elle allait sombrer dans l'extase, Logan recula. Douloureusement frustrée, Madeline se tendit vers lui, mais il la repoussa. Il la dominait, et elle craignit fugitivement qu'il me la laissât là, pantelante de désir, honteuse.

— Je vous en prie, supplia-t-elle d'une voix méconnaissable.

— Chut !

Il posa sur sa bouche un doigt chargé encore de son propre parfum.

Madeline demeura immobile tandis que Logan posait les lèvres juste sous ses seins. Elle glissa la main dans son épaisse chevelure, mais il la repoussa et continua l'exploration de son ventre, de ses hanches, le creux entre ses jambes.

— Non ! protesta-t-elle en tentant de se dérober. Non...

Logan la saisit aux poignets pour l'immobiliser.

— Ne prononcez plus jamais ce mot, dit-il d'un ton sans réplique. Ni au lit, ni ailleurs.

Il se vengeait du mal qu'elle lui avait fait en lui imposant sa volonté, elle le comprenait, pourtant elle était choquée.

— Non, insista-t-elle. Pas ça, je ne veux pas.

Dans un petit rire, il pencha une nouvelle fois la tête vers elle. Les larmes aux yeux, Madeline le sentit la caresser de la bouche là où elle n'aurait jamais imaginé cela possible. Elle voulait se débattre, mais son corps la trahissait et elle s'ouvrait, au contraire, pour l'accueillir. Mortifiée, elle s'entendit gémir, crier son plaisir à la douce invasion. Elle n'était plus elle-même mais une créature de luxure qui se cambrait, frénétique, jusqu'à ce que les ondes de l'extase l'aient submergée et laissée pantelante.

Avant qu'elle eût tout à fait repris ses esprits, Logan entrait en elle. Elle tenta de le repousser, mais il força l'entrée et la sentit enfin s'abandonner, puis bien, vite adopter son rythme tandis que ses sens s'enflammaient encore.

Elle enfouit son visage dans le creux de l'épaule de Logan. Cet acte la faisait sienne, d'une façon différente de la première fois. Logan était un partenaire, alors, un professeur, un ami. Cette fois, il était le maître absolu.

Le plaisir la secoua de nouveau, et Logan fut traversé d'un immense frisson avant de s'abattre sur elle. Ils retombèrent dans une bienheureuse léthargie, les membres enlacés. Madeline fut heureuse de le sentir trembler légèrement, de constater que sa respiration était saccadée, son pouls accéléré. Quoi qu'il en dise, elle ne lui était pas indifférente. Parfaitement détendu, il pesait lourd sur elle, mais elle supporta son poids avec joie jusqu'à ce qu'il roulât sur le côté dans un soupir.

Elle avait envie qu'il la touche, qu'il l'embrasse, qu'il la prenne contre lui, mais il restait aussi loin d'elle que possible.

La pièce était glaciale et Madeline remonta le drap pour mieux se couvrir.

— Voulez-vous que je m'en aille ? demanda-t-elle.

Il mit longtemps à répondre.

— Non. Je pourrais avoir de nouveau besoin de vous au cours de la nuit.

Elle serra les dents sous l'outrage mais ne s'insurgea pas. « Il vous faudra être patiente », avait dit Julia… Eh bien, elle allait essayer de se faire pardonner le passé. Elle devait bien ça à Logan.

Tournée sur le flanc, elle observa son profil dans la pénombre. Il avait les yeux fermés, mais elle savait qu'il n'arrivait pas à trouver le sommeil…

Depuis dix ans que Logan avait monté le Capitol, reconstruisant avec amour les vieux bâtiments, engageant des comédiens, des musiciens, des décorateurs et des costumières, il n'avait jamais été en retard à une seule répétition… Hormis ce matin-là !

D'habitude, il sautait du lit dès l'aube, mais ce jour-là il s'était réveillé tard et, en voyant Madeline près de lui, il n'avait pu résister à l'envie de lui faire l'amour. Ensuite seulement, il s'était rendu compte de l'heure.

Pestant comme un diable, il s'était habillé à la hâte et avait couru à sa voiture, mais il avait quand même trois bons quarts d'heure de retard quand il pénétra dans le foyer des artistes. Comédiens et machinistes devaient s'impatienter, eux qu'il mettait toujours à l'amende quand ils étaient dans la même situation.

Il ne trouva que Jeff au foyer.

— Monsieur Scott ! Nous nous demandions si vous viendriez aujourd'hui.

— Où sont les autres ? coupa Logan, l'air sombre.

— Sur scène, monsieur. La duchesse a pris la liberté de commencer la répétition, en voyant que vous n'étiez pas là.

Logan se dirigea vers la porte menant aux coulisses. En approchant de la scène, il entendit des murmures, des rires étouffés...

Il carra les épaules et émergea des coulisses... se retrouvant face à toute l'équipe en demi-cercle. Tous avaient un verre à la main. Des bouchons sautèrent, tandis que ses collaborateurs arboraient des sourires béats.

— Félicitations ! cria quelqu'un.

— Vous êtes en retard ! dit un autre joyeusement.

Cette fois, ce fut une véritable cacophonie de rires, d'applaudissements, de coupes de champagne entrechoquées.

Logan ne put retenir un sourire.

— Est-ce que nous fêtons mon mariage ou mon retard ?

Julia s'approcha, gaie et malicieuse.

— Disons que les deux ont mis bien longtemps à se produire. Attention, monsieur Scott, nous allons finir par penser que vous êtes un être humain, finalement.

— Nous sommes tous d'accord sur ce point, répliqua Logan. Et croyez bien que je vais me mettre à l'amende pour ce retard.

— Oh, c'est déjà fait ! intervint Arlyss Barry avec bonne humeur. Nous avons pris l'argent dans la caisse de votre bureau pour acheter le champagne.

Il y eut un éclat de rire général.

Logan leva son verre.

— À Mme Scott ! dit-il.

Toutes les coupes se levèrent.

— Bravo !

— Dieu bénisse Mme Scott !

— Dieu ait pitié d'elle, ajouta quelqu'un, provoquant de nouvelles explosions de joie.

12

Que ce soit le champagne, l'euphorie suscitée par le mariage, ou simplement la bonne humeur de Logan, l'atmosphère était au beau fixe. Jamais répétition ne s'était mieux déroulée. Les comédiens se donnaient à fond, les techniciens redoublaient de précision et d'énergie, quant à Logan… il semblait avoir retrouvé toute son inspiration.

Savoir que Madeline l'attendait chez lui, qu'il était libre de la toucher, de la regarder, de lui faire l'amour à volonté le remplissait d'une joie qu'il avait du mal à dissimuler. Non qu'il fût prêt à avouer le moindre amour pour elle, mais il sentait que la présence de la jeune femme lui était indispensable. Les dernières vingt-quatre heures le lui avaient prouvé. Il avait retrouvé le goût de vivre, la capacité à reprendre les rênes du théâtre, avec le même brio qu'auparavant.

— Excellent ! avait dit Julia à plusieurs reprises au cours de la répétition.

Pourtant, elle était plutôt avare de compliments, prétendant qu'il n'était pas besoin de flatter l'ego de Logan qui avait déjà une assez haute opinion de lui-même !

Ils répétaient une nouvelle pièce, *La rose*, l'histoire d'un vieil homme qui évoque son passé tumultueux.

— J'ai eu les larmes aux yeux durant le monologue où il se rappelle les émois de sa jeunesse, dit-elle à Logan.

— Le texte est superbe, répondit-il alors qu'ils se dirigeaient vers leurs bureaux respectifs.

— Et vous l'avez servi brillamment ! renchérit Julia. Vous paraissez avoir retrouvé tout ce qui vous avait momentanément échappé, ajouta-t-elle avec un petit sourire. Grâce à Madeline, n'est-ce pas ?

Logan, agacé par sa perspicacité, répondit d'un grognement inarticulé.

Julia ne cachait plus son amusement.

— Vous en voulez à Maddy d'avoir prouvé que vous n'êtes pas invulnérable, devina-t-elle.

— Je n'ai jamais prétendu l'être, protesta Logan. Et si j'en veux à mon épouse, c'est pour bien d'autres raisons.

— Vraiment ?

Julia pénétra dans son bureau.

— Je vais bien me distraire à observer les transformations qui s'opéreront en vous au cours des prochains mois, ajouta-t-elle, rieuse. Je suis curieuse de savoir quel aspect de votre personnalité gagnera la bataille. Celui qui désire le bonheur, ou celui qui vous pousse à fuir quiconque ose vous aimer.

— Vous perdez votre temps à jouer la comédie, Votre Grâce, lança Logan par-dessus son épaule. Avec cette imagination débordante, vous auriez dû être romancière !

Le rire léger de la duchesse le suivit au long du couloir. Comme il entrait dans son bureau, il vit une silhouette familière installée dans son fauteuil. Andrew s'offrait un verre à sa santé.

— Jimmy ! s'écria-t-il avec un grand sourire. Tu fais un drôle de jeune marié, avec cet air maussade !

— Que me veux-tu ? demanda Logan en lui serrant la main.

Andrew lui montra une caisse qui contenait une douzaine de bouteilles de cognac, entourée d'un gros ruban.

— T'offrir un cadeau de noces, Jimmy. J'avoue avoir été quelque peu vexé de ne pas avoir été invité à la cérémonie, mais j'ai décidé de te pardonner en vertu de notre vieille amitié.

Logan prit une bouteille et lut avec plaisir sur l'étiquette qu'il s'agissait d'un alcool français de trente-cinq ans d'âge.

— Merci, Andrew.

— J'ai pris la liberté d'y goûter en t'attendant. Il est divin ! Tu veux un verre ?

— Je vais aller en chercher un au foyer.

— Inutile, j'en ai apporté. On ne peut déguster un tel nectar que dans certains verres !

— J'aurais dû t'inviter au mariage, marmonna Logan en se perchant sur le bord du bureau, mais tout s'est passé si vite !

— C'est ce qu'on m'a dit, rétorqua Andrew avec un clin d'œil. Il paraît que vous avez fêté Pâques avant les Rameaux ? Quelle horreur ! J'ai du mal à le croire. Les Scott vont avoir l'honneur d'accueillir un petit Logan parmi eux ?

Logan prit le verre que lui avait rempli Andrew et, avec une petite grimace, attendit d'autres railleries mais rien ne vint.

— Parfait ! déclara Andrew. Elle est charmante ; et fort agréable à regarder… D'autre part, tu pouvais difficilement viser plus haut que la fille d'un vicomte.

— Tu ne considères pas que je me suis fait piéger ? J'étais pourtant certain que tu trouverais ça comique.

Il dégustait l'alcool, le laissait rouler sur sa langue.

Andrew sourit.

— Tu n'as pas été piégé, Jimmy. Je te connais assez pour savoir que tu ne te serais jamais marié contre ton gré.

Il avait raison. Logan avait épousé Madeline parce qu'il la désirait, parce qu'il avait besoin d'elle, et la grossesse n'avait été qu'une excuse bienvenue. Il était étrange qu'Andrew l'eût compris si facilement.

— Nous n'avons aucun secret l'un pour l'autre, n'est-ce pas ? dit Logan, songeur, en se rendant compte que cet homme était réellement son frère.

Il savait à présent pourquoi ils étaient amis depuis si longtemps ; ils avaient tous les deux inconsciemment ressenti l'appel du sang.

— Aucun ! s'écria Andrew, joyeux.

Logan avait tellement envie de lui dire : *Je suis ton frère, Andrew*... Il dut se mordre la langue pour s'empêcher de parler.

Comment le jeune homme réagirait-il à cette nouvelle ? Logan n'était pas certain qu'il s'en réjouirait. Il se montrerait soupçonneux, amer... Il s'éloignerait encore davantage de son père, et de Logan peut-être, afin d'échapper à toute influence moralisatrice. Or il ne fallait surtout pas qu'il se noyât dans la boisson, au risque de ruiner son existence...

— Pourquoi me regardes-tu ainsi ? demanda Andrew en haussant les sourcils. On dirait mon père... Un entomologiste en train de disséquer un insecte.

— Excuse-moi. Je te trouvais seulement l'air un peu tracassé, Andrew. Tu as passé du temps aux tables de jeu, récemment ?

— Beaucoup trop, avoua Andrew avec un petit rire forcé. Mais nous en parlerons un autre jour. J'étais juste venu te présenter mes félicitations.

— Si tu as des ennuis...

— J'en ai toujours.

Andrew posa ses bottes sur le bureau, sans se soucier des livres et des papiers qu'il salissait.

— Mais, au moins, je ne m'ennuie pas, ajouta-t-il. Dis-moi, Jimmy, comment se sent-on, dans la peau d'un homme marié ?

— Je ne le suis que depuis une journée, rétorqua Logan. C'est trop peu pour tirer la moindre conclusion !

Andrew fit la grimace.

— Je ne peux pas dire que j'aie envie de me trouver devant la même femme tous les soirs, mais heureusement, un homme a le droit de s'évader de temps en temps, de chercher des distractions ailleurs...

— Sans doute, murmura Logan en fixant sans le voir le liquide doré dans son verre.

Madeline ne serait pas en mesure de protester s'il prenait une maîtresse, pourtant il n'avait aucun désir de l'insulter de cette manière... Et, bien qu'il s'en défendît, aucune autre femme ne lui plaisait autant qu'elle.

Andrew, qui avait deviné à quoi il pensait, eut un petit rire incrédule.

— Bon Dieu... Ne me dis pas que tu es amoureux !

— Non ! protesta vivement Logan, le regard dur.

— Ouf ! L'amour est une véritable plaie, Jimmy. Rappelle-toi ce qui s'est passé la dernière fois que tu as succombé.

— Comment pourrais-je l'oublier ?

Il y avait une telle rancune dans sa voix qu'Andrew, gêné, termina son verre rapidement.

— Je dois filer, Jimmy, dit-il. Bonne chance, mes vœux de bonheur, et tout le reste. Au fait, j'ai entendu dire que tu donnais un bal en son honneur. Si c'est vrai, j'espère bien y être convié... déclara-t-il avant de tourner les talons.

— Je ne comprends pas pourquoi Logan organise une telle réception... et juste pour moi.

Madeline, navrée, contemplait le modèle d'invitation qu'elle avait entre les mains, en essayant d'imaginer six cents personnes dans l'élégant manoir.

— Ce n'est pas uniquement pour vous, ma chérie, répliqua Julia avec humour, sans cesser d'étudier la liste des invités. C'est aussi pour satisfaire son orgueil. Plutôt que d'assumer discrètement les circonstances de votre mariage, il préfère montrer qu'il ne pourrait être plus heureux de la situation. Le spectacle qu'il va donner désamorcera bien des réactions…

Les sourcils froncés, Julia raya quelques noms et en ajouta d'autres, afin d'établir un mélange harmonieux.

— Mais pourquoi ici ? demanda Madeline. Logan va détester voir des centaines de personnes déambuler chez lui, au milieu de ses œuvres d'art, avoir accès à toutes les pièces…

— Certes ! Mais il sait qu'une réception dans sa mystérieuse demeure sera l'affaire de l'année. Tous les personnages de quelque importance rêvent déjà d'obtenir une invitation, et ceux qui pensent ne pas faire partie des heureux élus envisagent de quitter Londres le soir du bal.

— Il va perdre sa sacro-sainte intimité, dit Madeline, incapable de partager l'enthousiasme de Julia.

— Je suis sûre que Logan savait, quand il vous a épousée, qu'il perdrait un peu de sa tranquillité. Il ne pouvait espérer qu'une jeune femme comme vous apprécie sa vie de reclus. Vous aurez envie de danser, d'aller à l'opéra, de voyager, de rencontrer des gens…

Julia s'interrompit pour consulter sa liste.

— Hum ! Il faudrait rajouter quelques noms étrangers…

Madeline, dans un soupir, laissa la duchesse régler le problème. Elle commençait à comprendre ce que Logan attendait d'elle. Non seulement qu'elle se tienne la tête haute sous le regard des autres, mais aussi qu'elle évolue parmi eux avec calme et assurance. Si elle échouait, cela aurait une fort mauvaise répercussion sur eux deux. Pourquoi la soumettait-il à une si dure épreuve, et si vite après leur mariage ?

— Je ne suis pas certaine d'y arriver, dit-elle à haute voix, les doigts crispés sur sa jupe.

Elle lut une profonde sympathie dans les yeux bleu-vert de la duchesse.

— Allons, Maddy… Il faut essayer.

La jeune femme hocha la tête. Elle ferait ce que Logan voulait, parce qu'elle l'aimait. Il ne regretterait jamais de l'avoir épousée, et il lui faudrait bien un jour reconnaître qu'il avait choisi la bonne compagne de sa vie.

— Je ferai plus qu'essayer, déclara-t-elle, pleine d'une détermination nouvelle. Je réussirai.

— Bravo ! applaudit Julia avec un petit rire admiratif. Vous avez du ressort.

Tandis que les deux jeunes femmes continuaient à s'occuper du bal, on apporta du thé et de délicats canapés, mais Madeline, toujours au bord de la nausée, ne pouvait rien avaler. Logan l'avait menacée d'appeler le médecin si elle continuait à ne pas se nourrir.

— Ne vous inquiétez pas, la rassura Julia. Vous allez vite retrouver votre appétit, et vous reprendrez le poids que vous avez perdu… et bien plus, d'ailleurs !

Madeline posa la main sur son ventre plat.

— J'ai hâte que cela arrive ! dit-elle. Pour l'instant, je n'ai même pas l'impression d'être enceinte.

— Attendez que le bébé se mette à vous donner des coups de pied ! Là vous n'aurez plus de doute.

Il était tard, et Julia prit congé en promettant de revenir le lendemain afin d'emmener Madeline chez quelques jeunes femmes à qui elle voulait la présenter.

— Je n'ai pas des amis que dans le monde du théâtre, expliqua-t-elle avec un petit sourire malicieux. En épousant le duc, je me suis engagée à rencontrer de temps en temps des personnes respectables !

Julia était incroyablement gentille, se dit Madeline après son départ, et témoignait ainsi sa profonde affection pour Logan.

Elle se lova sur un sofa et s'occupa à lire puis à broder.

Logan arriva tout chargé de la fraîcheur de l'hiver, les cheveux en désordre, les joues rougies par le froid.

— Maddy ! fit-il en s'approchant d'elle.

Elle leva la tête et eut l'impression de se noyer dans le bleu de ses yeux.

— Avez-vous dîné ?

— Je vous attendais, répondit-elle.

Il lui offrit sa main pour l'aider à se lever.

— Comment s'est passé l'après-midi avec Julia ?

— Nous avançons. Ce n'est pas une mince affaire que de préparer une réception de cette importance !

Logan haussa les épaules.

— Il suffit d'engager du personnel compétent, fit-il.

Comme ils se dirigeaient vers la salle à manger, Madeline eut envie de poser la main sur son bras, mais elle s'en abstint. Jusqu'à présent, Logan ne l'avait aucunement encouragée dans ce sens, et elle craignait de se voir rabrouée si elle se montrait trop familière.

Depuis le jour de leur mariage, ils entretenaient des relations polies et un peu guindées. Les sujets qu'ils abordaient étaient neutres, les mots soigneusement choisis. Pas de regards tendres, pas de gestes intimes. C'était seulement la nuit que les barrières tombaient, quand Logan venait rejoindre Madeline dans son lit, la déshabillait en silence et lui faisait l'amour jusqu'à ce qu'elle criât de plaisir. Ensuite, au matin, il partait pour le théâtre avant qu'elle soit éveillée.

— La répétition s'est bien passée ? demanda-t-elle tandis qu'il lui approchait sa chaise.

Logan la divertit en lui racontant la dispute entre Arlyss Barry et une autre actrice qui tentait de lui voler la vedette, et l'agacement de quelques comédiens au sujet d'un accord qu'il avait pris avec un théâtre rival.

— Le Daly vient de perdre deux de ses acteurs principaux, alors j'ai décidé de leur prêter quelques-uns des miens pour leur représentation de *Comme il vous plaira*. En échange nous utiliserons deux ou trois de leurs comédiens en doublure pour *La rose*. Malheureusement, les miens ne sont pas d'accord. Ils se trouvent beaucoup trop bons pour le Daly.

— On ne peut le leur reprocher, commenta Madeline tout en veillant du coin de l'œil au bon service des plats. Si j'étais à leur place, j'aimerais mille fois mieux que l'on vienne m'applaudir au Capitol.

— L'ennui, c'est que je ne leur demande pas leur avis. Ils doivent m'obéir.

— Mais à quoi bon négocier un accord qui bénéficiera davantage au Daly qu'au Capitol ?

— C'est dans l'intérêt général de la profession. Je n'ai pas le sens de la compétition au point de nuire au théâtre – n'importe quel théâtre, pas seulement le mien.

— Vous êtes un excellent administrateur ! s'écria Madeline avec un vrai sourire.

— Oui, j'en ai les moyens.

Les valets apportèrent des blancs de poulet à la crème, des légumes gratinés et des feuilletés aux truffes.

En contemplant ces mets raffinés, Madeline eut une brusque nausée qui lui coupa l'appétit. Elle tendit la main vers son verre d'eau. Logan fronça les sourcils.

— Vous allez manger, décréta-t-il.

— Je n'ai pas faim…

Elle avala sa salive tandis que l'odeur lui soulevait le cœur, et elle repoussa son assiette, les yeux fermés.

— Bon sang ! pesta Logan. Vous ne vous nourrissez pas suffisamment, ni pour vous, ni pour le bébé.

— J'essaie, répondit-elle, mais je suis tout le temps malade.

Logan pria un domestique d'aller chercher à la cuisine du poulet froid, sans sauce, et des pommes de terre en robe des champs.

— Je ne peux rien avaler, s'entêta Madeline. Cela ira sûrement mieux demain.

Ils échangèrent un regard chargé d'hostilité.

— Vous allez manger, même si je dois vous gaver avec un entonnoir ! déclara Logan. Vous vous êtes mise dans cette situation, vous avez une responsabilité envers l'enfant.

— On m'a un peu aidée à me retrouver dans « cette situation », rétorqua-t-elle, vexée. C'est autant votre faute que la mienne !

La tête dans les mains, elle luttait contre les vagues de nausée.

Il y eut un bref silence.

— Vous avez raison, reconnut enfin Logan. Je n'ai pas pensé aux conséquences tant j'avais envie de vous. En outre, ajouta-t-il avec une certaine gêne, je n'ai jamais eu à me préoccuper de ce genre de problème. Les femmes que j'ai… connues avant vous prenaient leurs précautions.

Madeline le regarda à travers ses doigts. Était-ce une impression, ou bien avait-il l'air presque penaud ?

— Des précautions ? répéta-t-elle. J'ignore de quoi il s'agit.

Il sourit.

— Nous en reparlerons après la naissance du bébé.

Il s'approcha d'elle, passa le bras derrière son dos, humecta une serviette et lui en bassina les tempes.

— Vous vous rappelez le pain au lait que vous m'avez forcé à ingurgiter quand j'étais malade ? Vous avez promis que je pourrais me venger un jour…

Elle émit un petit rire à la limite du gémissement.

— J'aurais mieux fait de vous laisser tranquille !

— Vous m'avez sauvé la vie, et peu importe quels étaient vos motifs. Vous m'avez soigné malgré mon sale caractère, mes délires et l'odeur pestilentielle qui régnait dans ma chambre.

Le linge humide caressait ses joues, sa gorge.

— Le moins que je puisse faire est de vous rendre la pareille, poursuivit Logan.

La nausée refluait un peu et, en ouvrant les paupières, Madeline vit le visage de son mari tout près du sien. Son cœur s'affola. Ce n'était pas encore l'expression amoureuse dont elle se souvenait, mais au moins elle n'y voyait plus de froideur ni de distance.

— Je vous donnerai tout ce que vous voulez, murmura-t-il comme s'il tentait de calmer un enfant malade. Demandez-moi...

— Tout ? dit-elle dans un petit rire tremblant. Vous prenez des risques !

— Je ne parle jamais à la légère.

Elle le fixait, perplexe, quand un valet posa devant elle une nouvelle assiette.

— Merci, George, dit Logan, ce sera tout.

Il prit un morceau de pomme de terre écrasée qu'il porta aux lèvres de Madeline.

— Une bouchée, ma douce.

Résignée, elle ouvrit la bouche et elle mâcha consciencieusement.

— Encore une...

Logan se montra exceptionnellement patient. Il s'efforçait de la distraire de ses anecdotes, lui soutenait le dos tandis qu'il l'obligeait à manger. Chaque bouchée passait mieux que la précédente, et elle avala la moitié du contenu de son assiette avant de secouer la tête en soupirant.

— Je n'en peux plus.

— Vous êtes sûre ?

Madeline hocha la tête.

— Vous devriez manger, à présent. Votre dîner va être froid.

Elle le contempla tandis qu'il soupait, fascinée par les gestes souples de ses longues mains, la façon dont il tenait son verre de cristal. Il sentait qu'elle le regardait et il eut l'air étrangement mal à l'aise, comme s'il désirait quelque chose et le regrettait.

Après avoir refusé le dessert, il l'aida à se lever de table. Les soirs précédents, ils avaient passé une heure ou deux dans un petit salon à bavarder ou lire devant la cheminée. Mais ce jour-là, Logan ne semblait guère tenir à cette intimité.

— Je vous verrai sans doute demain matin, dit-il caressant légèrement la joue de Madeline. J'ai du travail.

— Vous ne viendrez pas… me rejoindre plus tard ? demanda-t-elle à voix basse afin de ne pas être entendue des domestiques.

— Non, répondit-il, impassible. Je ne vous dérangerai pas cette nuit.

Il allait s'éloigner, mais elle le retint d'une main légère sur le poignet.

— Cela ne me dérange pas, dit-elle, le regard clair.

Elle ne pouvait être plus explicite, et un silence s'installa. Logan avait un mal fou à résister à la tentation. Il avait tellement envie d'elle ! Et Madeline se donnait avec tant de naturel… C'était sa force, cette façon qu'elle avait de ne pas se laisser rebuter par un refus, de ne pas s'enfermer dans son orgueil. Il l'enviait presque pour cette capacité qu'il ne possédait pas.

Il déposa un chaste baiser sur son front, malgré le besoin qu'il avait de sa peau, de son corps si souple contre le sien.

— Bonne nuit, marmonna-t-il.

Madeline, sur un sourire qu'elle voulait indifférent, se rendit seule à sa chambre. Elle lui laisserait le temps, elle serait patiente, comme avec un animal farouche. Une créature qu'elle pourrait apprivoiser jusqu'à ce qu'elle mange dans sa main... ou qu'elle la morde.

Elle enfila une longue chemise de nuit et se glissa entre les draps. Elle avait mal partout, surtout aux reins, et elle se retourna longtemps avant de trouver une position à peu près confortable.

Incapable de dormir, elle guettait le bruit de la porte de Logan, puis elle sombra dans un demi-sommeil qui ne la reposait pas. Elle était en plein rêve quand elle s'éveilla avec des crampes dans les jambes. Comme elle les pliait, elle sentit une violente douleur dans le mollet droit. Elle dut crier sans s'en rendre compte car aussitôt la voix de Logan s'éleva dans l'obscurité, et elle sentit son poids sur le matelas.

— Maddy ! Maddy, que se passe-t-il ? Dites-moi...

— Ma jambe...

La douleur était telle qu'elle ne pouvait plus faire un geste.

— Ne me touchez pas...

— Laissez-moi faire, dit-il en écartant ses mains. Essayez de vous détendre.

— Je ne peux pas.

Pourtant, elle se laissa aller contre lui et sursauta lorsqu'il toucha son mollet. Il le massa doucement, et elle finit par pousser un soupir de soulagement, appuyée à sa poitrine. Quand il passa à l'autre jambe, elle trouva la force de murmurer :

— Celle-là va bien.

— Chut...

Il la massa de la même façon, relevant sa chemise sur ses cuisses.

— Que vous est-il arrivé ?

— Je me suis réveillée avec des crampes, répondit-elle.

Elle se sentait un peu étourdie. Logan savait exactement comment agir sur ses muscles sans lui faire de mal.

— Julia a dit que cela arrivait de temps en temps, reprit-elle.

— Je l'ignorais ! c'est fréquent ?

— C'était la première fois.

Pudique, elle baissa la chemise sur ses jambes. Logan recula légèrement, et elle se coucha en chien de fusil.

— Merci, dit-elle. Je suis désolée de vous avoir dérangé.

Il y eut un bruit de tissu que l'on froisse, de vêtements qui tombent à terre, et elle ouvrit les yeux dans la pénombre.

— Vous ne partez pas ? risqua-t-elle.

— Non, madame, fit-il en se coulant sous les draps. On dirait que vous êtes déterminée à me garder près de vous cette nuit.

— Voulez-vous dire que j'essayais de vous piéger…

— De toute évidence, vous êtes incapable de résister à mes charmes, et c'est bien normal.

En souriant, il prit ses lèvres.

Elle comprit enfin qu'il plaisantait, et elle éclata de rire.

— Espèce de prétentieux ! s'écria-t-elle.

— Embrassez-moi.

Il la tint par la nuque tandis qu'il explorait doucement sa bouche, puis il devint plus sérieux, plus grave, il montra une tendresse qu'elle avait cru ne plus jamais connaître. Immobile, elle frémissait sous la vague du plaisir qui la berçait.

Cependant, lorsqu'il prit un bout de sein entre ses lèvres, elle se cambra contre lui, avide de le sentir en elle. Il continuait à la caresser, et elle s'entendit gémir, supplier, toute pudeur envolée.

Enfin, il glissa la main entre ses jambes et elle prit son sexe dans sa main, lui arrachant une sorte de gémissement.

Il couvrit sa main de la sienne pour la guider.

— Comme ça, Maddy, oui… Comme ça.

Et puis, incapable de se dominer davantage, il entra en elle, si douce, si chaude. De petits sons sortaient du plus profond de sa gorge, elle était transfigurée ; il la serra fort contre lui, bougeant de plus en plus vite, jusqu'à ce que la spirale de l'extase les emportât, les laissant merveilleusement épuisés.

Ensuite, il resta en elle, baisa ses joues, son cou là où le pouls s'affolait encore. C'était un luxe qu'il ne s'accordait jamais. Trop intime, trop dangereux.

Le tic-tac de la pendule dorée, sur la cheminée, semblait se moquer d'eux, mais Logan l'ignora. Détendu, les mains enfouies dans la chevelure soyeuse de Madeline, il se dit qu'après tout elle lui appartenait. Il pouvait faire ce qu'il voulait… à condition qu'elle ne se doutât pas qu'il l'aimait !

Obligé de rencontrer un auteur dramatique dont le travail avait besoin d'être remanié, Logan décida de lui donner rendez-vous chez Banbury. Il aimait bien cet établissement confortable, où on lui attribuait toujours la même table près d'une fenêtre. Avec un peu de chance, cette ambiance chaleureuse amadouerait un peu l'écrivain qui avait tendance à se prendre très au sérieux.

— Prépare un grand pot de café bien fort ! demanda M. Banbury à sa fille. M. Scott vient d'arriver.

Logan se dirigea vers sa table en échangeant quelques mots avec des amis ou des connaissances qui faisaient partie de la clientèle d'intellectuels, d'artistes et de philosophes du lieu.

L'un des habitués du bar, membre de la Société des Artistes, s'approcha de Logan tandis qu'il sortait le manuscrit de la pièce.

— Scott, quelle chance de vous rencontrer ce matin ! s'écria Lord Beauchamp. Je voulais vous parler de… mais pardon, je vois que vous attendez quelqu'un. Pourtant, j'aimerais vous demander…

— Je vous en prie, dit Logan aimablement en lui indiquant une chaise.

Lord Beauchamp arborait un sourire affable.

— Je ne voudrais pas vous ennuyer, Scott, mais je connais vos relations avec la communauté artistique, et je sais que vous avez généreusement aidé maints artistes…

Logan l'interrompit, le sourcil levé :

— Allez droit au but, monsieur, je suis insensible à la flatterie.

Lord Beauchamp éclata de rire.

— Vous seriez bien le premier comédien à le prétendre ! Soit, je serai direct. J'aimerais solliciter une faveur pour un de mes protégés, un certain James Orsini.

— J'ai entendu parler de lui, dit Logan en adressant un sourire de remerciement à la jeune femme qui posait un plateau devant lui.

— Orsini est un merveilleux peintre. Sa technique est remarquable surtout ni l'on tient compte de son jeune âge. Il est à la recherche d'un sujet qui lui vaille une invitation à exposer ses tableaux…

Logan eut un petit rire. Il but une gorgée de café sans quitter Lord Beauchamp de son regard pétillant.

— Je sais ce que vous allez me demander, monsieur, et la réponse est non.

— Pourtant, aucun peintre n'est considéré comme tel s'il n'a réalisé un portrait de Logan Scott, et vous en avez déjà autorisé au moins vingt à le faire.

— Vingt-cinq, rectifia Logan.

— Je vous assure, Scott, que vous n'avez jamais posé pour un artiste aussi digne que lui de faire votre portrait.

— Vous avez sûrement raison, mais j'ai été plus souvent représenté que n'importe quel autre acteur…

— C'est la rançon du succès, intervint Lord Beauchamp.

— ... Et j'en ai assez, poursuivit Logan. On m'a vu sur toile, en estampe, en marbre et en cire. Épargnons au public un autre portrait de moi.

— Orsini est prêt à tous les arrangements, et bien d'autres membres de la Société considèrent que vous devriez accorder sa chance à cet artiste. Bon sang, faut-il vous le demander à genoux ?

Logan fit mine d'être effrayé et prit une autre gorgée de café, tandis que Lord Beauchamp attendait son verdict.

— J'ai une alternative à vous proposer. Dites à Orsini que je l'autorise à peindre mon épouse.

— Votre... votre épouse ? C'est vrai, vous vous êtes marié récemment. Mais je suis certain qu'Orsini préférerait vous avoir comme modèle...

— Un portrait de Mme Scott serait un bon sujet d'exposition. Si Orsini est capable de reproduire ce que je vois en elle, je veillerai à ce qu'il en soit largement récompensé.

Lord Beauchamp semblait sceptique.

— Eh bien... on dit que Mme Scott est une femme ravissante...

— Elle est plus que ça, elle est belle !

Il se fit rêveur.

— Il y a en elle une innocence qui ne se fanera jamais, dût-elle vivre centenaire... À ma connaissance, on n'a jamais fait son portrait. C'est une chance à saisir pour Orsini.

Lord Beauchamp était visiblement amusé.

— Je vais l'informer qu'il doit la peindre, car tout le monde sera ravi de connaître la femme qui vous a rendu tellement amoureux !

— Ce n'est pas le terme qui convient, grommela Logan.

— Alors quel autre, mon cher ? À votre expression quand vous la décriviez…

Lord Beauchamp se leva en riant et salua Logan de la tête avant de s'éloigner.

— Amoureux, amoureux, marmonna Logan en feuilletant le manuscrit. J'ai seulement dit qu'elle était belle !

Orsini accepta sans hésiter et envoya une lettre de remerciement qui arriva le lendemain matin chez Scott. Madeline n'en fut guère enchantée.

— On verra mon état avant qu'il ait terminé le tableau, protesta-t-elle, debout devant le bureau de Logan.

Il ferma un livre de comptes et leva les yeux vers elle.

— Vous porterez une robe un peu large, dit-il, et Orsini vous affinera la taille de quelques coups de pinceau. En outre, cela vous occupera durant votre grossesse.

— Il y a d'autres moyens plus intéressants de passer le temps !

— Je veux un portrait de vous. Lorsque Orsini s'en sera servi pour son exposition, je le lui achèterai.

— Une exposition ? Mais, Logan, je n'ai aucune envie d'être exhibée comme un objet, un trophée…

— Pourtant vous le serez, fit Logan, une lueur diabolique dans les yeux. Vous êtes à moi, et je vous exhiberai où et quand je veux.

Madeline, trop choquée pour répondre, le fixait de ses grands yeux d'ambre.

— Qu'est-ce que c'est ? demanda Logan en désignant un papier qu'elle froissait nerveusement entre ses doigts.

— Une liste… Une estimation des sommes à dépenser pour le bal. Certaines choses devraient être supprimées, et j'aimerais avoir votre avis…

— Venez ici et montrez-moi cette liste.

Il recula son fauteuil et tapota son genou.

Madeline vint s'y poser, le dos droit, mal à l'aise.

— Vous seriez mieux si je prenais un siège...

— Je suis très bien comme ça, dit-il en la serrant contre sa poitrine.

Il lui prit la feuille des mains et parcourut rapidement la colonne de chiffres sans rien trouver à y redire.

— C'est plus ou moins ce à quoi je m'attendais,. conclut-il calmement.

— Il y en a pour une fortune ! objecta Madeline. J'ai dit à la duchesse que c'était extravagant, mais elle continue à commander ce qu'il y a de plus cher, et à doubler les quantités que j'avais prévues. Alors... Pourquoi souriez-vous ?

— Je ne vous savais pas si économe, ma douce. C'est une qualité, certes, mais vous n'êtes pas l'épouse d'un miséreux.

— Bien sûr que non. Cependant... De quoi vivrons-nous le reste de l'année ?

Il jouait avec la modestie qui cachait la naissance de ses seins.

— Vous pouvez dormir en paix, Maddy. Nous avons les moyens de nous offrir une réception de ce genre chaque semaine jusqu'à la fin de notre vie !

Elle fronçait les sourcils.

— Vous... vous êtes tellement riche ?

— Nous avons quatre domaines, sans compter une chasse dans le Wiltshire. Nous possédons aussi un yacht, une brasserie, une entreprise de construction, des parts dans une société minière aux colonies. En outre, j'ai investi dans les chemins de fer, qui offrent d'excellents revenus. Et puis il y a évidemment mes œuvres d'art, le théâtre et quelques autres propriétés.

Devant son air effaré, il éclata de rire.

— Vous pouvez ouvrir des comptes où vous voudrez, madame, ils seront réglés sans problème.

Madeline mit un certain temps à reprendre ses esprits. Elle avait épousé un homme beaucoup plus riche que ses parents, que ses sœurs, et même que Lord Clifton !

Logan devina ses pensées.

— Mais avant de vous monter la tête, madame, dit-il gaiement, rappelez-vous que je ne suis pas un pair du royaume, et que nos enfants n'auront jamais de titre de noblesse.

— Je m'en moque, dit Madeline dont le cœur s'accéléra à l'idée d'avoir d'autres enfants.

— Mais pas eux peut-être...

— Ils n'auront pas besoin de titres pour se distinguer des autres. Ils apprendront à ne compter que sur leur réussite personnelle, comme vous.

— Ma foi, madame Scott, je me demande si vous n'êtes pas en train de me flatter !

Il la fit légèrement bouger sur lui, et elle le sentit se durcir.

Elle rougit. Ce n'était guère convenable, en milieu d'après-midi ! Si un domestique entrait, si un visiteur se présentait...

— Logan, murmura-t-elle sans trop de conviction tandis qu'il baisait sa gorge, j'ai tellement à faire !

— Et moi donc !

Il déboutonnait son corsage et repoussa ses mains quand elle tenta de l'en empêcher.

— Et si une femme de chambre...

Elle frémit quand il la caressa.

— Je lui dirai de s'en aller.

Il cherchait sous sa jupe les endroits sensibles et, les yeux mi-clos, il l'obligea à s'asseoir sur lui à califourchon.

— Pas ici, protesta Madeline. Montons.

Rouge de confusion, elle le sentit déchirer ses sous-vêtements et l'installer plus confortablement sur lui.

— Ici ! décréta-t-il en déboutonnant son pantalon.

Un petit rire lui échappa quand il la vit se tordre le cou.

— Et cessez de fixer cette satanée porte !

Elle poussa un léger cri lorsqu'il entra en elle, fort et doux à la fois.

— Oh, il ne faut pas...

— Mettez les bras autour de mon cou, ordonna-t-il d'une voix rauque.

Il la saisit à la taille et la guida, tandis qu'elle se laissait faire, accrochée à lui, les yeux clos sur son plaisir.

Elle ne se serait jamais crue capable de se tenir ainsi, à cheval sur lui, comme une femme de mauvaise vie, oubliant complètement des années de stricte éducation. Mais Logan exigeait qu'elle se donnât entièrement, qu'elle abandonnât toute pudeur entre ses bras ; et le plaisir monta, jusqu'à ce qu'elle soit secouée en même temps que lui par les spasmes de la jouissance. Logan lui mordit l'épaule et la douleur sembla accentuer encore son plaisir.

Ensuite, alors qu'elle se laissait aller contre sa poitrine, il sourit, le visage enfoui dans ses cheveux.

— Tous ces matins où vous m'aidiez à ma correspondance, j'avais envie de ça.

— Ça ? répéta Madeline, un peu désorientée. Je n'en avais pas la moindre idée.

— Si vous aviez regardé au bon endroit, madame, vous n'auriez pu en douter.

— Oh... Dans ce cas, je vous interdis de prendre une secrétaire du sexe féminin.

— Vous êtes la seule femme que je désire, dit-il, bourru, en luttant contre l'envie de la serrer contre lui, de la couvrir des mots tendres qui lui venaient aux lèvres.

Mais il se contrôla.

— ... Pour le moment, ajouta-t-il.

Il la vit se décomposer, son regard perdit de l'éclat, et elle se dégagea pour rectifier sa tenue.

Logan regrettait sa méchanceté, pourtant elle était nécessaire. Mieux valait gâcher cet instant d'intimité partagée que de lui laisser deviner à quel point il tenait à elle ! Il avait commis l'erreur de lui faire confiance une fois, on ne l'y reprendrait plus.

13

Le soir du bal, Madeline attendait devant sa coiffeuse qu'une cameriste finisse d'attacher les petits boutons au dos de sa robe lorsque Mme Beecham entra, très digne dans sa tenue noire et son tablier blanc bien amidonné.

— Vous êtes magnifique ! s'écria-t-elle. Vous serez la plus belle de la soirée et le maître ne pourra pas vous quitter des yeux !

Madeline sourit malgré l'anxiété qui lui serrait le cœur.

— A-t-on livré les fleurs ? Tout est prêt, aux cuisines ?

— Ne vous inquiétez pas, la rassura la gouvernante. Les bouquets sont superbes, et le cuisinier s'est surpassé. Vos invités se croiront au paradis... Et lorsque vous ferez votre apparition, M. Logan sera l'homme le plus envié de Londres !

Nerveuse, Madeline posa une main sur son ventre qui s'était un peu arrondi mais que la robe de velours rouge, d'une somptueuse simplicité, cachait habilement grâce à une jupe largement froncée. Trois clips de rubis fermaient le corsage dont le décolleté mettait en valeur ses seins épanouis.

La couleur profonde du tissu donnait à son teint la transparence de la porcelaine et rehaussait l'ambre de ses yeux. Elle avait relevé ses cheveux en un lourd chignon de boucles, afin de dégager son long cou gracile.

Logan pénétra dans la chambre, splendide aussi dans son habit noir et son gilet de soie bleu-gris. Ses yeux, plus lumineux que jamais, exprimaient une étrange émotion, et sa voix, lorsqu'il parla, était plus profonde encore que de coutume.

— J'espère que ceci vous plaira, dit-il en lui tendant un écrin.

Mme Beecham s'éclipsa en emmenant la femme de chambre avec elle.

Madeline poussa un cri d'émerveillement en découvrant sur un support de velours un collier d'or et de rubis ainsi que des boucles d'oreilles assorties.

— C'est superbe ! Je ne m'attendais pas… Merci de votre générosité, Logan.

Il lui prit le collier des mains pour le lui attacher sur la nuque tandis qu'elle se tenait immobile devant le miroir. Il eut du mal à fixer le fermoir, et elle sentit son souffle dans ses cheveux.

Elle mit ensuite les boucles qui dansèrent autour de son visage quand elle se tourna vers son mari.

— Comment trouvez-vous ma robe ? demanda-t-elle.

Elle fut déçue de ne lire aucune admiration dans son regard.

— Beaucoup trop décolletée !

Elle fronça les sourcils.

— Julia l'a vue, et elle dit qu'elle est parfaite.

— Pour déclencher une émeute, sans doute, marmonna-t-il en fixant ses seins.

— Si vous ne l'aimez pas, je vais en changer…

— Mais non, portez donc cette satanée toilette, si ça vous fait plaisir…

Il tentait de prendre l'air indifférent, et réussissait tout juste à paraître boudeur.

Madeline se mordit les lèvres pour s'empêcher de sourire, et elle attendit, patiente, qu'il terminât son inspection.

— Vous allez attraper un rhume, déclara-t-il.

— La maison est bien chauffée, fit-elle remarquer.

Il serrait et desserrait les poings, et elle reprit :

— Nous descendons ?

Logan répondit d'un grognement et lui offrit son bras comme si ce bal représentait pour lui une corvée.

Leurs invités, eux, semblaient enchantés de se trouver là. Des centaines de gens déambulaient dans les pièces, s'extasiant sur les œuvres d'art, commentant joyeusement la qualité du buffet, le talent des musiciens, la splendeur des bouquets qui emplissaient la demeure de parfums exotiques.

Encouragés par l'atmosphère romantique, des couples se retiraient dans des alcôves, tandis que des groupes de femmes jacassaient comme des pies. Visiblement, Julia avait opéré une sélection parfaite, parmi les pairs du royaume et la haute bourgeoisie, des artistes, des écrivains, et même quelques hommes politiques. Un très habile mélange ! Cette seule soirée fournirait suffisamment de ragots pour occuper les chroniqueurs de la presse à scandale durant plusieurs semaines.

Les messieurs profitaient largement des cigares et des excellents alcools offerts par Logan, et se disputaient parfois, sans gravité, les faveurs d'une dame.

Mais personne n'attirait autant les regards que Madeline ! Elle était tout à fait surprenante, à l'aise, charmante, animant les conversations avec un art consommé. Était-elle vraiment aussi détendue qu'elle le paraissait ? se demanda Logan. Certes, elle avait été élevée pour tenir ce rôle. Et bien que sa famille n'eût jamais envisagé un tel mariage, Madeline ne semblait absolument pas embarrassée d'avoir épousé un acteur.

Logan était à la fois fier d'elle et un peu navré de ne pouvoir lui offrir la place qu'elle aurait occupée dans la haute société si elle avait épousé Lord Clifton, par exemple ; et il ne pouvait reprocher aux Matthews d'avoir souhaité un meilleur mariage pour leur fille. Il commençait à mieux les comprendre pendant cette soirée...

Ils étaient arrivés au bal, courtois et polis, mais, en réalité, ils devaient ressentir une certaine amertume du mariage de Madeline, avec un roturier, riche, certes, mais mal né.

À l'heure d'ouvrir le bal, Logan escorta Madeline vers le centre du salon. Il ne l'avait jamais vue si gaie, les joues roses de plaisir, les yeux brillants. Il comprit, un peu étonné, que c'était son premier bal.

— Je n'ai encore jamais dansé avec un homme, dit-elle, la tête levée vers lui tandis qu'il enlaçait sa taille. J'ai pris des leçons à la pension. Nous avions un professeur une fois par semaine, et nous nous entraînions entre filles.

— Alors, si vous me laissiez faire, ce soir ? suggéra Logan avec humour.

Sur un signe de tête, les musiciens attaquèrent une valse, et Madeline se trouva entraînée sur le parquet ciré. Logan maîtrisait la danse à la perfection, la guidait de façon à la mettre en valeur et lui éviter tout faux pas.

Au début, Madeline se sentait un peu gauche, et elle ne pensait qu'à éviter de lui marcher sur les pieds.

Il rit de son expression concentrée.

— Laissez-vous aller, murmura-t-il.

— Je ne peux pas...

— Regardez-moi.

Madeline obéit, et elle s'aperçut que tout devenait plus simple. Plus rien n'existait, hormis les yeux chaleureux de Logan, son bras si rassurant sur sa taille. Ses cuisses musclées effleuraient les siennes, elle avait sa robuste épaule sous sa main… La salle devenait un tourbillon de couleurs et, dans un instant de bonheur extrême, elle souhaita que cette soirée ne finît jamais.

La piste de danse fut bientôt saturée et, avant le début d'un quadrille, Logan l'entraîna à l'écart.

— Mes compliments à votre professeur, madame.

— C'était merveilleux ! s'écria-t-elle sans lâcher sa main. Ne pourrions-nous… ?

— Aimeriez-vous… ? dit Logan au même moment.

Ils furent interrompus par des hommes d'âges variés qui voulaient tous obtenir une danse de Madeline. Elle jeta un regard désolé à son époux.

— Je serais bien égoïste si je refusais, dit-il avec un sourire crispé en reculant pour la laisser partir sur la piste.

Il était fort mal vu pour un homme de se montrer trop exclusif vis-à-vis de sa femme, et Logan était censé en outre, par correction, faire danser quelques-unes de ses invitées.

Il avait toujours apprécié la compagnie des femmes, leur complexité, leur parfum, leur grâce… Mais ce soir-là, rien ne le touchait. Il ne voulait que Madeline, si belle et sensuelle dans sa robe écarlate. Lui qui ignorait tout de la jalousie, il se sentait proche du meurtre ! Tous les hommes de l'assistance désiraient son épouse, la couvaient du regard, s'attardaient à son généreux décolleté…

Il se rappela pourquoi il n'avait jamais eu envie de recevoir chez lui auparavant. Il était impossible de se débarrasser des invités, impossible de leur échapper. S'il avait été convié à un bal, il serait déjà parti. Il n'avait plus qu'un désir : se retrouver seul avec Madeline. Des idées lubriques lui montaient à la tête. Il rêvait de retrousser sa jupe rouge, de la prendre sur l'une des vastes tables, ou bien de la déshabiller dans la salle de bal afin de voir son reflet dans les multiples miroirs.

Il fut dérangé dans ses fantasmes par la duchesse qui pour une fois s'était éloignée de son mari. Elle semblait aussi fière qu'une mère poule qui regarde grandir son poussin.

— Mes compliments ! s'écria-t-elle. Quelle chance d'avoir épousé une femme comme Madeline !

— On me l'a déjà dit, grommela-t-il. Au moins une centaine de fois...

Julia sourit en se tournant vers la jeune femme, entourée d'une horde d'admirateurs.

— Elle a une qualité qui vous manque, comme à moi, Logan. Elle aime les gens. Elle s'intéresse sincèrement à eux, et ils ne peuvent s'empêcher de le lui rendre.

— Moi aussi, j'aime les gens ! protesta Logan, sur la défensive.

Julia eut un rire léger.

— À condition qu'ils puissent vous être utiles !

Il ne put retenir un sourire.

— Comment se fait-il que vous me connaissiez si bien, Julia ?

— Je ne dirais pas cela ! répondit-elle, les yeux pétillants de malice. Après toutes ces années, vous parvenez encore à me surprendre. Dans votre attitude envers Madeline, par exemple. Elle révèle un aspect romantique profondément caché que je n'aurais jamais soupçonné chez vous.

— Romantique ! s'indigna Logan qui se voulait résolument cynique.

— Vous pouvez toujours prétendre le contraire, il ne vous faudra pas longtemps pour reconnaître que Madeline vous mène par le bout du nez !

— Pas avant une bonne centaine d'années, maugréa Logan en s'éloignant.

Il reporta de nouveau son attention sur son épouse, toujours entourée d'admirateurs, et il avançait dans sa direction quand il fut intercepté par quelques-uns de ses associés. Il répondit évasivement à leurs congratulations et ils échangèrent quelques propos d'intérêt financier.

Il fut sauvé par l'arrivée d'Andrew qui lui donna une claque amicale sur l'épaule et l'entraîna à l'écart sous prétexte de lui demander son avis sur l'acquisition d'une œuvre d'art.

— Comment supportes-tu tous ces raseurs ? demanda-t-il à mi-voix. Ces conversations sur les taux d'intérêt et les dividendes sont à peu près aussi réjouissantes qu'une visite à la morgue !

— Ces « raseurs », comme tu dis, sont les financiers les plus compétents d'Angleterre, rétorqua Logan, et tu devrais bien passer quelque temps en leur compagnie pour profiter de leurs conseils.

Madeline se tenait près d'un chandelier et sa chevelure brillait de mille reflets dorés.

Andrew suivit le regard de Logan, et il sourit.

— Quelle honte, Jimmy ! Comme c'est bourgeois d'avoir ostensiblement envie de son épouse ! Mais enfin, comme on dit, bon sang ne saurait mentir.

Logan lui jeta un coup d'œil, cherchant un sens caché à ses paroles, mais le regard d'Andrew reflétait l'innocence même.

— Je ne me suis jamais défendu d'être un bourgeois, répliqua-t-il. Et il suffit de regarder ma femme pour comprendre mon attitude.

— Je suis bien d'accord ! Dès demain tous les poètes amateurs de Londres vont suer sang et eau pour composer une ode à sa gloire. Le visage d'un ange, le parfum de scandale qui accompagne votre mariage précipité. Elle a tout ce qu'il faut pour exciter la curiosité du public.

— Et pour me rendre fou, renchérit Logan, pour faire rire son ami.

— Tu t'es bien débrouillé, Jimmy, reprit Andrew en levant son verre ; une vie agréable, une solide fortune, une demeure magnifique, une ravissante jeune femme… Quand je pense que tu es parti de rien ! Alors que moi, j'avais tout dès le départ : un titre, une terre – et que j'ai pratiquement tout gâché ! Ces derniers temps, je n'attends plus que la mort de mon père, pour encaisser un héritage rondelet. Mais avec la chance qui me caractérise, je suis sûr qu'il s'arrangera pour vivre si vieux que je ne pourrai même pas en profiter.

Logan, surpris par son pessimisme, haussa les sourcils.

— Que se passe-t-il, Andrew ? fit-il du ton brusque qu'il aurait pris pour s'adresser à un jeune frère.

Après une légère hésitation, Andrew éclata de rire.

— Ne t'inquiète pas pour moi. Contente-toi de jouir de ta satanée belle vie et de ta jolie épouse.

Logan le considérait avec un mélange d'inquiétude et d'exaspération. Visiblement, le jeune homme s'était encore fourré dans de sales draps, mais, ce soir, il n'avait aucune envie de lui arracher la vérité ni de résoudre ses difficultés ! Pourtant, il continuerait à l'aider, renforcé dans cette attitude depuis qu'il avait appris leur lien de parenté.

Il jeta un long regard à Madeline avant de revenir à Andrew.

— J'ai quelques cigares tout à fait exceptionnels en réserve. L'occasion me semble bien choisie pour y goûter.

Andrew se détendit visiblement.

— Apporte-les donc au billard, et nous leur ferons un sort, suggéra-t-il.

Logan traversa la salle de bal, intercepté par les uns et les autres. Il atteignait enfin la porte quand il remarqua Justine, la sœur de Madeline, en compagnie de son mari dans un coin de la pièce. Leur conversation semblait orageuse et les yeux de la jeune femme lançaient des éclairs.

Logan sortit, un sourire de pitié sur les lèvres. Justine devait en faire voir de toutes les couleurs au malheureux Lord Bagworth ! Considérée comme la perle rare de la famille, elle estimait devoir tenir sans cesse la vedette et mériter tous les hommages. Les Matthews ne lui avaient pas rendu service en la portant aux nues, au détriment de leurs deux autres filles.

Fatiguée de danser, Madeline se dégagea gentiment de la foule de jeunes gens qui l'entouraient et aperçut son beau-frère, seul près d'une des portes-fenêtres. L'air sombre, absorbé dans la contemplation des jardins, il ne la vit pas approcher avant qu'elle lui adressât la parole.

C'était un homme de modeste stature, mais aux traits avenants. Il s'inclina sur sa main en souriant.

— Félicitations pour cette magnifique soirée, madame Scott. Jamais je ne vous ai vue aussi radieuse.

— Merci, monsieur. J'espère que ma sœur et vous profitez agréablement de ce bal.

— Certainement, répondit machinalement Lord Bagworth, bien qu'il gardât l'air préoccupé. Je dois vous dire cependant, que Justine et moi venons de nous disputer.

Madeline fronça les sourcils.

— Puis-je... puis-je faire quelque chose, monsieur ?

— Peut-être... Je crains, madame Scott, que Justine ne soit contrariée par votre succès, ce soir.

— Mon... ?

Il était inconcevable que Justine, l'enfant chérie de la famille, fût jalouse d'elle !

— Je n'y vois absolument aucune raison, monsieur, reprit-elle.

Le pauvre homme semblait de plus en plus gêné.

— Vous le savez comme moi, Justine est impulsive. À mon avis, elle considère que votre triomphe de ce soir lui fait de l'ombre.

— Mais c'est faux, protesta Madeline.

— Toutefois, dans l'état de mauvaise humeur où elle est, je crains qu'elle n'ait décidé de tenter quelque chose de... de radical.

— Par exemple ?

Lord Bagworth lança un coup d'œil inquiet dans la pièce.

— Où est votre mari, madame ?

Madeline ouvrit de grands yeux. Quel rapport avec Logan ? Se pourrait-il que Justine, dans un accès de jalousie, se jetât à sa tête, simplement afin de se rassurer sur ses charmes ?

— Voulez-vous dire que je devrais me lancer à sa recherche ?

— Ce serait une excellente idée, soupira Lord Bagworth, soulagé.

Madeline eut un petit rire incrédule.

— Mais Justine ne tenterait jamais de... C'est absurde !

— Ce n'est qu'une éventualité, reprit Lord Bagworth, plus calme. Et je suis sûr que nous nous apercevrons bien vite que je me trompe.

— Si Justine craint d'être éclipsée... Personne ne peut rivaliser avec elle, et moi moins qu'une autre.

Malgré ses soucis, Lord Bagworth esquissa un sourire.

— Je fréquente votre famille depuis longtemps, madame Scott, et j'ai remarqué combien vous avez été élevée dans l'ombre de vos sœurs aînées. Vous méritez largement d'être reconnue comme une jeune femme ravissante et accomplie.

Madeline le remercia distraitement, l'esprit ailleurs. Où pouvait se trouver Logan ?

— Si vous voulez bien m'excuser, monsieur...

— Naturellement...

Il s'inclina et reprit en soupirant sa contemplation du jardin.

Logan, en train de fouiller dans un placard de sa bibliothèque, ne se rendit pas compte qu'on l'avait suivi, jusqu'à ce qu'une voix provocante s'élevât derrière lui.

— Que cherchez-vous, monsieur Scott ? Mais peut-être pourrais-je vous appeler Logan, maintenant que nous sommes de la même famille.

Logan se redressa, le coffret de cigares à la main et regarda la sœur de Madeline qui pénétrait dans la pièce dont elle refermait soigneusement la porte.

— Avez-vous besoin de quelque chose, Lady Bagworth ? demanda-t-il d'un ton neutre.

— J'aimerais vous parler en privé.

— Navré, mais je n'ai pas le temps. Mes invités me réclament.

— Et ils sont plus importants que les membres de votre famille ?

Logan savait exactement à quoi jouait Justine. Tant de femmes mariées l'avaient poursuivi de leurs assiduités, pour diverses raisons !

— Que voulez-vous ? reprit-il sèchement, sans se soucier de courtoisie.

Peu rebutée par cet accueil glacial, elle se dirigea vers lui d'une démarche ondulante.

— J'aimerais savoir si vous rendez ma sœur heureuse. C'est très important pour moi.

— Demandez-le-lui donc, Lady Bagworth.

— Je craindrais qu'elle ne me dise pas la vérité. Tout n'est que façade, chez Madeline.

— Avez-vous des raisons de la croire malheureuse ?

— Une seule : vous êtes visiblement mal assortis, monsieur Scott. Un homme comme vous... et ma petite sœur ! Je suis certaine qu'elle ne sait comment s'y prendre avec vous. Elle doit être absolument terrifiée.

— Elle ne me donne pas cette impression, rétorqua Logan en essayant de dissimuler son irritation. Dites-moi, Lady Bagworth, quel genre de femme, à votre avis, serait une partenaire à ma hauteur ?

— Une créature belle, sûre d'elle, expérimentée…

Justine haussa les épaules, ce qui fit glisser ses manches ballon vers ses coudes, dévoilant pratiquement la moitié de ses seins ; puis elle se pencha sur le bureau et lança à Logan un regard aguicheur.

C'était tellement énorme qu'il faillit éclater de rire.

— Charmante invite, déclara-t-il d'un ton qui démentait ses paroles, mais je ne m'intéresse à aucune autre femme que la mienne.

Les yeux de Justine lançaient des éclairs.

— C'est faux ! dit-elle. Vous ne pouvez pas me préférer cette petite souris insignifiante et timide !

Logan eut un sourire moqueur. De tous les qualificatifs, « timide » et « insignifiante » ne pouvaient être attribués à la jeune fille rebelle qui avait résolument fait irruption dans son existence pour la bouleverser de fond en comble !

— Vous devriez rectifier votre tenue, Lady Bagworth et retourner danser.

Cette fin de non-recevoir sembla renforcer la détermination de Justine.

— J'ai les moyens de vous donner envie de moi ! dit-elle en se jetant à son cou.

Logan essaya en vain de se débarrasser de cette femme qui se collait à lui comme une sangsue, et le coffret de cigares tomba, répandant son contenu sur le tapis. Il poussa un soupir agacé. On aurait dit une mauvaise farce ! Dans le bref combat qui suivit, il n'entendit pas la porte s'ouvrir, mais la voix de son épouse attira son attention.

— Je te cherchais, Justine, dit-elle, impassible.

Logan serra les dents. Justine était à demi débraillée, ils étaient l'un contre l'autre... Les conclusions étaient faciles à tirer. Or il détestait être manipulé par une femme !

Il lança un regard meurtrier à Justine avant de la repousser et de se tourner vers Madeline. Il envisagea fugitivement de profiter de la situation pour l'humilier, mais il rejeta aussitôt cette cruelle éventualité. Quoi que Madeline pensât de lui, il était capital qu'elle ne l'imaginât pas en train de courtiser sa propre sœur.

— Madeline... commença-t-il.

Pour la première fois de sa vie, il ne trouvait pas ses mots. Furieux, il imaginait mille façons d'expliquer la situation, mais pas un son ne sortait de sa bouche.

Justine lança à sa sœur un coup d'œil de défi accompagné d'un sourire triomphant.

— Ton mari n'a pas pu résister à la tentation, on dirait. Je voulais simplement lui parler, mais...

— Je sais ce qui s'est passé, répondit calmement Madeline. Et j'apprécierais, à l'avenir, que tu cesses de te jeter à la tête de mon époux. C'est un désagrément qu'il ne mérite pas... et moi non plus.

Justine rajusta les manches de sa robe.

— Racontez-lui ce que vous voudrez, dit-elle à Logan d'une voix haut perchée. Vous allez vous faire passer pour une innocente victime, et je suis persuadée qu'elle est assez naïve pour vous croire.

Folle de rage, elle sortit de la pièce comme une tornade, claquant la porte derrière elle.

Logan regardait Madeline, avec l'impression d'être un petit garçon pris en train de voler de la confiture.

— Maddy, je n'ai rien fait pour...

— Je sais, dit-elle. Vous ne tenteriez jamais de séduire la sœur de votre épouse, même si elle vous plaisait.

— Et ce n'est pas le cas ! marmonna Logan en se passant la main dans les cheveux.

— Attention, vous vous décoiffez !

Madeline s'approcha et remit les mèches sombres en place de ses petites mains gantées. Logan se calma un peu.

— Justine ne serait pas allée jusqu'au bout, de toute façon, reprit-elle. Elle avait seulement besoin qu'on s'occupe d'elle.

— Elle a bien failli réussir au-delà de toute espérance ! J'avais une envie folle de l'étrangler.

— Je suis navrée...

Il lui saisit la main en la regardant dans les yeux.

— Vous avez toutes les raisons de douter de moi, Maddy.

— Non, répondit-elle d'un petit ton tranquille.

Il secoua la tête.

— À votre place, j'aurais imaginé le pire.

Elle esquissa un sourire.

— J'en suis certaine.

Logan perdit brusquement son sang-froid.

— Alors, Bon Dieu, comment pouvez-vous déclarer que vous avez confiance en moi tout en sachant que moi, j'aurais douté ?

— Pourquoi n'aurais-je pas confiance en vous, alors que vous vous êtes toujours montré honorable et généreux envers moi ? rétorqua-t-elle de la même voix sereine.

— Honorable ? répéta Logan comme si elle avait perdu l'esprit. J'ai pris votre virginité, je vous ai fait un enfant hors des liens du mariage...

— Quand j'ai commencé à travailler au théâtre, vous vous êtes efforcé de m'éviter alors que je vous harcelais. Vous m'avez fait l'amour quand il a été évident que j'étais plus que consentante, et quand vous avez su que j'étais enceinte, vous m'avez épousée malgré vos réticences. Vous vous êtes montré honnête, juste…

— Ça suffit ! coupa-t-il, contrarié. Je me suis comporté comme un rustre et je n'ai pas l'intention de changer, alors vous feriez mieux de cesser ces flatteries et ces regards de biche, parce que ça ne marchera pas. C'est bien compris ?

Il s'aperçut soudain qu'il l'avait saisie par les bras, entre le bas des manches courtes et le haut des gants, là où sa peau était si douce et si tendre…

— C'est compris, murmura-t-elle.

Leurs bouches étaient toutes proches, et il mourait d'envie de l'embrasser, de plonger les mains dans son décolleté. Il n'attendait d'elle que du plaisir. Pas sa confiance ni son amour.

Il la prit par la taille pour la serrer davantage contre lui.

— J'ai envie de vous, dit-il en embrassant la naissance de sa gorge. Venez en haut avec moi.

— Maintenant ? demanda-t-elle, le souffle court.

— Maintenant.

— Mais nos invités…

— Ils se débrouillent fort bien sans nous.

Madeline eut un petit rire mal assuré.

— Plus tard, dit-elle. Ils remarqueront notre absence, et on jasera…

— Je veux qu'on jase.

Toute pensée cohérente avait quitté Logan, qui ne se souciait plus des problèmes d'Andrew, de ses invités ni des convenances sociales.

— Je veux qu'ils sachent que je prends du plaisir dans ma chambre pendant qu'ils s'amusent. Qu'ils sachent que vous êtes à moi.

Il écrasa sa bouche de la sienne, grisé par son contact, son parfum. Les mains enfouies dans sa chevelure, il commençait à en arracher les épingles, et Madeline se détacha de lui.

— D'accord, dit-elle, empourprée. Je serai ravie de… vous complaire… mais nos invités nous arrêteront avant que nous ayons atteint l'escalier.

Logan sourit, lui vola un bref et autoritaire baiser.

— Que Dieu aide celui qui osera se mettre en travers de mon chemin, dit-il en l'entraînant vers la porte.

14

Avec le temps, l'état de Madeline devint de plus en plus évident, et elle fut obligée de limiter ses sorties. Elle allait faire des courses, ou se promener accompagnée d'au moins deux domestiques qui avaient pour mission de veiller à ce qu'elle ne se fatiguât pas trop, ne s'aventurât pas dans des quartiers peu sûrs, qui l'incitaient à se nourrir convenablement.

— Je ne supporte plus d'être traitée comme une enfant, dit-elle un matin à Logan, alors qu'elle était assise à sa coiffeuse.

Elle lui en voulait de la priver de liberté. Après avoir goûté aux plaisirs de l'indépendance, elle avait du mal à accepter cette perfection constante.

— Quoi que je fasse, il y a toujours quelqu'un pour m'aider, m'accompagner... ou me faire manger.

Loin de se moquer d'elle, Logan l'écoutait avec attention.

— On ne vous traite pas comme une enfant, mais comme une personne dont le bien-être m'importe pardessus tout.

— Je me sens prisonnière, poursuivit-elle, boudeuse. J'ai envie de bouger, de faire des choses...

— Quoi, par exemple ?

Madeline passa vigoureusement la brosse dans ses cheveux.

— Depuis le bal, nous n'avons reçu personne. Je n'ai pas d'autre amie que Julia, or elle est constamment occupée par le théâtre, comme vous. Et, bien que nous recevions une douzaine d'invitations par jour, nous n'en acceptons jamais aucune.

Logan contemplait le petit visage fermé. Cela devait arriver tôt ou tard, il l'avait toujours su. Madeline était jeune, pleine de vie, elle avait besoin d'activité, d'amis, de distractions.

— Je comprends, dit-il en venant s'agenouiller près d'elle. Je n'ai pas l'intention de vous enfermer dans une cage dorée, ma douce. Je vais m'efforcer de rendre vos journées un peu plus gaies... J'espère que vous n'avez pas à vous plaindre des nuits, ajouta-t-il dans un sourire chargé de sous-entendus.

— Non, répondit-elle, un peu rougissante, en lui tendant ses lèvres.

Fidèle à sa parole, Logan se mit à accompagner Madeline à des expositions, des ventes aux enchères, des soupers, des soirées musicales. Au Drury Lane ou à l'Opéra, ils occupaient toujours une loge privée et, pour le plus grand plaisir de la jeune femme, ils honorèrent enfin quelques invitations, des week-ends à la campagne, entre autres, au cours desquels elle eut l'occasion de rencontrer d'autres jeunes personnes de sa condition.

Elle savait que Logan n'aimait guère ces mondanités, car il en était toujours le centre d'intérêt. Qu'il fût ainsi capable de sacrifier sa tranquillité pour elle l'étonnait et l'enchantait à la fois.

Beaucoup de femmes lui enviaient son époux. Intelligent, généreux et talentueux, il était bien plus beau que la plupart des maris. Madeline l'appréciait à sa juste valeur, elle aimait son charme, son sens de l'humour, et naturellement leurs nuits d'amour.

Toutefois, rien n'était encore redevenu comme au tout début de leurs relations. Il ne lui faisait toujours pas confiance. Et Madeline tentait d'endiguer ses sentiments, de peur d'être rabrouée.

Julia avait raison, Madeline avait retrouvé son appétit et ses kilos, elle avait même pris du poids. Mais si elle était inquiète de l'opinion de Logan sur sa nouvelle silhouette, elle fut vite rassurée.

— Vous feriez aussi bien de dormir ici, désormais, dit-il un soir après l'avoir portée dans son lit pour lui faire l'amour. C'est plus pratique que d'aller vous chercher chaque fois que j'ai envie de vous, ajouta-t-il d'un ton bourru, ou de me précipiter dans votre chambre quand vous avez des crampes au mollet.

Madeline ronronnait entre ses bras.

— Je ne voudrais pas vous déranger. Je sais que vous préférez dormir seul.

— Vous ne prenez pas trop de place, répondit-il en posant la main sur son ventre. Pas encore...

Elle se tourna sur le côté.

— Bientôt, j'occuperai la moitié du lit ! Oh, je regrette de ne pas être plus grande. Les petites femmes, quand elles sont enceintes, ressemblent à des canards.

Logan l'attira contre lui.

— Je passe chaque nuit à vous montrer combien je vous trouve désirable. J'espère que vous n'avez aucun doute là-dessus.

— Vous vous mettez à aimer les femmes dodues ? demanda Madeline, sceptique.

Elle le sentit sourire dans son cou.

— Une seule. Et vous allez vouloir que je vous le prouve, je suppose. Une fois de plus.

Elle se détourna, feignant l'indifférence.

— Si vous y tenez...

— J'y tiens, murmura-t-il en prenant ses lèvres.

Il était vraiment imprévisible ! Tantôt tendre et taquin, tantôt froid et mélancolique. Le soir, il se hâtait de rentrer du théâtre afin d'être avec elle. Pourtant, dès qu'il franchissait le seuil, il prenait l'air le plus détaché du monde. Il cachait si bien ses sentiments que Madeline se demandait parfois s'il avait de l'affection pour elle ou s'il la prenait juste pour un petit animal familier. Il arrivait, cependant, qu'elle eût de bonnes raisons d'espérer.

Trois fois par semaine, elle posait pour le portrait commandé par Logan. M. Orsini alliait un talent certain à une agréable courtoisie.

— Votre femme est l'une des plus grandes beautés qu'il m'ait été donné de peindre, dit-il un jour à Logan qui venait voir où il en était.

— Vous me gênez, monsieur Orsini, protesta Madeline sans abandonner la pose.

— Elle a une qualité exceptionnelle, continuait l'artiste avec chaleur. Un mélange de sensualité et de pureté. C'est une ensorcelante femme-enfant.

Madeline, peu habituée à ce genre de compliments, fixait le plancher.

— Oui, dit doucement Logan. C'est exactement ce que je pense d'elle.

Quand elle avait le temps, Madeline passait l'après-midi au théâtre où elle assistait aux répétitions, en jouant souvent le rôle de souffleur. Logan n'y voyait aucun inconvénient, au contraire ; il aimait la savoir près de lui.

— Cela m'évite de me demander dans quel guêpier vous vous êtes encore fourrée, prétendait-il.

Madeline appréciait fort ces moments passés avec les membres de la troupe qui, habitués à voir des comédiennes travailler jusqu'à leur septième ou huitième mois de grossesse, la traitaient comme une personne normale, ce qui était très réconfortant.

Et puis il y avait les soirées, quand Logan et elle se reposaient après le souper. Ils passaient des heures à lire, à bavarder. Ensuite ils allaient se coucher, et Madeline avait l'impression que le lien qui les unissait se renforçait, qu'elle gagnait peu à peu la bataille de la confiance… Jusqu'au jour où ses illusions de bonheur volèrent en éclats.

La matinée du dimanche avait débuté, comme d'habitude, par un délicieux petit déjeuner. Ensuite, Madeline était allée seule à la messe avant de retrouver Logan dans un petit salon où il annotait un manuscrit. Près de la cheminée, elle s'occupait à des travaux d'aiguille quand elle éprouva soudain le besoin de le toucher. Elle vint poser les mains sur ses solides épaules.

— J'ai horreur de la broderie, dit-elle.

— Alors, pourquoi en faites-vous ?

— Je n'ai pas le choix. Toutes les femmes respectables brodent.

— Qui vous demande d'être respectable ? rétorqua-t-il distraitement en essayant de se concentrer sur son texte. Ne lisez pas par-dessus mon épaule, ajouta-t-il, cela me dérange.

Sans se démonter, elle laissa glisser les mains sur son torse.

— Vous ne devriez pas travailler le jour du Seigneur, c'est un péché, déclara-t-elle en déposant de petits baisers le long de son cou.

— Je vais en commettre un bien plus grave encore ! dit-il en fermant le manuscrit pour la saisir à la taille.

Madeline poussa un petit cri de plaisir quand il l'assit sur ses genoux et se mit à la caresser avec fougue.

— Qu'est-ce qui vous paraît une activité satisfaisante pour un dimanche, madame ?

Ils furent interrompus dans leur marivaudage par un coup discret frappé à la porte. Madeline bondit sur ses pieds et se réfugia près de la cheminée.

Un valet entrait, porteur d'un message pour Logan. Celui-ci le prit et renvoya le domestique.

— De qui est-ce ? demanda Madeline tandis qu'il brisait le sceau.

— Un individu que j'ai rencontré par l'intermédiaire de Lord Drake, répondit Logan qui se mit à lire à haute voix. « J'ai le regret de vous annoncer une mauvaise nouvelle concernant votre ami Lord Drake. Connaissant les liens de camaraderie qui vous unissent, je suis certain que vous tiendrez à être informé en priorité… ».

Il se tut et continua à parcourir rapidement la missive.

Quand il eut terminé, il resta pétrifié.

— Logan ? risqua-t-elle.

Il ne parut pas l'entendre, et elle vint lui prendre la lettre des mains.

Un cri de détresse lui échappa lorsqu'elle eut fini de la lire. Andrew avait assisté à une soirée donnée sur un yacht la veille au soir. Apparemment, il était passé pardessus bord, à un moment de la fête, mais personne ne s'en était aperçu avant l'aube. On avait fouillé le bateau de fond en comble sans trouver trace de lui. On allait draguer le fleuve ; néanmoins dans ce genre de circonstance, on avait souvent du mal à retrouver les corps.

Madeline vint effleurer les cheveux de son mari.

— Il… C'était un bon nageur ? A-t-il pu gagner la rive ?

— Non, il ne nageait pas bien, et il était certainement ivre, de toute façon.

— Logan, je suis navrée… murmura-t-elle en posant la main sur sa nuque.

Il se dégagea d'un geste brusque.

— Laissez-moi seul.

Elle avait envie de rester près de lui, de le réconforter, mais il ne voulut pas d'elle.

— Que puis-je faire pour vous ? demanda-t-elle malgré tout.

— Me laisser tranquille.

Madeline quitta la pièce sans se retourner.

Il resta enfermé et s'enivra durant la fin de la journée et la majeure partie du lendemain. Il n'adressa la parole à sa femme que pour lui demander de prévenir le théâtre qu'il n'irait pas travailler et que la doublure prendrait sa place à la représentation.

— Quand reprendrez-vous ? voulut savoir Madeline.

Il lui lança un regard vague et partit s'enfermer dans sa chambre. Il ne voulait voir personne et, malgré les prières de son épouse et les plateaux qu'on lui portait, il refusait d'avaler la moindre nourriture.

Inquiète, Madeline demanda à Mme Beecham s'il s'était déjà comporté de cette façon.

— Quand vous l'avez quitté, madame Scott, répondit la gouvernante après une brève hésitation.

Madeline rougit.

— Combien de temps cela a-t-il duré ?

— Une semaine pendant laquelle il s'est soûlé à perdre la raison, et une autre semaine avant qu'il accepte de s'alimenter normalement.

La brave femme hocha la tête, désolée.

— Ça encore, je pouvais le comprendre, car je savais combien il tenait à vous. Mais là… Jamais je n'aurais cru qu'il avait tant d'affection pour Lord Drake. Je n'aime pas dire du mal des morts, mais c'était un bon à rien, Dieu ait son âme.

— Ils ont grandi ensemble et Logan se sentait peut-être responsable de lui.

Mme Beecham haussa les épaules.

— Quoi qu'il en soit, il accepte fort mal ce décès. Il finira par s'y faire, ajouta-t-elle avec un regard apitoyé pour le petit visage défait de Madeline. Il n'est pas bon que vous vous tracassiez, dans votre état.

C'était un sage conseil, mais c'était difficile à suivre. Comment ne pas s'inquiéter alors que Logan semblait déterminé à s'anéantir dans l'alcool ?

Le soir du second jour, Madeline rassembla tout son courage et essaya de pénétrer dans sa chambre. La porte était verrouillée.

— Logan ? appela-t-elle.

Comme elle s'y attendait, elle ne reçut pas de réponse. Elle frappa et perçut une sorte de grognement étouffé.

— Cessez de gratter à cette satanée porte et fichez-moi la paix ! dit Logan d'une voix pâteuse.

— Ouvrez, s'il vous plaît, demanda calmement Madeline, sinon je prendrai un des passe-partout de Mme Beecham.

— Alors je vous tordrai le cou comme à une dinde de Noël.

— J'attendrai ici que vous sortiez. Toute la nuit, s'il le faut.

Il n'y eut pas de réponse, et elle reprit, dans une subite inspiration :

— S'il arrive malheur au bébé, vous l'aurez sur la conscience.

Pleine d'appréhension, elle entendit un pas lourd s'approcher, puis le battant s'ouvrit à la volée et Logan la tira brutalement à l'intérieur.

— Je n'ai plus de conscience, dit-il.

Il se pencha sur elle, immense, sombre, échevelé, l'haleine empestant l'alcool, vêtu d'un pantalon informe, pieds et torse nus. Madeline ne put s'empêcher de reculer, paniquée. Il semblait capable de tout, et une lumière folle dansait dans ses yeux injectés de sang.

— Vous avez envie de remplir votre devoir d'épouse en me tapotant l'épaule avec sollicitude et en me murmurant des banalités à l'oreille. Mais je n'en veux pas. Ce dont j'ai besoin, c'est de ça !

Il plongea la main dans son corsage, l'attira à lui. Son menton couvert de barbe lui blessa la peau, mais contre toute attente elle ne protesta pas. Au contraire, elle noua les bras à son cou et s'abandonna à la brutale caresse. Privé d'affrontement, Logan fut totalement déconcerté.

— Bon Dieu, vous n'avez pas peur de moi ?

— Non, murmura-t-elle contre son épaule.

Il la repoussa, haletant.

— Vous vous comportez comme si vous étiez responsable de la mort de votre ami, Logan, et je ne comprends pas pourquoi, reprit-elle doucement.

— Vous n'avez pas à comprendre.

— Mais si, puisque vous semblez déterminé à vous détruire. Tant de gens dépendent de vous... Moi entre autres, figurez-vous.

Toute rage soudain envolée, Logan sembla très las, dégoûté de lui.

— Andrew avait besoin de moi, dit-il, et je n'étais pas là pour l'aider.

Elle cherchait une explication sur le visage ravagé.

— C'est donc ça ?

— En partie, oui.

Logan s'empara d'une bouteille de brandy à demi vide et se laissa tomber sur le bord du lit... Il y avait des souillures sur les draps, sur le tapis, résultat de trente-six heures de beuverie. Avant qu'il pût boire, Madeline lui prit la bouteille des mains. Il eut un geste maladroit pour la récupérer, mais elle la mit en lieu sûr et revint se tenir près de lui.

— Racontez-moi tout. Je vous en prie.

Comme un enfant épuisé, il ferma les yeux et baissa la tête. Des noms lui échappaient. Lord Drake... le comte de Rochester... Mme Nell... et puis tout jaillit dans un fatras de mots, et une incroyable histoire prit forme.

Madeline demeurait immobile à essayer de donner un sens à ses paroles confuses. Il était le fils de Rochester et de la fille de Mme Nell... Andrew était son demi-frère... Elle l'écoutait vider son sac avec l'amère honnêteté d'un condamné à mort. Il était de toute évidence bourrelé de remords.

— Pourquoi ne m'avoir rien dit ? demanda-t-elle quand il se tut enfin.

— Ça valait mieux. Et pour Andrew aussi.

— Mais vous aviez envie de lui en parler, n'est-ce pas ? dit-elle en posant une main sur ses cheveux. Vous regrettez de ne pas le lui avoir dit quand vous en aviez encore l'occasion ?

Logan appuya sa tête lasse contre ses seins.

— Je ne sais pas. Je... Mon Dieu, c'est trop tard, maintenant ! J'aurais dû être plus proche de lui.

— Vous avez fait tout ce que vous pouviez. Vous avez réglé ses dettes, vous ne lui avez jamais tourné le dos. Vous lui avez même pardonné de vous avoir volé Olivia.

— J'aurais dû l'en remercier. C'était une garce et une tricheuse.

Madeline tressaillit. Elle n'avait pas été tellement honnête avec lui, elle non plus.

— Irez-vous voir Rochester ? demanda-t-elle.

— Non, j'aurais trop envie de le tuer. Il est le principal responsable de la mort d'Andrew. Il lui a rendu la vie tellement impossible que le pauvre garçon n'a eu d'autre secours que l'alcool. Il s'y est « noyé ». Vous ne trouvez pas ça cocasse ? Pauvre diable !

Madeline ne releva pas la sinistre plaisanterie.

— Venez dans ma chambre dormir un peu pendant que les domestiques aèrent celle-ci, suggéra-t-elle.

Logan resta longtemps silencieux. Allait-il accepter ou retourner à sa bouteille ?

— Vous ne voudriez pas de moi dans votre lit, marmonna-t-il enfin. Je suis ivre et j'ai sacrément besoin d'un bain.

Madeline sourit.

— Vous êtes le bienvenu dans n'importe quelle condition.

Elle lui prit la main.

— Venez. S'il vous plaît.

Elle eut la surprise de le voir se lever péniblement et la suivre. Ce fut un soulagement, mais elle commença seulement à comprendre la nature du poids qui l'écrasait. Il avait dû se sentir tellement trahi quand il avait appris que le garçon avec qui il avait grandi était en réalité son frère ! Ni l'un ni l'autre n'avait joui d'un véritable foyer, d'une famille aimante… Jamais ils n'avaient été heureux.

Elle posa la main sur son ventre comme pour protéger la petite vie qu'il abritait. Logan serait sûrement capable d'aimer son enfant. S'il ne voulait pas de l'amour de Madeline… au moins elle lui aurait donné ça.

Il dormit d'un sommeil lourd, troublé de temps en temps par des murmures incohérents. Chaque fois, Madeline lui parla doucement afin de l'apaiser. Elle le veilla ainsi toute la nuit.

Au matin, elle sortit sans bruit de la chambre et donna ordre qu'on ne le dérangeât pas. Ensuite, après un bain et un petit déjeuner pris en solitaire, elle passa une heure ou deux à sa correspondance.

— Pardonnez-moi, madame…

Le majordome apportait une carte sur un petit plateau d'argent.

— Le comte de Rochester est ici en personne. Lorsque je lui ai dit que M. Scott n'était « pas à la maison », il a demandé si vous accepteriez de le recevoir en dépit de l'heure.

Madeline fixa la carte, à la fois consternée et curieuse. Que pouvait bien lui vouloir le comte ? Elle fut heureuse que Logan dormît encore à l'étage, car elle ignorait comment il aurait réagi à la présence de Rochester dans sa propre demeure.

— Je... je vais lui parler quelques instants, dit-elle en posant son porte-plume. Je vous rejoins dans le hall.

— Bien, madame.

Elle se dirigea vers l'entrée le cœur battant. Toute la nuit, elle s'était demandé quel genre d'homme pouvait bien être le comte, pour avoir maltraité ses deux fils de la sorte, leur avoir menti durant des années, pour avoir abandonné Logan aux mains d'une brute de fermier. Elle le détestait cordialement sans même le connaître et pourtant elle ressentait un soupçon de compassion pour lui en tant que père d'Andrew. Il souffrait certainement de sa disparition.

Elle ralentit le pas quand elle vit la tête grisonnante du comte, sa haute silhouette légèrement voûtée, son profil de rapace. Bien que Logan ne lui ressemblât pas vraiment, elle croyait volontiers qu'il fût le fils de Rochester...

Le chagrin se devinait à son teint terreux et à son regard terne.

— Lord Rochester, fit Madeline d'un simple signe de tête sans lui tendre la main.

Le comte parut vaguement étonné par son manque de respect.

— C'est fort aimable à vous de me recevoir, madame Scott.

— Je suis navrée du décès qui vous afflige, murmura-t-elle.

Ils s'observèrent un instant en silence.

— Vous êtes au courant de tout, reprit Rochester. Je le vois à votre expression.

Madeline acquiesça.

— Oui, il m'a tout dit.

Le comte haussa les sourcils.

— Je suppose qu'il m'a dépeint comme un monstre sans cœur ?

— Il s'est contenté de m'exposer les faits, monsieur.

— Vous êtes bien au-delà de ce que je pouvais espérer pour Scott. Une jeune femme d'excellente éducation, c'est évident. Qu'est-ce qui a décidé vos parents à autoriser cette mésalliance ?

— Ils sont enchantés d'avoir un homme de sa qualité dans la famille, déclara Madeline d'un ton glacial.

Rochester flaira le mensonge et une lueur d'admiration éclaira son regard.

— Mon fils a bien choisi son épouse.

— Votre fils ? répéta Madeline. Je croyais que vous aviez décidé une fois pour toutes de ne pas le reconnaître.

— C'est justement ce dont j'ai l'intention de m'entretenir avec lui.

Avant qu'elle eût le temps d'en savoir davantage, ils entendirent des pas et se retournèrent. Logan, le visage de marbre, s'arrêta près de sa femme, les yeux fixés sur le vieil homme.

La nuit de sommeil lui avait fait du bien. Il était rasé de près et portait une chemise blanche impeccable, mais il avait des cernes sous les yeux et il était très pâle.

— Je ne vois pas ce qui peut vous amener chez moi, dit-il d'un ton monocorde.

— Tu es tout ce qui me reste au monde, répondit simplement Rochester.

Logan eut un mauvais sourire.

— Vous n'espérez tout de même pas que je vais jouer le remplaçant d'Andrew ?

Le comte tressaillit.

— J'ai commis beaucoup d'erreurs avec Andrew, je ne le nie pas. Je n'ai peut-être pas été un père idéal, mais...

— Peut-être pas ? ricana Logan.

— ... Mais j'avais envie de l'aider.

Rochester avala sa salive et poursuivit avec peine :

— Je l'aimais, quoi que tu en penses.

— Alors, il fallait le lui montrer, grommela Logan.

La conversation prenait une tournure difficile, mais le comte s'obligea à continuer.

— Je nourrissais de grands espoirs pour lui. Sa mère était une femme raffinée, d'excellente naissance. Je l'avais choisie pour que mon fils ait le meilleur lignage.

— Contrairement à votre aîné, commenta Logan.

— Oui, avoua Rochester. Tu ne correspondais pas à mes ambitions, et je me suis persuadé qu'il valait mieux que je te mette à l'écart pour tout recommencer de zéro. Je voulais pour mon fils – mon fils légitime – tout ce qu'il y a de mieux. Je lui ai offert une fortune, les meilleurs collèges, des entrées dans la haute société. Il n'y avait aucune raison pour qu'Andrew ne remporte pas les plus grands succès... Mais il a échoué lamentablement sur tous les plans ; avec pour seul intérêt dans la vie le jeu et la boisson. Tandis que toi...

Il eut un petit rire ironique.

— Toi, je ne t'ai rien donné, ta mère n'était pas une aristocrate, et pourtant tu as amassé une véritable fortune, tu t'es fait ouvrir toutes les portes. Tu es même parvenu à épouser le genre de femme qui aurait été idéal pour Andrew.

— Dites-moi ce que vous voulez, Rochester, coupa Logan, et quittez ma maison.

— Très bien. Je souhaite mettre un terme à cette guerre entre nous.

— Il n'y a pas de guerre, Rochester. Maintenant qu'Andrew n'est plus là, je me fiche comme d'une guigne de ce qui peut vous arriver. Vous ne me verrez plus jamais, ni ma femme, ni mes enfants. Vous n'existez pas pour moi.

Le comte ne fut pas surpris de cette dureté.

— Tu es libre de ton choix. Mais je pourrais faire beaucoup dans l'intérêt des tiens. Par exemple user de mon influence afin que tu obtiennes un titre, en alléguant les nombreux domaines que tu as acquis. Et, bien qu'il y ait des limites à ce que j'ai le droit de léguer à un fils illégitime, je peux encore te laisser un généreux patrimoine.

— Je ne veux pas un sou de l'argent qui aurait dû revenir à Andrew.

— Songe tout de même à tes enfants. Je veux en faire mes héritiers. Les priveras-tu de ce qui leur revient de droit ?

— Je n'accepterai jamais...

— Je ne t'impose rien, l'interrompit le comte. Je te prie seulement de réfléchir. Tu n'as pas besoin de me répondre tout de suite, je n'ai rien d'autre à faire qu'attendre, désormais.

— Vous pouvez attendre longtemps, grinça Logan.

Rochester eut un sourire amer.

— Oui. Je sais à quel point tu es entêté.

Logan le regarda s'en aller, les dents serrées.

Hélas, Rochester, ou l'un de ses proches, dut commettre une indiscrétion, car en quelques jours tout Londres fut au courant de son lien de parenté avec Logan. Ce dernier fut harcelé de visites et de courriers, tant chez lui qu'au théâtre.

On se battait pour obtenir des places au théâtre. Il semblait que le public fût passionné par l'histoire de ce roturier qui se découvrait soudain des origines aristocratiques. La noblesse en était secouée mais elle se repaissait de chaque détail de cette scandaleuse affaire.

En ville, on ne parlait plus que de Logan, et cette célébrité qu'il n'avait pas souhaitée le contrariait au plus haut point. Il ne se remettait pas de la mort d'Andrew et il se tuait de plus en plus au travail, ne trouvant d'apaisement que dans les bras de Madeline, la nuit. Il se mit à lui faire l'amour avec encore plus de tendresse, plus longuement, comme s'il voulait se perdre en elle pour toujours.

— Je n'aurais jamais cru que j'éprouverais autant de plaisir dans le lit conjugal, lui confia Madeline un soir.

Il rit, la main sur sa hanche.

— Moi non plus. Avec mon goût prononcé pour les femmes d'expérience, je n'aurais pu m'imaginer désirer à ce point une pure jeune fille.

— Je ne suis plus une pure jeune fille, protesta Madeline tandis qu'il se glissait sur elle. Après tout ce que nous avons fait…

— Vous avez encore beaucoup à apprendre, ma chérie, dit-il en la pénétrant doucement.

— Impossible ! répondit-elle.

Et il lui fit l'amour jusqu'à ce qu'elle en perdît le souffle.

Un jour qu'elle passait au théâtre après l'heure de la répétition, Madeline trouva Logan seul sur scène en train de prendre des notes au milieu d'un nouveau décor. Il était si absorbé qu'il ne la vit pas tout de suite, mais lorsqu'il la découvrit dans les coulisses, son regard s'éclaira.

— Venez ici, dit-il.

Madeline obéit avec joie.

Logan posa son bloc et la prit par la taille.

— Vous avez l'air d'un pot de miel, avec cette robe de la couleur de vos yeux, déclara-t-il. Laissez-moi goûter.

Madeline jeta un coup d'œil inquiet autour d'elle, craignant qu'un employé ne traînât dans les parages, et Logan se moqua gentiment d'elle.

— Personne ne trouvera à y redire, madame, je vous l'assure.

Il lui vola un baiser, puis un autre, jusqu'à ce qu'elle se détachât de lui en souriant.

— Avez-vous bientôt fini votre journée ?

— Oui. Accordez-moi encore cinq minutes. Pourquoi ne pas m'attendre dans mon bureau ? Nous pourrons avoir un entretien privé, porte fermée…

— Je n'ai pas envie de travailler, fit-elle, provocante.

— Rassurez-vous, il n'est pas question de ça, rétorqua-t-il avec une tape familière pour la renvoyer dans les coulisses.

Comme elle s'éloignait, il reprit ses notes, puis il s'aperçut qu'il avait du mal à se concentrer. Il avait beaucoup plus envie d'aller s'occuper de sa femme… Mais il se força à prendre encore quelques notes sur son bloc, appuyé sur un élément du décor.

Tout en travaillant, il se rendit compte que quelqu'un remontait l'allée latérale en direction de la scène.

— Qui est là ? demanda-t-il en plissant les yeux dans les lumières de la rampe.

Pas de réponse.

Logan soupira. Sans doute un curieux qui était parvenu à se glisser là sans être vu !

— Le théâtre est fermé au public, poursuivit-il. Revenez ce soir pour la représentation.

L'intrus approcha encore, mais il semblait hésiter à sortir de l'ombre.

Logan se redressa.

— Bon sang, qui êtes-vous ? s'énerva-t-il.

L'homme répondit enfin, et sa voix avinée fit chavirer l'univers de Logan.

— Ne me dis pas que tu m'as déjà oublié… mon cher frère.

Andrew se montra enfin à la lumière, le visage bouffi, haineux, cramoisi. Logan le fixait, complètement désorienté et il s'aperçut qu'il avait titubé jusqu'au fond de la scène. Le nom d'Andrew se forma sur ses lèvres, et un instant il se crut devant un fantôme… Puis il vit le pistolet dans la main de son frère.

— Je te croyais mort, dit-il enfin d'une voix rauque.

— Alors tu vas être déçu, répliqua Andrew. Tu étais prêt à prendre ma place, hein ?

— Non, je…

Logan respirait profondément afin de reprendre ses esprits.

— Bon sang, Andrew, que s'est-il passé ? Tout le monde a cru que tu t'étais noyé lors de cette fichue soirée sur la Tamise…

— C'est ce que je voulais. Il fallait que je trouve une échappatoire à ces requins qui menaçaient de me tuer si je ne remboursais pas mes dettes de jeu. J'avais besoin de temps pour trouver de l'argent.

— Tu m'as fait vivre un enfer ! aboya Logan qui commençait à se remettre du choc.

— Pas trop longtemps, déclara Andrew, doucereux. Tu as assez vite récupéré pour annoncer au monde entier que tu étais mon demi-frère. Ce dont personne n'avait pris la peine de m'informer, bien sûr.

— Je l'ai moi-même appris très récemment. Tu es ivre, Andrew, ajouta Logan. Pose cette arme, et parlons calmement.

— J'ai l'intention de m'en servir, répliqua Andrew d'une voix pâteuse. Sur toi, sur moi… sur nous deux, peut-être. Ma vie ne vaut plus un radis, et songe comme ta réputation s'en trouvera grandie. Tu deviendras un héros, une légende dans l'histoire du théâtre !

Logan demeurait imperturbable, mais son cœur battait à un rythme accéléré. Ivre, Andrew était capable de tout.

— Je n'ai jamais tué personne, reprit-il en tremblant comme une feuille. Mais toi, tu le mérites, Jimmy.

— Mais pourquoi ?

Andrew eut un rictus amer.

— J'ai toujours eu confiance en toi, je savais que je pouvais compter sur ton amitié, dans ce monde de traîtres. Mais je m'aperçois que tu es le pire de tous. Tu as gardé le sale secret de Rochester pour toi, puis tu t'es précipité pour prendre ma place dès que tu m'as cru mort. Eh bien, tu ne profiteras pas de ce qui m'appartient, parce que je vais te tuer.

Andrew approchait en brandissant l'arme d'une main mal assurée. Logan envisageait de se jeter sur lui pour la lui arracher, quand il vit du coin de l'œil Madeline qui s'approchait par les coulisses. *Bon Dieu, Maddy, non !* Elle risquait d'attraper une balle perdue, ou d'exaspérer encore plus Andrew et de le pousser à tirer… Logan se mit à transpirer et lui tourna le dos pour ne pas risquer de regarder dans sa direction.

— C'est faux, je ne veux rien de ce qui est à toi, dit-il à son frère. Je souhaite seulement t'aider.

Il avait la gorge sèche. Il se rendit compte que Madeline avançait sans bruit derrière les éléments de décor. Il s'attendait d'un instant à l'autre qu'elle trébuchât, qu'elle fît du bruit…

— M'aider ? répéta Andrew qui vacillait, tout proche de lui. Quelle merveilleuse démonstration d'amour fraternel… Pour un peu, je te croirais !

— Pose ce fichu pistolet, ordonna Logan, et parlons.

— Je te méprise, Jimmy, marmonna Andrew en visant le ventre de Logan. Tu es bien comme mon père. Un salaud prétentieux, avec de vilains petits secrets, un manipulateur...

— Je ne t'ai jamais fait de mal, Andrew.

Andrew, au désespoir, secoua la tête.

— Jimmy... Comment est-il possible que nous n'ayons pas su ? Toutes ces années...

— Non, Andrew ! s'écria Logan, terrifié, tandis que son frère armait le chien. Andrew...

Il y eut soudain un fracas énorme et un panneau de décor s'abattit sur Andrew poussé par une main invisible. Le coup de feu partit, et la balle alla se ficher sur le côté de la scène.

Madeline se tenait là où le panneau s'était écroulé et, après avoir vérifié qu'elle était indemne, Logan se précipita pour dégager son frère. Il le saisit par le col. Andrew empestait l'alcool et le fixait de son regard vitreux.

— Que... s'est-il passé... ?

Rassuré sur son état, Logan l'assomma d'un solide coup de poing à la mâchoire et Andrew retomba sur les planches où il se mit à ronfler bruyamment.

Madeline s'approcha.

— Il n'a pas de mal ?

Logan se redressa en s'efforçant de compter lentement jusqu'à dix, mais rien ne pouvait endiguer la rage incontrôlable qui montait en lui. S'il touchait Madeline, il l'étranglerait !

— Qu'est-ce qui vous a pris ? demanda-t-il durement. Avez-vous pensé à notre enfant ?

— Non, je... Je n'ai pensé qu'à vous.

— Je suis assez grand pour prendre soin de moi ! rugit-il.

Il la saisit aux épaules et la secoua d'importance.

— Par le ciel, madame, vous me rendez fou !

— Je ne pouvais tout de même pas rester là sans rien faire, à le regarder vous tirer dessus ! Il n'y a pas de quoi vous mettre dans cet état. Personne n'est blessé, tout le monde va bien... Enfin presque tout le monde, ajouta Madeline avec un coup d'œil à la silhouette inanimée d'Andrew.

— Non, ça ne va pas bien ! tonna Logan qui finit par la lâcher.

Il avait envie de continuer à la secouer jusqu'à ce que ses dents s'entrechoquent, et en même temps de la serrer contre lui et de la couvrir de baisers. L'idée qu'elle aurait pu être blessée, voire tuée, le paniquait à retardement et il serrait les dents pour endiguer l'émotion qui menaçait de le submerger.

Madeline le fixait, déboussolée.

— Je ne comprends pas.

— Alors je vais vous expliquer, dit-il, méchamment. Pour moi, la seule valeur que vous représentez, c'est l'enfant que vous portez. Je vous demande uniquement de prendre soin de lui, et même ça, vous en êtes incapable !

Madeline se décomposa.

— Je...

Elle en perdait la respiration.

— Je suis désolée que vous me trouviez si incapable.

Ils furent interrompus par des employés que le bruit avait alertés.

— Monsieur Scott !

— Que se passe-t-il ?

— Qui est...

— On a essayé de tuer M. Scott !

Logan revint s'accroupir près de son frère.

— C'était un accident. Relevez Lord Drake, mettez-le dans ma voiture, je l'emmène à la maison. Il est malade.

— Il est surtout soûl comme une barrique, murmura un machiniste tandis qu'on s'affairait autour d'un Andrew inerte.

Logan lança un regard glacial à Madeline.

— Il dormira dans l'appartement des invités jusqu'à nouvel ordre. Vous n'y voyez pas d'inconvénient ?

Elle secoua la tête.

— À quoi bon me poser cette question ? Vous m'avez clairement fait comprendre que mon opinion n'avait pas d'importance.

Machinalement, il lui posa la main sur la taille pour la guider vers les coulisses, mais elle se dégagea d'un geste brusque. C'était la première fois qu'elle refusait son contact.

— Je n'ai pas besoin de votre aide, dit-elle sèchement. Ce dont j'ai besoin, c'est justement ce que vous refusez de me donner.

Elle s'éloigna vivement, animée d'une colère qui laissa Logan déconcerté. L'avait-il déjà vue dans cet état ? Bon sang, elle lui donnait l'impression qu'il avait tort, alors que c'était elle qui s'était montrée inconséquente en mettant sa vie en danger !

Ils n'échangèrent pas un mot dans la voiture. Une fois à la maison, Logan, avec l'aide de quelques domestiques, installa Andrew, qui ne s'était toujours pas réveillé, dans ses appartements. Ensuite, après une rapide collation, il s'apprêta à partir au théâtre pour la représentation du soir.

— Ça va aller ? demanda-t-il d'un ton sec. Je peux envoyer chercher quelqu'un de votre famille pour vous tenir compagnie en mon absence…

— Ça ira, coupa-t-elle sans le regarder. Les serviteurs sont là, et je ne pense pas que Lord Drake se réveille avant demain matin.

— Cependant s'il se réveillait, ne vous approchez pas de lui.

— Entendu. Quand avertirez-vous Lord Rochester que son fils est en vie ?

— Andrew le décidera lui-même dès qu'il en sera capable… Quant à vous, couchez-vous de bonne heure. Vous avez subi un choc, il vous faut du repos.

— Ne vous inquiétez pas, répondit Madeline froidement déterminée à se montrer aussi glaciale que lui. Le bébé se porte bien.

Logan sortit d'un air sombre sans ajouter un mot.

Madeline tenta de s'exhorter à la patience, se rappela tout le mal qu'elle lui avait fait, se souvint qu'elle s'était promis de gagner son amour peu à peu… Mais en vain. Elle n'éprouvait que colère. Amour et patience ne l'avaient menée à rien ! Si Logan voulait ce genre de rapport entre eux, qu'il en soit ainsi ! Elle n'en pouvait plus de jouer les martyrs, d'attendre, d'espérer en silence. Les poings serrés, elle monta à l'étage dans l'espoir qu'un long bain l'apaiserait.

Avant de se coucher, elle alla à la fenêtre de sa chambre et écarta le rideau de velours. Il y avait de la lumière dans l'appartement des invités, et elle vit quelqu'un bouger.

Lord Drake était réveillé. Il devait être en proie aux remords, et il avait sûrement très mal à la tête… Madeline envisagea un instant de l'ignorer. Après son comportement de l'après-midi, il ne méritait guère sa compassion. Et puis Logan lui avait interdit de s'approcher de lui.

Mais elle n'avait d'ordres à recevoir de personne ! Elle avait le droit d'agir à sa guise et d'obéir à sa propre conscience.

Elle sonna sa camériste.

— Oui, madame ? demanda la domestique, ennuyée de voir sa maîtresse sortir une robe de la penderie.

— Aidez-moi à m'habiller, dit Madeline. Je crois que Lord Drake a repris connaissance, et il faut que je lui parle.

— Mais, madame, le maître a dit à tout le monde…

— Sans doute, cependant ne vous inquiétez pas. Je serai parfaitement en sécurité, car je demanderai à quelqu'un de m'accompagner.

— Bien, madame. Tout de même, le maître ne sera pas content, quand il l'apprendra.

Finalement, Madeline se rendit chez Andrew escortée par un valet de pied, par Mme Beecham et par le majordome, qui ne lui cachèrent pas leur désapprobation.

— Je n'ai pas besoin de tout ce monde ! protesta Madeline.

Mais ils étaient bien décidés à la protéger contre un individu qu'ils estimaient dangereux.

Quand ils entrèrent, Lord Drake était en train de fouiller dans le buffet du salon. Titubant, clignant des yeux comme un enfant réveillé en sursaut, il regarda la petite troupe, puis son regard s'arrêta sur le visage tendu de Madeline.

Elle était surprise du changement qui s'était opéré en lui. Le jeune dandy cynique et moqueur avait l'air d'un inconnu à la mine épouvantable. Il était vêtu de vêtements propres appartenant à Logan, mais le pantalon avait du mal à contenir sa bedaine naissante.

— Si c'est de l'alcool que vous cherchez, dit doucement Madeline, Logan a pris soin de retirer toutes les bouteilles. Voulez-vous du café ?

Il lui lança un regard piteux et sembla vouloir rentrer sous terre.

— Allez-vous-en, je vous en prie. Je ne supporte pas... Après ce que j'ai fait...

— Vous n'étiez plus vous-même, dit-elle, prise d'une soudaine pitié.

— Oh, si ! C'était bien moi ce salaud, ce lâche !

Madeline commanda au valet du café et des sandwiches, mais Andrew l'arrêta.

— Ne vous dérangez pas. Je serai parti dans moins d'une heure.

— Vous devez rester, Lord Drake. Pour mon mari.

Il eut un demi-sourire ironique.

— Vous ne voulez pas le priver du plaisir de me battre comme plâtre ?

— Vous le connaissez mieux que ça, dit-elle calmement avant de s'installer dans un fauteuil tandis que Mme Beecham et le majordome allumaient les lampes et attisaient le feu. Asseyez-vous et racontez-moi tout, Lord Drake.

Il s'assit à contrecœur et se prit la tête dans les mains. On apporta le café et, après avoir avalé la troisième tasse, il parut se sentir un peu mieux. Reconnaissant qu'il était inoffensif, les domestiques cédèrent à la requête de Madeline et se retirèrent dans la pièce voisine.

Lord Drake prit aussitôt la parole.

— J'avais bu pendant trois jours sans discontinuer avant la soirée sur la Tamise, marmonna-t-il. J'étais mort de peur. On avait mis ma tête à prix parce que j'étais incapable de rembourser une importante dette de jeu. Alors j'ai eu l'idée absurde de laisser croire que je m'étais noyé, afin de gagner du temps. Ma ruse a marché, et je me suis déguisé pour continuer à aller jouer dans un bouge de l'East Side. C'est là que j'ai entendu parler de Logan. On racontait qu'il était le fils naturel du comte de Rochester. Ça m'a rendu fou. Jamais je n'ai éprouvé autant de haine qu'à ce moment-là.

— Contre Logan ? s'étonna Madeline.

— Oui. Mais surtout contre mon père. À eux deux, ils avaient fait de moi un imposteur. Logan était l'aîné, j'avais pris sa place, je menais la vie qu'il aurait dû mener… Et il a toujours été évident qu'il était meilleur que moi en tout. Regardez ce qu'il est devenu ! Je me trouvais certes moins brillant que lui, mais je me consolais en songeant que le sang des Drake coulait dans mes veines. Or c'était son cas aussi !

— Vous êtes le seul fils légitime de Lord Rochester, et cela ne changera jamais, objecta Madeline.

Lord Drake serra si fort la tasse en porcelaine que la jeune femme craignit qu'elle ne se brisât.

— Mais Logan aurait dû l'être aussi, vous ne comprenez pas ? Et il n'a rien eu. Moins que rien. Mon Dieu, vous n'imaginez pas comment il vivait, les raclées qu'il a reçues, le froid, la faim… Et moi, pendant ce temps je vivais au château !

— Vous n'y pouviez rien, intervint doucement Madeline.

— Mais mon père, si… Et c'est un véritable cauchemar de le savoir. Je ne supporte pas l'idée d'être son fils. Je ne supporte pas non plus d'avoir Logan pour frère alors que je lui ai tout volé depuis le jour de ma naissance.

Il se leva, posa la tasse.

— La seule chose que je puisse faire pour lui, désormais, c'est de disparaître définitivement de son existence.

— Vous vous trompez complètement.

Madeline le fixait d'un regard clair qui sembla le clouer sur place.

— Au moins, reprit-elle, la voix tremblante du désir de le convaincre, au moins ayez le courage de l'affronter demain matin. Au fond de son cœur, il croit que tous ceux à qui il tient le quittent tôt ou tard. Si vous avez la moindre affection pour lui, restez, et essayez de l'aider à faire la paix avec son passé. Sinon il ne trouvera jamais la sérénité. Vous êtes son unique lien avec Lord Rochester. Je ne crois pas qu'il parvienne à l'aimer un jour, mais il doit accepter l'idée qu'il est son fils.

— Et je serais capable de faire ça pour lui ? rétorqua Andrew avec un rire sardonique qui ressemblait étrangement à celui de Logan. Grand Dieu, mais je n'y arrive déjà pas pour moi !

— Alors vous vous y aiderez mutuellement, s'obstina Madeline.

Andrew se rassit.

— Vous n'êtes pas seulement agréable à regarder, n'est-ce pas ? Vous savez ce que vous voulez, et vous êtes diablement obstinée... Il faut l'être, d'ailleurs, pour avoir épousé mon frère.

Ils échangeaient un regard amusé quand une haute silhouette se profila sur le seuil.

Logan... Le visage déformé de rage, la voix dure, il s'adressa à Madeline.

— Sortez immédiatement !

Elle cligna des yeux.

— Je... je parlais simplement avec Lord Drake...

— Je vous ai dit de vous tenir à l'écart. C'est trop vous demander que d'obéir à mes ordres ?

— Attends un peu ! intervint Andrew. Nous ne faisons rien de mal. Et ne fais pas payer à ta femme un événement qui s'est passé bien avant votre rencontre.

Logan l'ignora.

— À l'avenir, madame, vous vous abstiendrez de vous mêler de ce qui ne vous regarde pas.

Brusquement, quelque chose se brisa en elle. Pendant des mois, elle s'était montrée docile, elle avait essayé de gagner l'affection de Logan en lui offrant le meilleur d'elle-même... et cela n'avait pas suffi. Tout à coup, elle en avait assez d'être rabrouée. Elle se leva et rétorqua froidement :

— Très bien. Je ne vous importunerai plus de ma présence. Dorénavant vous pourrez jouir de votre solitude, autant que vous le désirez.

Elle quitta la pièce sans un regard en arrière.

Logan tourna vers son frère un visage chargé de haine.

— Si jamais tu poses tes sales pattes sur elle...

— Mon Dieu ! Tu n'imagines tout de même pas que je serais capable de courtiser ta femme – n'importe quelle femme d'ailleurs – dans son état ? J'ai d'autres sujets de préoccupation et, en outre, elle refuserait mes avances. Ce n'est pas Olivia...

— Si je te trouve de nouveau seul avec elle, je te casse la tête !

— Tu es encore plus stupide que moi, si c'est possible ! fit remarquer Andrew en massant ses tempes douloureuses. Tu as eu la chance de trouver une femme qui t'aime, bien que je n'arrive pas à comprendre par quel miracle, et tu n'as aucune idée de la façon dont tu dois te comporter avec elle.

— Tu es encore ivre, Andrew.

— Évidemment ! C'est le seul moment où j'arrive à être sincère.

— Que je sois damné si je parle encore une fois de ma femme avec toi !

— Damné, tu l'es déjà, de toute manière, puisque tu es un Drake. Tu finiras par faire fuir tous ceux qui t'aiment. Les Drake sont des créatures solitaires. Nous détruisons ceux qui nous approchent de trop près, nous méprisons les imbéciles qui nous témoignent de l'affection. C'est arrivé à ta mère, cela se renouvelle à présent avec ta femme.

Logan fixait son frère, interloqué, tandis que tout son être se révoltait.

— Je ne suis pas comme lui, murmura-t-il enfin.

— Combien de gens as-tu sacrifiés à ton ambition ? Combien en as-tu tenus à distance jusqu'à ce qu'ils renoncent à t'atteindre ? Tu t'es persuadé que tu te suffisais à toi-même. La vie est drôlement plus facile comme ça, non ? Tu es affligé d'une extraordinaire autosuffisance, Jimmy. Comme Rochester. Et comme moi...

Il eut un petit sourire.

— Tu veux entendre quelque chose de drôle ? Elle m'a demandé de t'aider.

— *M'aider ?* répéta Logan, incrédule. Ce n'est pas moi qui ai besoin d'aide.

— C'est discutable, dit Andrew avec une petite grimace. Mais nous en parlerons demain, si tu veux bien, mon frère. Je suis épuisé et soûl. En attendant, tu devrais songer à aller trouver ta femme pour la supplier de ne pas te quitter.

15

Logan retourna à ses appartements dans une sorte de brouillard, avec l'impression que son confortable univers venait d'être mis sens dessus dessous. Tant d'événements inattendus... L'annonce de sa paternité, la découverte qu'il était le fils de Rochester, la mort d'Andrew, puis sa brusque réapparition. Que de chocs successifs ! Et au milieu de tout cela un élément stable. Madeline... généreuse, tendre, aimante.

Il avait besoin d'elle, mais il répugnait à se l'avouer. Elle devrait se contenter de ce qu'il pouvait donner, sans lui en demander davantage. Rassemblant ses réserves de prudence, il pénétra dans la chambre où il trouva son épouse assise au bord du lit, les mains pressées sur le ventre. Elle avait une expression tellement étrange qu'il eut un instant de panique.

— Qu'avez-vous ? demanda-t-il en se précipitant vers elle.

— Le bébé a bougé, murmura-t-elle, émerveillée.

Logan se figea un instant, puis il eut envie de la toucher, de sentir cette petite vie qui remuait en elle. Son enfant. Il lui fallut un tel effort pour se dominer qu'un long frisson le parcourut.

Toute douceur disparue, Madeline se leva et alla vers l'armoire. Alors seulement Logan remarqua qu'elle avait sorti une valise.

— Que faites-vous ?

— J'ai décidé que je n'avais plus envie de vivre ici.

Une bouffée de colère envahit Logan, pourtant il répondit d'un ton doucereux :

— Vous n'avez pas le choix, madame.

— Bien sûr que si. Sauf si vous me retenez par la force.

— Je ne me rendais pas compte que tout cela vous était si désagréable, dit-il en englobant d'un geste leur luxueux décor. Si vous n'étiez pas heureuse, vous faisiez magnifiquement semblant !

— Vous avez le don de me rendre heureuse et malheureuse en même temps...

Madeline sortait des piles de linge qu'elle jetait à mesure dans la valise.

— Visiblement, reprit-elle, j'ai été un fardeau pour vous. Toutefois, dès que j'aurai appris à ne plus vous aimer, la vie sera beaucoup plus simple pour nous deux.

Logan s'approcha d'elle.

— Maddy, commença-t-il d'un ton bourru, je n'aurais pas dû m'énerver après vous tout à l'heure. J'étais inquiet, voilà tout. Maintenant, laissez cela et venez vous coucher.

Elle secoua la tête. Des larmes d'exaspération lui montaient aux yeux.

— J'abandonne, Logan. Vous ne cesserez jamais de me punir pour vous avoir blessé. Vous cherchez toutes les occasions de me montrer que vous pouvez partir sans vous retourner... Vous avez été assez clair. J'avoue avoir eu la folie d'imaginer que vous pourriez changer ; à présent, je souhaite seulement m'éloigner de vous afin de trouver quelque repos.

Cet entêtement tranquille le mit en rage.

— Vous n'irez nulle part, bon sang !

Il la saisit à l'épaule et fut absolument stupéfait de sentir la paume de Madeline s'abattre sur sa joue. Elle l'avait giflé !

— Lâchez-moi, ordonna-t-elle, le souffle court et les yeux brillants.

Déconcerté, outré, Logan se pencha pour la calmer de la seule façon qu'il connût : en l'embrassant. Mais elle demeura raide, les lèvres glaciales sous les siennes. Pour la première fois, il se rendait compte que son épouse cachait une volonté de fer derrière sa douceur apparente. Il regarda cette petite étrangère dure et obstinée, et il baissa les bras.

— Par le diable, que voulez-vous de moi ?

— J'aimerais obtenir des réponses à quelques questions que je me pose, dit-elle en cherchant son regard. D'abord, est-il vrai, comme vous l'avez dit, que ma seule valeur à vos yeux soit l'enfant que je porte ?

Logan sentit le rouge lui monter au front.

— J'étais furieux que vous ayez mis votre vie en danger.

— M'avez-vous épousée uniquement parce que j'étais enceinte ? insista-t-elle.

Logan avait l'impression qu'elle creusait sous ses fondations, peu à peu, et qu'il n'allait pas tarder à s'écrouler.

— Oui, je... Non. J'avais toujours envie de vous.

— Et vous m'aimiez encore ?

Logan se passa nerveusement les mains dans les cheveux.

— Je ne veux pas parler de ça !

— Parfait.

Madeline, imperturbable, se remit à faire ses bagages.

Logan vint la saisir par la taille, sans se soucier de son brusque raidissement, et il se noya dans le doux parfum de ses cheveux.

— Je ne veux pas vous perdre, Maddy, murmura-t-il.

Elle luttait pour se dégager.

— Mais vous ne voulez pas non plus m'aimer.

Il la laissa aller et entreprit d'arpenter la chambre comme un ours en cage.

— Vous me l'avez dit une fois ! éclata Madeline, furieuse. Pourquoi pas maintenant ? Vous êtes donc tellement rancunier ?

Il s'immobilisa, le dos tourné, et répondit d'une voix brisée :

— Je vous ai pardonné depuis longtemps. J'ai compris les raisons de votre acte. Je vous en ai même admirée, d'une certaine manière.

— Alors pourquoi ces barrières entre nous ?

Elle vit ses épaules frémir et se mordit la lèvre. Si elle se taisait, elle entendrait peut-être les paroles qui lui permettraient de comprendre.

— Vous savez que je vous aime, dit-il enfin d'une voix enrouée. Tout le monde le sait. Je n'y peux rien.

Il alla à la fenêtre, posa sa main à plat sur la vitre fraîche.

— Mais je ne veux pas que cela se reproduise, poursuivit-il avec peine. Je serais anéanti si je vous perdais de nouveau.

— Vous ne me perdrez pas, protesta-t-elle en pleine confusion. Vous ne pouvez imaginer une chose pareille, Logan !

— Rochester m'a dit...

Il s'interrompit, avala sa salive.

— Rochester a dit que ma mère était morte en me mettant au monde, parce que j'étais trop gros... C'est moi qui l'ai tuée.

Madeline poussa un cri d'indignation.

— Mon Dieu, comment osez-vous penser cela ?

— C'est la réalité. Elle est morte par ma faute, et je n'arrive pas à me réjouir de la naissance de notre bébé quand je pense que cela risque de...

Il ne put finir sa phrase.

— Vous avez peur que je meure en couches, termina Madeline qui n'en revenait pas. C'est bien ce que vous essayez de dire ?

— Un enfant de moi sera forcément très robuste, et vous…

— Je ne suis pas si fragile ! Logan, regardez-moi. Je vous promets que rien ne nous arrivera, ni au bébé ni à moi.

— Vous ne pouvez pas faire une telle promesse, grommela-t-il.

Madeline ouvrait la bouche pour protester, mais elle se rappela les déboires que sa mère avait eus avec ses grossesses. Logan avait raison, elle ne pouvait rien promettre.

— Et en admettant que vos craintes soient justifiées et que le pire se produise, reprit-elle, changeant de tactique, cela sera-t-il plus facile si vous avez gardé vos distances par rapport à moi ?

Il tourna enfin vers elle un visage défait.

— Bon Dieu, je n'en sais rien !

— Vous n'êtes pas las de vous tenir ainsi à l'écart du monde ? murmura-t-elle, pleine de compassion. Venez à moi, Logan. Nous sommes deux, ne nous imposons pas la solitude.

Ces derniers mots eurent raison de lui. Il la rejoignit en deux enjambées et la serra contre lui à la briser.

— Je ne peux pas vivre sans vous…

— Il n'y a aucune raison pour que cela se produise, le rassura-t-elle, les mains nouées sur sa nuque.

Logan prit sa bouche en un baiser interminable.

— Vous resterez ? demanda-t-il ensuite contre ses lèvres.

— Oui, oui…

Cette fois, ce fut elle qui l'embrassa et il soupira de plaisir.

Il allait prendre le risque de l'aimer. D'ailleurs, il n'avait pas le choix.

Il la porta sur le lit et la déshabilla avant de lui faire l'amour avec une tendresse infinie.

Après l'instant magique de l'extase, elle demeura dans ses bras, trop lasse pour bouger quand elle le sentit se redresser sur un coude et la contempler. Il posa doucement les lèvres sur son ventre, et une joie immense fit monter des larmes aux yeux de Madeline.

— Tout ira bien, dit-elle. Faites-moi confiance.

Épilogue

Le travail durait depuis dix heures. Chassé de la chambre où Madeline mettait leur enfant au monde, Logan était assis dans le petit salon, la tête entre les mains, se désolant à chaque gémissement qui lui parvenait. Il était un peu réconforté de savoir Julia auprès de Madeline pour l'encourager et la soutenir, éventuellement pour assister le médecin et la sage-femme. Cependant rien rie pouvait calmer son angoisse.

Il était resté près de son épouse durant les premières heures de l'accouchement, souffrant avec elle, jusqu'à ce que le Dr Brooke lui ordonnât de sortir.

— Allez donc ouvrir une bonne bouteille de brandy, avait-il conseillé amicalement. Il y en a encore pour plusieurs heures.

Logan avait avalé le contenu d'une demi-bouteille sans trouver le moindre apaisement. Il ne supportait pas le souvenir de Madeline que la douleur poussait à se mordre les lèvres au sang…

— Grands dieux, Jimmy ! s'écria Andrew, venu lui tenir compagnie. Ça ne va pas fort, on dirait !

Logan lui lança un regard noir.

— C'est bizarre, commenta Andrew d'un ton léger, pour une fois, c'est moi qui suis sobre et toi qui picoles !

Au cours des derniers mois, Andrew avait fait de gros efforts pour rester sobre, et il s'accordait tout juste un verre de vin de temps en temps. Ses joues n'étaient plus couperosées, et il avait retrouvé sa ligne de jeune homme. Il avait également renoncé au jeu et s'était arrangé pour payer toutes ses dettes, intérêts compris. Il semblait même avoir trouvé une sorte de terrain d'entente avec Rochester qui, de son côté, s'était quelque peu radouci depuis la pseudo-mort de son fils.

— Je ne suis pas assez ivre ! grommela Logan.

Il tressaillit quand un nouveau cri étouffé lui parvint de la chambre.

Andrew n'avait pas l'air très à l'aise non plus.

— Détends-toi, Jimmy. Les femmes mettent des enfants au monde à chaque instant. Pourquoi ne descends-tu pas au salon avec moi ? J'avoue que j'en ai assez de faire la conversation à ta belle-famille. Et puis cela te distraira de prendre le relais.

— Plutôt m'allonger sur une planche de fakir ! rétorqua Logan.

Andrew eut un sourire affectueux.

— Le célèbre Logan Scott qui porte son cœur en bandoulière… Qui l'eût cru ?

Logan était trop mal en point pour réagir au sarcasme. Il se tourna vers le portrait de Madeline qui avait reçu un accueil enthousiaste de la part des critiques d'art. Assise près d'une fenêtre, le coude appuyé à un guéridon, elle regardait au loin, rêveuse. Elle portait une robe blanche dont un côté glissait légèrement pour révéler la courbe de son épaule.

En la représentant de profil, Orsini avait mis en valeur la pureté délicate de ses traits, mais il avait également restitué à son long cou et à ses bras un éclat qui donnait envie de sentir leur douceur. C'était un troublant contraste de sensualité et d'innocence… Madeline, l'ange déchu.

— Ravissante ! commenta Andrew. À voir ce tableau, jamais on ne pourrait deviner qu'elle est têtue comme une mule. Elle se sortira de cette épreuve, Logan, ajouta-t-il en souriant. Si je n'avais pas arrêté de jouer, je le parierais jusqu'à mon dernier penny.

Logan ne quittait pas le portrait des yeux. Ces derniers mois avaient été les plus heureux de sa vie. Madeline comblait tous les vides de son existence, elle avait remplacé l'amertume et le chagrin par une joie intense. Il l'aimait plus que jamais, il aurait traversé l'enfer pour lui épargner ces instants de souffrance, et cela le rendait fou de savoir qu'il ne pouvait rien faire pour l'aider.

Soudain un cri perçant s'éleva. Un cri de bébé. Logan bondit sur ses pieds, pâle comme un linge. Il attendit... un moment qui lui parut interminable !

La porte s'ouvrit enfin sur une Julia radieuse.

— La mère et l'enfant se portent à merveille, dit-elle. Venez, heureux papa, souhaiter la bienvenue parmi nous à votre fille.

Logan était un peu hagard.

— Maddy... Est-ce que...

Il dut s'interrompre tant il avait la gorge serrée.

Julia lui effleura doucement la joue.

— Elle va bien, Logan. Très bien.

— Félicitations, mon frère ! s'écria Andrew qui lui prit la bouteille des mains. Donne-moi ça, tu n'en as plus besoin.

Comme dans un rêve, Logan pénétra dans la chambre.

Andrew fixait la bouteille avec nostalgie, et il la tendit à Julia.

— Tenez. Je ne me fais pas confiance... Heureusement qu'il y a encore quelques vices auxquels je pourrai toujours m'adonner !

Sans écouter les félicitations du médecin et de la sage-femme, Logan alla s'asseoir au bord du lit et Madeline lui sourit.

— Maddy...

Il porta sa main à ses lèvres et en baisa la paume avec ferveur.

Madeline l'attira à lui, et il posa la tête contre ses seins.

— Je vais bien, murmura-t-elle en lui caressant les cheveux. Je croyais que ce serait pire.

Il l'embrassa et, au contact familier de ses lèvres si douces, son angoisse s'atténua un peu.

— J'ai été absolument terrorisé, dit-il. Je ne veux plus jamais revivre cette épreuve !

— Il le faudra pourtant, chéri, quand nous lui donnerons un frère...

Logan regarda enfin la petite boule dans les bras de Madeline. Le bébé était enveloppé de linges blancs, et son petit visage rose arborait une expression un peu étonnée. Il effleura son front d'un baiser.

— Bonjour, dit-il.

— Elle est belle, n'est-ce pas ?

— Ravissante ! approuva-t-il, émerveillé par ce miracle. Pourtant, elle n'éclipse pas sa mère.

Malgré sa fatigue, Madeline eut un petit rire.

— Aucune femme n'est belle, juste après un accouchement !

— Je pourrais vous contempler des heures, des semaines et des mois... sans jamais me lasser.

— Alors vous devrez commencer par me regarder dormir, dit-elle en étouffant un bâillement.

— Reposez-vous, toutes les deux. Je veille sur vous.

— Vous m'aimez ? demanda Madeline en battant des cils.

Il baisa ses paupières closes.

— C'était de l'amour. Maintenant, je ne sais plus... Il n'y a pas de terme assez fort pour exprimer ce que je ressens.

— Vous avez dit un jour que l'amour était une faiblesse.

— Je me trompais. C'est au contraire notre seule force.

Madeline s'endormit le sourire aux lèvres, sa petite main bien au chaud dans celle de son mari.

Comme on frappait doucement à la porte, un peu plus tard, Logan alla ouvrir. C'était Mme Nell. Ces derniers temps elle était venue souvent les voir, sous prétexte de rendre visite à la future maman ; mais, en réalité, elle prenait grand plaisir aux moments qu'elle passait avec Logan. Ils avaient beaucoup de points communs, et ils s'entretenaient longuement du théâtre... et parfois aussi d'Elizabeth. Logan voulait toujours en savoir davantage sur elle, et sur l'homme qui l'avait engendrée. Mme Nell lui livrait peu à peu son passé, lui apportant ainsi une sérénité qu'il n'avait encore jamais connue.

La vieille dame avait sorti ses perles pour l'occasion et son chignon était particulièrement soigné.

— Elles dorment, chuchota Logan d'un ton protecteur.

Autoritaire, Mme Nell pointa sur lui sa canne à pommeau d'argent.

— N'essaie pas de m'empêcher d'entrer après le mal que j'ai eu à monter ces escaliers ! Je ne resterai qu'un instant, mais je veux voir mon arrière-petite-fille.

Logan s'effaça pour la laisser passer.

Mme Nell s'extasia devant le bébé qui dormait contre sa maman.

— Mon arrière-petite-fille, répéta-t-elle. Qu'elle est belle ! Je n'en attendais pas moins. Comment s'appelle-t-elle ?

— Elizabeth, répondit Logan.

Les yeux de la vieille dame se voilèrent de façon suspecte, et elle fit signe à Logan de se pencher pour qu'elle l'embrassât sur la joue.

— Ta mère en aurait été heureuse, mon garçon. Oui, très heureuse.

AVENTURES & PASSIONS

6 novembre

Scarlett Peckham

Les secrets de Charlotte Street - Par amour

Inédit

« Je vous propose un mariage de convenance. Je financerai votre pépinière, vous me donnerez un héritier, et chacun sera libre de mener sa vie à sa guise. » Poppy Cavendish est enchantée de cet accord jusqu'à ce qu'elle tombe éperdument amoureuse de son mari, le duc de Westmead, qui s'est fait la promesse de ne plus jamais succomber à l'amour...

✦

Emily Larkin

La voleuse de Whitechapel

Inédit

Petite-fille d'un comte, Arabella Knightley est une jeune femme parfaite. Mais, à la nuit tombée, elle se transforme en Robin des Bois en jupon, volant aux riches pour donner aux pauvres. Adam St. Just est l'un des célibataires les plus convoités de la société. Lassé par les règles imposées par son milieu, il se met en tête de démasquer l'insaisissable voleur...

✦

Amy Jarecki

Les seigneurs - Le guerrier des Hautes Terres

Inédit

Après avoir été abandonnée par son fiancé, lady Mairi MacKenzie, humiliée, décide qu'elle ne donnera sa main à personne et sûrement pas à ce laird Duncan MacRae ! Elle ne veut ni de sa pitié ni de sa charité, même si son regard de velours la fait fondre de désir...

Lisa Kleypas

Les Ravenel - Lady Phoebe

Inédit

Lady Phoebe déteste West Ravenel, pourtant elle ne l'a jamais rencontré. Des années plus tôt, il a fait vivre un enfer à son défunt époux. Lors d'une fête de famille, elle croise un séduisant inconnu qui la trouble au premier regard et qui n'est autre que... West Ravenel ! Ces deux êtres, que tout sépare, vont-ils succomber à la passion qui les dévore et parvenir à balayer les spectres du passé ?

✦

Celeste Bradley

Le club des Menteurs - Une charmante espionne

Rose ne regrette pas d'avoir abandonné sa vie de domestique pour devenir apprentie espionne au club des Menteurs. Elle s'exerce maintenant au combat et se plonge dans les études pour devenir la meilleure. Tout serait parfait sans Collis Tremayne un aristocrate bourré de charme et son plus grand adversaire.

✦

Judith McNaught

Garçon manqué

La bibliothèque idéale

Sheridan Bromleigh a passé la majeure partie de sa vie à voyager à travers le monde avec son père, puis a été confiée à sa tante qui lui a inculqué les bonnes manières. Quelques années plus tard, Sheridan est chargée de chaperonner, en Angleterre, la jeune Charise Lancaster. Elle est loin de se douter que ce voyage est le prélude à des bouleversements inespérés dans son existence...

Mary Jo Putney

Porte-bonheur

Les introuvables

Michael est secrètement épris de Catherine depuis qu'elle lui a sauvé la vie lors de la guerre d'Espagne, mais elle est mariée. Ce militaire au sens de l'honneur pointilleux lui propose alors son amitié. Un jour, elle lui demande de se faire passer pour son époux, lors d'une réunion familiale en Cornouailles. À contrecœur, il accepte et ce qui n'était qu'un simple voyage se transforme vite en un tourbillon d'émotions et de désirs, que les amants ne peuvent plus dissimuler.

LOVE *ADDICTION*

6 novembre

Lauren Layne

La thérorie du tombeur - Périlleuse situation

Inédit

Ellie Wright a déposé sa candidature pour l'émission *Serial Largueur*. Son objectif ? Faire de la pub incognito pour sa société de tee-shirts. Le candidat à séduire ? Gage, acteur en vue à Hollywood, qui a abandonné à deux reprises ses fiancées devant l'autel. Voilà qu'Ellie est sélectionnée pour le second tour des sélections à Maui, mais elle n'a pas le droit de faire de pub à l'antenne. Telle est prise qui croyait prendre... Cerise sur le gateau, ses échanges avec Gage ont une saveur inattendue, car à la différence des autres candidates cherchant à se faire aimer par tous les moyens, Ellie n'a aucune envie de finir avec...

illicit'

6 novembre

Tawna Fenske

Relation publiques, rapports privés - Mon envie et folie

Inédit

Spécialiste des relations publiques, Miriam lustre la réputation de mauvais garçons. Jason Sanders, grimpeur reconverti en chef d'entreprise, ne devrait pas lui donner de fil à retordre. Or, chaque fois que Miriam essaie d'aider Jason à s'affirmer, ils se retrouvent au lit… Où diable a-t-elle la tête ? Toute relation avec cet homme est impossible, Jason étant un client aux passions dangereuses ! Elle ne va tout de même pas ouvrir son cœur à un homme qui risque de disparaître du jour au lendemain…Une relation purement sensuelle, n'est-ce pas donc la solution toute trouvée ?

Sélection

6 novembre

Jo Davis

Cœurs de braise

Les combattants du feu 1 & 2

Dans la ville de Sugarland, le destin de deux combattants du feu : Howard Paxton et Zack Night. Deux personnalités courgageuses, marquées par la vie et entièrement engagés dans leurs mission : Sauver ou périr. Lorsque l'amour fait irruption dans leurs existences, pourront-ils le maîtriser, sans se brûler ?Réunis en un seul volume, *L'épreuve des flammes* et *Flamme fatale*, sont deux romances sexy dans l'univers périlleux des pompiers.

J'AI LU

5337

Composition
FACOMPO

Achevé d'imprimer en Italie
par GRAFICA VENETA
le 2 septembre 2019

Dépôt légal : octobre 2019
EAN 9782290145098
OTP L21EPSN001715N001

ÉDITIONS J'AI LU
87, quai Panhard-et-Levassor, 75013 Paris

Diffusion France et étranger : Flammarion